Le Discret Monsieur Genardy

Petra Hammesfahr

Le Discret Monsieur Genardy

ÉDITIONS FRANCE LOISIRS

Titre original : *Der stille Herr Genardy*
publié par Lübbe, Bergisch Gladbach, Allemagne.

Traduit de l'allemand par Jacques-André Trine.

Ce livre est une œuvre de fiction. Les noms, les personnages, les lieux et les événements sont le fruit de l'imagination de l'auteur ou utilisés fictivement. Toute ressemblance avec des personnes réelles, vivantes ou mortes, des événements ou des lieux serait pure coïncidence.

Édition du Club France Loisirs,
avec l'autorisation des Éditions Archipel.

Éditions France Loisirs,
123 boulevard de Grenelle, Paris.
www.franceloisirs.com

ISBN : 2-7441-7060-7

Première partie

1

C'est un soir de décembre que l'homme vit la petite fille pour la première fois. Peu après 17 heures, alors qu'il rentrait du travail, il l'aperçut devant chez lui, postée sous le néon indiquant « Animalerie Wolfgang Weber ». Elle avait posé ses deux mains sur la vitrine dont elle avait approché son visage au point qu'elle s'était couverte d'une buée dense, qui s'était même mise à geler. Il faisait très froid ce jour-là, et la nuit était déjà tombée.

Dans la devanture, il y avait une cage avec deux lapins nains et, juste à côté, une autre avec un hamster. Plus au fond du magasin, mais toutefois bien visibles depuis la rue, étaient disposées des volières de toutes tailles ainsi qu'un grand aquarium. L'homme connaissait par cœur l'agencement de la boutique : depuis deux ans, il occupait l'appartement du dessus, au premier étage. Comme la porte d'entrée de l'immeuble jouxtait la vitrine, il passait fréquemment devant, mais, pressé de rentrer se reposer, se contentait d'y jeter des coups d'œil distraits.

Cette fois-là, la petite fille non plus ne retint guère son attention. Âgée de onze ans, douze peut-être, elle n'avait rien de ce qui, d'ordinaire, l'attirait dès le premier regard. On ne pouvait même pas dire qu'elle était mignonne. Trop grande et beaucoup trop maigre à son goût, elle paraissait avoir perdu ces rondeurs propres à l'enfance qui le fascinaient tant. À moins, bien sûr, que ses vêtements ne les eussent masquées.

Un blouson informe recouvrait son buste. Sur ses jambes flottait un pantalon en tissu grossier trop grand pour elle qu'on avait replié plusieurs fois, créant un renflement disgracieux au niveau des chevilles. Il était tout crasseux aux genoux et aux fesses. Le blouson était lui aussi d'une propreté approximative. Quant aux doigts que la petite fille pressait contre le carreau, leurs ongles étaient noirs et mal coupés.

Autant de détails que l'homme enregistra au passage, presque sans s'en rendre compte. Ce qui le frappa, en revanche, fut l'expression de son visage. Plus encore que le reste, elle trahissait le fait que la petite fille se trouvait la plupart du temps livrée à elle-même.

En tournant la clé dans la serrure, l'homme remarqua qu'elle était en train de parler aux animaux. Auquel en particulier, il n'aurait su le dire, mais de toute façon cela ne l'intéressait pas. Écœuré par l'odeur répugnante de la nourriture pour animaux, il entra et emprunta l'étroit couloir qui menait à l'escalier. Chaque fois qu'il venait de l'extérieur cette puanteur le prenait à la gorge, et chaque fois elle lui semblait un peu plus forte. Depuis qu'il avait emménagé, il n'avait cessé de s'en indigner et avait fini par décider de chercher un autre logement.

Tous les week-ends, il achetait le journal et étudiait les annonces, mais jusqu'à présent, il n'avait pas trouvé son bonheur : un appartement coquet, dans un immeuble bien tenu, situé dans un meilleur quartier, pour un loyer abordable. Un appartement du genre de celui où il avait vécu autrefois. Ni trop grand, ni trop petit, ni trop cher, avec un balcon donnant sur des environs paisibles et verdoyants, sans trop de circulation et à proximité immédiate d'une aire de jeux. Du printemps à l'automne, il y avait souvent passé ses fins d'après-midi, assis sur un banc à profiter du soleil et à observer les enfants. À les regarder, seulement, tout en repensant à sa fille. Une occupation plutôt anodine, bien que parfois douloureuse. Lorsqu'il faisait mauvais, ils venaient jouer à l'intérieur, dans les parties communes. Pour sa part, le bruit ne l'avait jamais dérangé.

Pendant près de vingt ans, il avait vécu là-bas avec plaisir et en bonne intelligence avec ses voisins. Mais il faut dire qu'il s'entendait avec tout le monde, parvenant en général à cerner ses interlocuteurs en quelques secondes, ce qui lui permettait d'adapter son attitude.

Sur la fin, il avait néanmoins eu quelques ennuis. Pour commencer, il avait perdu son emploi à cause d'une histoire idiote. Une simple imprudence, à vrai dire. Une plainte ayant été déposée contre lui, on lui avait demandé de démissionner. Il aurait été délicat de le mettre dehors, aussi l'avait-on instamment prié de partir, lui assurant que c'était dans son propre intérêt et que l'on n'accorderait dès lors pas plus d'importance à l'affaire qu'elle n'en méritait. En réalité, ils avaient dû craindre le scandale, mais sans doute fallait-il en plus qu'il leur soit reconnaissant... Ça, c'était il y cinq ans.

Des mois durant, il était resté sous le choc, dans un état proche du deuil. C'est qu'il adorait son travail, qui lui garantissait un revenu régulier et une situation stable, alors qu'il n'était plus tout jeune. Sans parler des bienfaits de l'exercice au grand air et des contacts humains, de ces nombreux visages familiers qui, quoiqu'ils eussent souvent changé au fil des années, le rassuraient.

Mais cela aurait pu être pire. Nettement pire, même, il en était bien conscient. Lorsqu'il y réfléchissait — et les premiers temps, il n'avait fait que cela —, il en avait la nausée, se maudissant pour sa négligence, pour ce bref instant où il s'était laissé aller. Il se jura alors que cela n'arriverait plus et qu'il se soumettrait dorénavant à une discipline de fer. Dans l'immédiat, il lui fallut cependant faire face à des problèmes d'un autre ordre.

Faute de nouvelles rentrées d'argent, il vécut d'abord sur ses réserves. Lorsqu'il les eut épuisées, il entreprit de revendre les objets de valeur qu'il avait accumulés tout au long de sa vie. Ayant toujours été fort économe, il avait en effet pu s'offrir quelques cadeaux. De belles pièces dont, pour certaines, il n'eut d'ailleurs pas le cœur de se séparer, comme cette épingle de cravate en or sertie d'un diamant avec ses boutons de manchette assortis. Pourtant, cela lui aurait sans nul doute rapporté une somme rondelette.

À la place, il céda sa collection de gravures, dont certaines étaient signées de la main des artistes. Encadrées avec élégance et sobriété, elles recouvraient un pan de mur entier dans son salon et formaient un ensemble du plus bel effet. Devoir s'en débarrasser lui était apparu comme un échec personnel. Ça, c'était il y a quatre ans.

Par la suite, il se vit contraint de liquider une bonne partie de ses meubles pour passer un nouveau cap difficile. Les voisins ayant commencé à poser des questions, il prétendit qu'il s'apprêtait à emménager chez sa fille. Au rythme où allaient les choses, de toute façon, il ne tarderait pas à devoir quitter les lieux. Aussi veilla-t-il à donner son préavis en temps utile pour ne pas prendre le risque de ne plus pouvoir payer son loyer.

Une période de transition s'ensuivit, au cours de laquelle il séjourna dans une pension de famille miteuse, survivant tant bien que mal en effectuant quelques commissions pour les gens du voisinage, tout en broyant du noir dans sa chambre minuscule. Il avait entreposé le reste de ses biens dans un garde-meuble mais, très vite, se vit obligé de les brader à leur tour. Ça, c'était il y a trois ans.

Oh, bien sûr, il y avait des raisons à sa déchéance. Des raisons à la plainte qui le visait. Une raison, pour être précis. Il ne fumait pas, ne buvait pas, ne traînait pas dans les bistrots et n'importunait pas les femmes dans la rue. Aimable et courtois, patient, digne de confiance et serviable, il savait garder ses distances ; bref, c'était un monsieur discret de cinquante-cinq ans.

La raison, c'était les terrains de jeux et les enfants qui s'amusaient dans les cages d'escalier des immeubles. Il aimait beaucoup les enfants, et surtout les petites filles en jupette et aux jambes nues. Il avait toujours sur lui quelques friandises qui leur étaient destinées. Elles étaient si faciles à contenter ; un rien leur faisait plaisir. Les œufs en chocolat par exemple, garnis de friture, plaisaient tant aux plus jeunes. Quant aux plus âgées, il ne frayait jamais avec elles car il les trouvait trop bavardes.

Même avec les toutes petites, il faisait attention et

les choisissait avec le plus grand soin. Après les avoir appâtées à l'aide d'une sucrerie, il leur passait la main dans les cheveux et parfois sur les gambettes. Mais il n'était jamais allé tellement plus loin, en tout cas pas avec celles de son quartier qui le connaissaient de vue ou même de nom, et auraient pu le montrer du doigt.

Une seule fois, il avait perdu son sang-froid, convaincu qu'il ne courait aucun risque. L'occasion était trop belle : deux fillettes, laissées sans surveillance dans un appartement. Elles lui avaient ouvert sans se méfier et il les avait fait sauter sur ses genoux en riant, les chatouillant un peu pour qu'elles rient aussi. Pour qu'elles prennent cela pour un jeu.

Deux fillettes, de quatre et cinq ans, encore si naïves... Et pourtant, elles avaient compris son manège et s'étaient confiées à leur entourage. Par chance, on n'avait pas vraiment cru à leur histoire. Peut-être n'avaient-elles pas su bien décrire ce qui s'était passé. Mais cela avait suffi à provoquer sa chute. Comme le lui avaient dit ses supérieurs, il suffisait qu'un soupçon plane. Et alors, il s'était retrouvé dans cette pension sordide, sans travail et sans voiture, puisque d'elle aussi, il avait fini par devoir se séparer.

Autrefois, il l'avait utilisée pour faire de longues virées, à plusieurs centaines de kilomètres de son domicile. À ses voisins, il racontait qu'il partait rendre visite à sa fille, son gendre et ses petits-enfants. Et puis il s'arrêtait dans des endroits où personne n'était susceptible de le reconnaître et se mettait en quête d'un enfant. C'était sans danger : contrairement aux autres qui s'abandonnaient à la griserie de l'instant et commettaient des erreurs, lui agissait avec la plus extrême prévoyance.

Sous aucun prétexte il ne laissait un enfant monter dans son véhicule. Il prenait d'ailleurs soin de le garer de telle sorte qu'on ne puisse pas se rappeler l'avoir vu ou, pis encore, se remémorer sa plaque minéralogique. De plus, il veillait à modifier quelque peu son apparence en mettant des lunettes ou en portant une fausse moustache. Quant aux gâteries qu'il avait en poche, elles plongeaient ses conquêtes dans une délicieuse torpeur avant de les endormir pour de bon.

La perte de sa voiture constitua donc pour lui un véritable traumatisme. Ses expéditions lui manquaient tant. En ces occasions, au moins, il n'avait pas dû se contenter de simples attouchements... Ensuite, pendant des semaines, il s'était senti tout à fait serein, apaisé, réconcilié avec lui-même.

Désormais, lorsque le temps le permettait, il faisait de longues promenades pour fuir son intérieur misérable et arrêter de ressasser son erreur. Cette erreur qu'il ne commettrait plus jamais. Jamais plus il ne s'intéresserait à un enfant de son environnement immédiat !

Il passait alors de longues heures sur un banc bordant une aire de jeux. Et c'est là qu'il rencontra celle qui allait anéantir toutes ses bonnes résolutions. Elle était toujours seule et restait fort longtemps.

Ce fut très facile. Deux ou trois mots gentils suivis d'une série de cadeaux lui permirent de jeter les bases d'une relation durable et chaleureuse. La petite avait déjà neuf ans, mais elle était un peu en retard. D'un naturel confiant, elle ne tarda pas à lui obéir au doigt et à l'œil et leur liaison se poursuivit pendant près de deux mois. Ce fut une période magnifique, pleine d'insouciance, qui ne manqua pas de lui rappeler l'époque bénie qu'il avait connue avec sa propre fille.

Au début, il avait cru qu'elle ne parlerait pas, tout simplement parce qu'elle ne comprenait pas ce qui se passait. Puis il avait commencé à avoir des doutes. Par précaution, il décida alors de faire en sorte que rien ne puisse éclater au grand jour. C'était il y a deux ans et demi.

2

Quelqu'un va mourir. J'en suis convaincue. Pourtant, je ne peux en parler à personne. Pendant toutes ces années, jamais quiconque ne m'a crue. À l'époque, il suffisait que j'évoque le rêve de la pendule pour que ma mère se mette dans une rage folle. Il lui est même arrivé de me frapper pour ce motif, comme si c'était ma faute. Comme si l'on était responsable de ses rêves.

En fait, j'avais le sentiment que c'était pour exorciser sa propre peur qu'elle me corrigeait. Moi aussi j'avais peur. Terriblement peur. Lorsque je rêve de la pendule, cela signifie que quelqu'un que je connais va mourir. Ce n'est ni de la superstition ni de la fabulation. Il y a plus de vingt ans que cela dure, et je peux le prouver.

Quand j'étais enfant, la pendule en question trônait dans le salon de mes grands-parents. Avec son cadran noir, ses traits jaunes indiquant les heures et ses aiguilles pointues, elle ne se mariait guère avec le reste du mobilier. Quoi qu'il en soit, elle était accrochée sur le mur au-dessus du canapé, juste à côté d'un tableau qui représentait une forêt surplombant un précipice. Chaque soir, mon grand-père la remontait. Je l'ai souvent vu faire.

Vers douze ans, je me trouvais infiniment mieux

chez mes grands-parents qu'à la maison. Mes rapports avec ma mère étaient difficiles et, quoiqu'ils ne se soient pas améliorés depuis, j'en souffrais bien davantage qu'aujourd'hui. Elle se plaignait à longueur de temps. D'après elle, j'étais une enfant impossible ; elle ne cessait de le répéter et de me citer ma sœur Anke en exemple.

Celle-ci, de quatre ans ma cadette, était paraît-il en permanence calme et souriante. Tout l'inverse de moi qui, à en croire ma mère, ne lui causais depuis ma naissance que des ennuis. Ainsi l'avais-je toujours empêchée de dormir, je me réveillais au beau milieu de la nuit en hurlant, terrorisée par l'obscurité et réclamant de la rejoindre dans son lit. Sans doute ai-je été sujette aux cauchemars dès ma prime enfance.

Pendant la journée aussi, des visions d'horreur me traversaient l'esprit. Il suffisait qu'une portière de voiture claque, qu'un chien se mette à aboyer ou que j'aperçoive une pierre au milieu de la chaussée pour que je m'imagine aussitôt des flots de sang, des corps déchiquetés et des visages tuméfiés. Si j'avais le malheur de m'en ouvrir à ma mère, elle me sermonnait par de longs discours dans lesquels revenaient inlassablement les mots « enfant impossible ».

Au bout d'un moment, j'en eus assez de subir ses reproches. Mes grands-parents habitant à deux pas de chez nous, je me mis à aller les voir chaque jour en sortant de l'école. J'y passais tout l'après-midi, jusqu'à ce que je sois sûre que mon père soit rentré. Lui au moins m'aimait, cela ne faisait aucun doute. Dès que je peinais à trouver le sommeil, il venait dans ma chambre, s'asseyait à mon chevet et m'expliquait que les mauvais rêves n'avaient pas de sens, qu'il ne fallait en tirer aucune conclusion.

Lorsque je lui décrivais mes hallucinations diurnes, il me disait : « *Ta grand-mère t'a encore parlé de la guerre, n'est-ce pas ?* » ou bien : « *Tu verras, Siggi, cela passera avec l'âge. Plus tard, tu en riras. Si ça se trouve, c'est juste une manifestation de la puberté.* »

J'aimais certes beaucoup mes grands-parents, mais mon père était pour moi un vrai héros. Un homme qui avait réponse à tout, et le seul pour qui je nourrissais un authentique amour. En sa présence, je me sentais invulnérable. Hélas, il ne rentrait jamais avant 19 heures. Il travaillait dans le bâtiment et ma mère n'était pas mécontente qu'il fasse des heures supplémentaires.

Le jour où se produisit l'épisode de la pendule, j'étais dans le salon, en train de réviser mes leçons aux côtés de ma grand-mère. Seuls le cliquetis de ses aiguilles à tricoter et les soupirs qu'elle poussait de temps à autre venaient perturber le silence qui régnait dans la pièce. Et puis soudain, il n'y eut plus aucun bruit.

Stupéfaite, je vis une expression d'effroi se dessiner sur son visage. Elle se signa et bredouilla une prière. Puis elle m'expliqua, la voix chevrotante, que la pendule s'était arrêtée sans raison et que cela présageait une mort brutale.

Troublée et mal à l'aise, je me souviens d'avoir pouffé. Aussitôt, grand-mère m'intima le silence : « *Ce n'est pas drôle, Sigrid,* me dit-elle. *Ne t'ai-je donc pas raconté ce qui s'est passé pendant la guerre, lorsque la pendule de ma sœur s'est arrêtée ? Trois jours plus tard, on les a tous retrouvés morts dans la cave. Ensevelis sous les décombres. Ta grand-tante, son mari et leurs deux enfants. Attends un peu, tu verras. Il va se produire quelque chose de terrible. Je le sens.* »

Le soir même, je rapportai l'incident à mon père. Quel ne fut pas mon soulagement en le voyant s'esclaffer de bon cœur ! À quelques nuances près, il avait déjà entendu cette histoire des dizaines de fois. D'après lui, on avait tout bonnement oublié de remonter la pendule. « *Parfois, j'ai envie de la bâillonner,* ajouta-t-il. *Avec toutes ces âneries qu'elle débite à longueur de temps, il ne faut s'étonner de rien. Si ça continue, elle va finir par prétendre que c'est l'homme à la capuche qui a cherché à la mettre en garde.* »

Il aurait mieux fait de se taire car ce fut cette nuit-là que j'en rêvai pour la première fois. Vêtu d'une cape de couleur noire, l'homme fit irruption dans le salon. Le visage dissimulé par sa capuche, il tenait à la main un petit marteau. Il décrocha la pendule du mur et l'emporta dehors. Là, il escalada une échelle et déposa la pendule sur un tas de planches. Puis il tapa sur le cadran afin d'en détacher les marques des heures et les aiguilles. Bientôt, il ne resta plus que le fond noir, qui commença à s'élargir et à tourner sur lui-même. L'homme en noir grimpa dessus et se mit à danser comme un démon. Tout d'un coup, il m'agrippa et m'obligea à monter à mon tour sur le cadran. Incapable de suivre le mouvement, je tombai et me sentis aspirée dans un trou sans fond... Je me réveillai en sursaut. Trois jours plus tard, mon père décéda d'un accident du travail.

Ce fut atroce. J'avais soudain l'impression d'être seule au monde. Pendant l'enterrement, je fus prise d'une crise de nerfs : je venais de comprendre que l'homme en noir m'avait montré un échafaudage. Si j'avais saisi le message, j'aurais été en mesure de prévenir mon père. Ivre de douleur et de remords, je l'implorai à genoux de m'accorder son pardon. On dut m'éloigner du cercueil de force.

C'était il y a vingt-deux ans. À l'automne de la même année, soit à peine trois mois plus tard, je refis le même cauchemar et ma mère, à qui je n'avais pu m'empêcher d'en parler, m'infligea ma première correction. Pourtant, il m'avait semblé que je deviendrais folle si je gardais ce secret pour moi.

Le matin du troisième jour, mon grand-père ne se réveilla pas. À la suite de ce drame, grand-mère devint toute bizarre. Je continuais à aller la voir après les cours mais désormais, elle me faisait presque peur. Tout en dodelinant de la tête, elle se lançait dans de grandes conversations avec sa sœur, son époux et un tas d'autres gens disparus depuis fort longtemps. Dans ces moments-là, elle ne me répondait plus et son regard glissait sur moi comme si j'étais invisible.

Les quelques années qui suivirent furent pénibles. Je n'arrêtais pas de rêver de la pendule. À chaque fois, l'homme en noir venait l'ôter du mur, l'emmenait quelque part et martelait le cadran pour en retirer les traits et les aiguilles. Et à chaque fois, trois jours plus tard, quelqu'un mourait. Le plus souvent, il s'agissait de personnes âgées, de voisins ou de connaissances de mes grands-parents. Mais la dernière de la série fut une jeune fille de mon école avec laquelle je m'étais liée d'amitié. Elle se fit écraser par une voiture en rentrant chez elle. J'avais quinze ans.

Certes, on peut considérer que les accidents sont monnaie courante et qu'il est naturel que les gens meurent, surtout lorsqu'ils ont un certain âge. Mais personne ne me fera croire qu'il est normal de faire ce genre de cauchemar trois jours avant. Aussi en vins-je à me dire que l'on m'avait jeté un sort, que j'étais possédée par le diable, que tous ces gens seraient restés en vie si je n'avais pas fait ce rêve, qu'ils se porteraient bien si je n'existais pas.

Et puis je me maudissais pour mon impuissance. L'homme en noir ne me désignait-il pas toujours le lieu du décès ? Pourtant, j'étais incapable de le reconnaître. Je me trouvais si stupide, si empotée. À l'adolescence, tout est bon pour se dénigrer.

Après le décès de ma camarade de classe, il y eut une longue accalmie. Mais cela ne voulait rien dire car mes prémonitions avaient toujours été plus ou moins espacées. Pas une seule seconde je ne crus que c'était terminé. À présent, j'avais seize ans et j'étais en apprentissage. Rien de bien exaltant, juste un petit magasin d'alimentation.

Sans me demander mon avis, ma mère avait postulé pour moi à la première place venue. Mais il est vrai que je n'avais guère d'aspirations, tant j'étais obnubilée par mes tourments. Et dire que je ne pouvais me confier à personne sans m'exposer à des railleries, voire à des coups !

Entre-temps, grand-mère avait emménagé dans une maison de retraite. Lui rendre visite n'avait plus de sens car elle s'était mise à avoir peur de moi. Dès qu'elle m'apercevait, elle hurlait et essayait de me chasser.

Un jour, elle rameuta tout son étage : « *C'est toi qui as introduit l'homme en noir chez nous ! Ne t'avais-je pas avertie qu'il ne nous apporterait que du malheur ? Maintenant débrouille-toi pour t'en débarrasser, sinon tu y passeras toi aussi !* »

Très vite, elle cessa même de me reconnaître.

La boutique dans laquelle je travaillais employait une autre apprentie un peu plus âgée que moi. Elle s'appelait Hedwig et déployait des efforts considérables pour que nous sympathisions. Pour ma part, j'étais paniquée à l'idée de m'attacher à quelqu'un, persuadée que cela ferait immanquablement revenir l'homme en noir.

Hedwig était si gentille avec moi. À aucun prix je ne voulais qu'il lui arrive malheur. Ah, si seulement j'avais pu la détester ! Un jour, je décidai de lui parler de mes rêves et de toutes les tragédies qui en résultaient. Dans ces conditions, peut-être me laisserait-elle tranquille. Mais elle se contenta d'ironiser : « *La prochaine fois que ton bonhomme se manifestera, tu n'auras qu'à me prévenir. S'il dépose la pendule dans la rue, je ne sortirai pas de chez moi pendant une semaine. Et s'il la met sur un lit, je dormirai par terre. Pour ce qui est des échafaudages, je n'ai pas l'habitude de m'y hasarder.* »

Ainsi, elle non plus ne me croyait pas. Ayant de surcroît compris pourquoi je me montrais si distante, elle se donna encore davantage de mal. Je lui faisais de la peine, c'était évident. « *Si tu ne restais pas tout le temps chez toi à ruminer, tu n'en serais pas là,* me répétait-elle. *Il faut que tu sortes, Sigrid, que tu rencontres des gens, que tu t'amuses un peu. Et puis, tu as besoin d'un petit ami, ça te changerait les idées.* »

De son côté, elle en avait déjà un. Je le connaissais de vue car il venait souvent la chercher à la boutique. Un dimanche, elle insista pour que je les accompagne au cinéma. Je commençai par refuser, allant même jusqu'à espérer que ma mère me l'interdirait. Mais celle-ci n'y vit aucune objection, et je pris donc le train pour Horrem.

Nous nous étions donné rendez-vous devant la gare. Lorsque j'y arrivai, Hedwig n'était pas là. Le cinéma se trouvant juste en face, je traversai la rue et attendis sur le trottoir. Hedwig et son ami ne vinrent pas. Le lendemain, ils prétendirent qu'ils s'étaient disputés. Mais sur le moment, j'imaginai évidemment le pire.

D'après ce qu'Hedwig m'avait raconté, son fiancé conduisait comme un fou et je ne tardai pas à me les figurer tous deux gisant sur la chaussée après avoir été éjectés de leur voiture, recouverts d'une couverture, morts... Pourtant, je ne me rappelais pas avoir rêvé trois jours auparavant. Mais peut-être avais-je pour une fois dormi trop profondément; j'avais lu quelque part qu'on pouvait très bien faire des rêves sans s'en souvenir.

Les larmes aux yeux, en proie à une agitation extrême, je me mis à faire les cent pas en jetant de temps à autre un regard distrait aux photos extraites du film que nous étions censés voir.

Et puis soudain, quelqu'un me posa la main sur l'épaule. Je me retournai vivement, et ne distinguai tout d'abord qu'une forme noire. J'eus un coup au cœur : c'était comme un cauchemar en plein jour. Je voulus crier, mais aucun son ne sortit de ma bouche. Voilà qu'il venait me rendre visite en personne! Cette fois-ci, il allait me dire de vive voix qui était le prochain sur la liste.

Et puis j'entendis sa voix, calme et posée :

— Eh bien, qu'est-ce qui t'arrive? On a refusé de te vendre un ticket, ou quoi? Tu sais, il n'y a pas de quoi pleurer. J'ai l'ai déjà vu, ce film, il n'en vaut pas la peine.

Ce n'était pas l'homme en noir mais seulement Franz, vêtu d'un costume sombre, d'une chemise blanche et d'une cravate.

— Je t'ai fait peur? reprit-il. Je suis désolé, ce n'était pas mon intention.

Puis il me tendit la main et se présenta :

— Franz Pelzer. Enchanté.

Il avait douze ans de plus que moi et me dépassait d'une bonne tête. C'était tout à fait le genre de compagnon qu'il me fallait : moitié père, moitié confident, serein et raisonnable. Un véritable adulte, en somme. On aurait dit un cadeau du ciel. Comme si quelqu'un, là-haut — mon père, mon grand-père, mon ange gardien? —, avait décidé que j'étais restée seule assez longtemps.

3

Après qu'il se fut séparé de la petite fille — avec son goût habituel du sensationnalisme, la presse avait évoqué un sauvage assassinat, mais il ne partageait pas cette vision des choses —, l'homme commença à remonter la pente.

Tout d'abord, il trouva un emploi dans un entrepôt. C'était un travail salissant et il était très à cheval sur l'hygiène. En plus, c'était plutôt mal payé, mais il n'avait guère le choix. Pendant plusieurs mois, il se priva de tout afin de mettre un peu d'argent de côté. Puis il loua l'appartement au-dessus de l'animalerie qu'il aménagea de façon sommaire en veillant à n'engager aucune dépense inutile. Le quartier n'était pas brillant, mais au moins il était calme.

Situé dans une rue tranquille, l'immeuble ne comptait, à part lui, que trois locataires. Au dernier étage, dans une petite chambre mansardée, vivait un jeune homme qui se prétendait étudiant bien qu'il eût largement passé l'âge. Il écoutait souvent de la musique très fort, y compris tard le soir, et recevait chez lui une quantité impressionnante de filles, parmi lesquelles certaines devaient encore être à l'école. Le bruit courait d'ailleurs qu'il avait déjà eu maille à partir avec la police. L'homme se rappelait en effet avoir croisé une ou deux fois des agents en uniforme accompagnés d'un chien dans la cage d'escalier, mais peut-être n'étaient-ils que des clients de l'animalerie. Quoi qu'il en soit, cela l'indifférait; pour sa part, il n'avait rien à reprocher à ce garçon.

Au deuxième, en face de l'appartement du propriétaire, qui n'était autre que le gérant de la boutique d'en bas, vivait un couple de personnes âgées qui ne disaient jamais bonjour et passaient leur temps à se plaindre de l'individu du dessus. Quant à sa voisine de palier, une vieille fille qui devait avoir environ le même âge que lui, sa présence était, outre l'odeur de la nourriture pour animaux, la raison majeure pour laquelle l'homme avait décidé de déménager.

Il détestait les femmes et son bref mariage avait achevé de l'en dégoûter. Or cette créature se montrait fort importune, profitant du moindre prétexte pour tenter de lier connaissance. À peine s'était-il installé qu'elle l'avait harcelé pour qu'il aille prendre le café chez elle. Saisissant l'occasion, il lui avait expliqué qu'il venait de perdre son épouse et ne s'en était pas encore remis.

Comme cela n'avait pas suffi à la dissuader, il lui avait raconté que, depuis cet épisode douloureux, il prenait des pilules qui, certes, l'aidaient à dormir et à se concentrer, mais dont les effets secondaires lui interdisaient d'avoir des rapports sexuels. S'il parvint ainsi à calmer ses ardeurs, elle ne lâcha cependant pas tout à fait prise, espérant sans doute qu'il arrêterait un jour de prendre ces fameux médicaments.

Grâce à ses économies drastiques, il put bientôt se racheter une voiture, un modèle ancien mais qui suffisait amplement pour l'usage qu'il comptait en faire. Très vite, il se remit en route une fois par mois, sa petite valise et parfois un paquet-cadeau sous le bras.

Lorsqu'il lui arrivait de croiser le jeune homme, le propriétaire ou la célibataire d'en face, il leur disait, comme à ses voisins de l'époque, qu'il partait rendre visite à sa fille, son gendre et leurs deux enfants. Il se faisait une telle joie de jouer avec eux, ajoutait-il, mais c'était toujours trop court. Sur ce dernier point, au moins, il ne mentait pas.

Pour les cas d'urgence, l'homme conservait chez lui une série de photos. Il avait dû en acheter certaines et cela n'avait pas été donné. Mais pour la plupart, il les avait prises lui-même. Le simple fait de les regarder suffisait à lui remonter le moral. Cela lui permettait en outre de ne pas courir de risques inutiles. Comme avec cette petite fille, par exemple, qu'il avait repérée en décembre devant la vitrine du rez-de-chaussée. Inutile de se voiler la face : elle était définitivement trop grande. Non qu'elle lui déplût, au contraire, mais il en allait de sa sécurité.

Néanmoins, quelque chose chez elle le taraudait. Cet air un peu perdu, peut-être, qui traduisait un manque manifeste d'amour et de tendresse. Chaque fois qu'il l'observait, il se remémorait sa fille. D'elle aussi, il avait dû se séparer — comme de son métier bien-aimé et de son joli appartement —, et ce à l'âge précis où les enfants lui plaisaient le plus. Depuis, il rêvait de revivre une relation aussi intense. En ce temps-là, il n'avait pas eu besoin de se tourmenter ni de faire sans cesse attention à tout. Il avait juste été heureux. Heureux et satisfait.

Lorsqu'il y repensait trop, son sommeil devenait agité et il était en proie aux pires cauchemars, jusqu'à se réveiller en sursaut aux cris stridents de sa femme. Sa femme qui l'appelait au chevet de sa fille et qui, lorsqu'il se penchait sur l'enfant en pleurs assis dans son petit lit, tambourinait sur sa poitrine en hurlant : « *Va-t'en, espèce de salaud. Qu'est-ce que tu lui as fait ? Si tu la touches encore une fois, je te tue !* »

Parfois, ce n'était pas elle mais ce jeune type que sa fille appelait « mon oncle » qui le tirait du lit. Mon oncle, et puis quoi encore ! Il la revoyait alors assise sur ses genoux, pelotonnée contre sa poitrine et lui jetant à lui un regard affolé.

On l'avait montée contre lui, voilà ce qu'on avait fait ! Montée contre son propre père, sans aucun égard pour tout l'amour qu'il lui avait porté, pour son abnégation, pour toutes ces nuits qu'il avait passées auprès d'elle, toutes ces couches qu'il avait changées... Et ce type qui brandissait le poing d'un air menaçant. « *Dégage d'ici ou je ne réponds plus de rien* », rugissait-il.

Par rapport à ces terribles souvenirs, ses démêlés avec ses anciens employeurs lui apparaissaient comme une broutille. Concernant son épouse, il n'avait pas été vraiment inquiet : elle avait beau l'admonester, jamais elle n'aurait osé dire quoi que ce soit devant un étranger. Elle aurait eu bien trop honte. Son ami, en revanche, costaud comme il l'était, lui avait fait très peur. D'ailleurs, cela n'aurait pas été la première fois : plus de quinze ans auparavant, une brute du même genre l'avait tabassé, continuant de s'acharner contre lui alors qu'il était déjà à terre. Depuis, cet épisode était resté gravé dans sa mémoire.

Or, la petite fille de la vitrine devait bien avoir des parents, et son père appartenait peut-être à cette catégorie de gens qui n'hésitent pas à en venir aux mains sans se soucier d'appeler la police. Certes, s'il ne l'avait pas rencontrée devant l'animalerie mais sur un terrain de jeux, il aurait pu essayer de l'aborder comme il l'avait fait avec l'autre, du temps de la pension miteuse.

C'était une enfant si attachante. Si naïve et si obéissante, presque comme sa fille... Il avait suffi qu'il lui parle à deux ou trois reprises, et elle s'était mise à le suivre sans hésiter. Tout ce qu'il avait à faire c'était de se montrer. Il n'avait même pas besoin de l'appeler ni de lui faire un signe de la main, ce qui aurait pu éveiller les soupçons. Juste rester là quelques instants, avant de tourner les talons et de s'éloigner lentement.

Alors elle lui emboîtait le pas, tout en veillant à garder ses distances. Cela faisait partie du jeu, lui avait-il expliqué, ajoutant que si elle avait le malheur d'en parler à sa mère, ne serait-ce qu'une seule fois, jamais plus il ne reviendrait, jamais plus il ne lui ferait de cadeau, jamais plus il ne jouerait avec elle. Et elle avait respecté toutes ses consignes à la lettre.

Lorsqu'il n'y avait plus aucun risque de se faire surprendre, il s'arrêtait et attendait qu'elle le rejoigne. Une fois en lieu sûr, il la prenait sur ses genoux et la chatouillait jusqu'à la faire rire aux éclats. Ensuite, c'était à son tour de le chatouiller. Au début, il avait dû guider sa main pour qu'elle comprenne qu'elle pouvait resserrer sa prise. Ils passèrent ainsi plusieurs semaines de bonheur intense, jusqu'à ce qu'elle se croie obligée de lui faire une scène parce qu'il avait voulu pousser leurs jeux plus loin.

Avec la petite fille de la vitrine, ce ne serait sûrement pas la même histoire. Elle ne semblait pas en retard, loin de là, et à l'école, on évoquait ces choses-là de plus en plus tôt. Et puis, il y avait tous ces témoins potentiels : voisins, passants, clients de l'animalerie...

Bien qu'il refusât de l'admettre, il ne cessait pourtant de réfléchir à la façon dont il pourrait procéder pour la faire monter chez lui ni vu ni connu, dont il pourrait l'inciter à ne pas parler trop fort afin de ne pas éveiller l'attention. Aux règles du jeu qu'il pourrait fixer avec elle.

4

Dès le départ, Franz sut me mettre à l'aise, m'invitant chez lui d'une façon si naturelle qu'il était impossible d'y voir une quelconque arrière-pensée. Nous étions d'abord allés manger une glace puis avions fait un tour au dancing. Je n'étais pas très douée mais mon cavalier fit preuve de patience.

Le soir, à 21 heures précises, il me raccompagna sans même essayer de m'embrasser. Ma mère, qui avait guetté mon arrivée par la fenêtre, m'assaillit aussitôt de questions, et je lui livrai de bonne grâce les informations dont je disposais : son nom, son âge, le fait qu'il exerçait la profession de carreleur et gagnait bien sa vie... J'avais cru qu'elle me réprimanderait et me défendrait de le revoir, mais à ma grande surprise, il n'en fut rien et nous pûmes nous retrouver dès le dimanche suivant. On aurait presque dit qu'elle était soulagée.

Franz avait une théorie sur nos rapports : « *Tu es un mystère pour elle,* déclara-t-il un jour. *Il y a quelque chose chez toi de pas ordinaire, Siggi. Je serais bien en peine de le définir et, quant à moi, ça ne me dérange pas le moins du monde. Mais ta mère, elle, ne parvient pas à en prendre son parti.* »

Franz avait toujours une explication pour tout. De plus, il était la première personne depuis mon père à m'appeler Siggi, et cela me plaisait beaucoup. C'était comme si l'on m'avait accordé un sursis supplémentaire avant l'âge adulte.

Nous nous mariâmes trois semaines avant mon dix-huitième anniversaire. Selon l'expression consacrée, ce fut le plus beau jour de ma vie, même si j'appréhendais un peu ma nuit de noces. Pendant des mois, ma mère n'avait cessé de me répéter que je ne devais pas me faire trop d'illusions, que c'était loin d'être aussi agréable qu'on le prétendait dans les romans. D'après elle, qui avait toujours eu fort mal, cela relevait même plutôt de la torture. À cet égard, elle avait d'ailleurs été ravie que mon père n'eût pas une libido trop développée.

Hedwig, à l'inverse, s'extasiait à longueur de journée sur les prouesses de son fiancé, précisant que la seule chose qui la gênât était l'inconfort de la banquette arrière de sa voiture. Je dois avouer que je lui accordais plus de crédit qu'à ma mère.

En réalité, ce n'était pas la douleur que je craignais. Ma véritable angoisse était de ne pas savoir m'y prendre et de décevoir Franz. Car je n'avais pas la moindre idée de ce que j'étais censée faire pour lui procurer du plaisir.

Pendant les deux ans précédant notre mariage, nous n'avions pas couché une seule fois ensemble. Malgré son âge, Franz ne m'avait jamais touchée. Jamais il n'avait glissé sa main sous mon pull, relevé ma jupe ou, a fortiori, cherché à enlever mes dessous.

Un soir, je m'en souviens comme si c'était hier, il avait fait un détour par la forêt avant de me raccompagner. Là, il avait coupé le moteur et s'était tourné vers moi. Persuadée que l'instant fatidique était arrivé, je m'étais tortillée sur mon siège, au point de découvrir mes cuisses sans le faire exprès. Mais c'était une fausse alerte : Franz voulait juste parler. « *Nous avons tout notre temps, Siggi* », avait-il murmuré avec un petit sourire, tout en rajustant ma mise. Hedwig, qui passait son temps à me raconter ses ébats, avait fini par me demander ce qu'il en était de mon côté. Comme il fallait s'y attendre, elle ne m'avait pas crue : « *Soit tu mens, soit ce type n'est pas normal. À ta place, je vérifierais. Si ça se trouve, on la lui a coupée !* »

Hedwig ne portait guère Franz dans son cœur. Non seulement elle estimait qu'il était trop vieux pour moi, mais en plus elle le trouvait coincé parce qu'il allait à confesse le samedi et à la messe tous les dimanches. Lorsqu'il venait me chercher au magasin et qu'elle le voyait m'attendre sur le trottoir, j'avais droit à des moqueries du genre : « *Alors, vous faites quoi, maintenant ? Vous rentrez tout de suite ou vous allez roucouler un peu ? Fais attention : si ça se trouve, il va t'effleurer le genou. Enfin, ce serait déjà un progrès... Franchement, Sigrid, je ne te comprends pas : il vaut mieux tâter la marchandise avant d'acheter, tu sais !* »

Mine de rien, cette situation me perturbait et je me surprenais parfois à souhaiter que mon futur époux soit plus entreprenant. Je l'imaginais alors déboutonnant mon chemisier et sentais une douce chaleur inonder mon ventre. Lorsque j'avais du mal à trouver le sommeil, il m'arrivait même de me caresser le bout des seins pour voir l'effet que cela faisait. Mais ça ne durait jamais longtemps car j'avais honte. Et puis ma poitrine me paraissait beaucoup trop petite.

Franz, de son côté, prenait les sarcasmes d'Hedwig avec détachement : « *Ne l'écoute pas. Plus nous atten-*

dons, plus ce sera fort », m'assurait-il. Peut-être n'avait-il pas tort, du moins en ce qui le concernait. Chez moi, en revanche, l'attente avait fait naître une véritable angoisse.

En guise de cadeau de mariage, Hedwig m'offrit une nuisette en dentelle très courte et presque transparente. « *S'il ne grimpe pas au rideau avec ça, je ne réponds plus de rien* », commenta-t-elle en pouffant, avant de me faire promettre de la mettre le jour dit. Mais je ne tins pas mon engagement. Dès que Franz la découvrit sur mon oreiller, il me demanda d'où elle venait. Ma réponse le mit fort en colère : « *Je l'aurais parié ! Elle n'a qu'à la porter elle-même, si elle apprécie ce genre d'artifices. Quant à toi, Siggi, tu n'en as pas besoin. Tu me plais comme tu es.* »

Tandis que j'enfilais une de mes anciennes chemises de nuit, Franz quitta la pièce sous prétexte de ne pas me mettre mal à l'aise. Puis il revint et s'assit au bord du lit, exactement comme mon père l'avait fait en son temps. J'étais toute pantelante. « *Ma petite fille, je vais devoir te faire un peu mal à présent*, dit-il d'une voix brisée par l'excitation. *Mais ne t'inquiète pas, je ferai très attention.* »

Puis il me découvrit jusqu'au nombril. Pas un centimètre de plus. Malgré la patience et la tendresse dont il fit preuve, la douleur fut vive. Par la suite, je continuai d'avoir mal et, ne parvenant pas à prendre du plaisir avec mon mari, finis par me convaincre que, dans ce domaine-là non plus, je n'étais pas normale. Et pourtant Franz se montrait délicat ; pas une seule fois, il ne me demanda de faire quelque chose qui me dégoûtait. Mais il suffisait qu'il vienne me rejoindre dans la salle de bains pour que je me crispe et que j'aie la nausée.

Les deux premières années, nous couchâmes ensemble tous les samedis. Ensuite, nos rapports s'espacèrent. Visiblement, il avait perçu mon malaise, et cela le chagrinait. Pour ma part, je ne pouvais m'empêcher de m'identifier à ma mère, de me dire que j'étais aussi froide et insensible qu'elle. Dans le même temps, j'éprouvais un profond soulagement, ce qui ne faisait qu'aggraver mes remords. Car j'aimais Franz. Il était tout pour moi, et j'aurais vraiment aimé pouvoir le satisfaire.

Pendant la semaine, je prenais de grandes résolutions pour le samedi suivant mais, le moment venu, les haut-le-cœur et les crampes l'emportaient toujours sur ma bonne volonté. Franz éprouvait le besoin de se fatiguer physiquement, il multipliait les heures supplémentaires et travaillait même le week-end. Mais il ne se plaignait jamais et, dès je faisais mine d'aborder la question, s'efforçait de me rassurer : « *Ne t'inquiète pas, Siggi, il n'y a pas de problème. Je sais que tu te donnes du mal. Mais on est comme on est, tu n'y peux rien. Et puis ce n'est pas un drame : pour le reste, nous nous entendons bien.* »

C'est vrai que nous nous entendions bien. Franz était un homme facile à vivre, gentil, serviable et attentionné. Nous habitions un joli petit appartement, mais mon époux débordait de projets : il voulait nous construire une maison, avoir un enfant et se mettre à son compte. À cette fin, il mettait de l'argent de côté, planifiait tout avec le plus grand soin, faisant souvent de savants calculs jusqu'à une heure avancée de la nuit. Et les choses arrivèrent les unes après les autres ; d'abord la maison, puis l'enfant.

Nous étions mariés depuis huit ans lorsque Nicole vint au monde. Franz était si heureux ! Je le revois, penché sur mon lit d'hôpital, un gros bouquet de roses dans les bras que, trop ému, il n'osait pas me tendre. Cette façon dont il me regardait, incrédule, en bredouillant : « *Je n'arrive pas à le croire. Dire que maintenant j'ai deux petites filles à la maison.* »

5

En janvier aussi, l'homme aperçut fréquemment la petite fille devant la vitrine. L'expression de son visage était changeante. Certains jours, elle avait l'air morose comme une vieille femme desséchée. D'autres fois, elle n'hésitait pas à le saluer, avec une lueur de coquetterie dans le regard. Il lui répondait alors par un simple hochement de tête ; la tentation était grande, mais le risque plus encore.

Afin de prévenir tout dérapage, il avait programmé une expédition pour la fin du mois. Cette perspective l'enchantait et il attendit avec impatience le dimanche en question. En raison du mauvais temps, il revint toutefois bredouille, nerveux et déprimé. Et le lendemain, la petite fille était de nouveau en bas de chez lui...

Pour la première fois, il lui rendit son sourire et échangea un ou deux mots avec elle. Quelques jours plus tard, ce fut lui qui l'aborda. Au préalable, il s'était assuré qu'il n'y avait personne dans les parages. Assise sur le perron de l'immeuble, son cartable posé à son côté, elle était en train de jouer avec une de ces hideuses poupées aux jambes et aux cheveux interminables. Ces créatures irréelles affublées de fortes poitrines et de cuisses fuselées qui lui répugnaient tant.

Après lui avoir retiré sa robe vaporeuse de tulle bleue, la petite fille lui enfila avec application un maillot de bain. Puis elle entreprit de passer un peigne minuscule dans ses cheveux en plastique jaune qui la faisaient ressembler à une petite botte de paille.

L'homme l'avait observée de loin et, tandis qu'il s'approchait, la petite fille se mit à regarder dans sa direction. À l'évidence, elle avait très envie qu'il s'intéresse enfin à elle; cela faisait bien longtemps qu'elle ne venait plus uniquement pour les animaux.

— Tu devrais la couvrir, elle risque de s'enrhumer, dit-il.

— Mais je joue à l'été, répliqua-t-elle en se levant pour le laisser passer. D'ailleurs, c'est obligé : c'est une « Barbie Malibu ». Elle n'a que des affaires de plage.

Sur ce, elle se baissa et la ramassa pour la lui montrer. Ses mains étaient sales, ses vêtements usés et de mauvaise qualité. Les coutures de son blouson trop étroit menaçaient de craquer à chaque instant. Quant à son pantalon bariolé et sans coupe, il était beaucoup trop léger et laissait apparaître l'élastique de sa culotte.

L'homme ouvrit la porte et resta planté sur le seuil, prêt à se faufiler à l'intérieur au cas où quelqu'un viendrait.

— Tu habites le quartier? demanda-t-il, tout en laissant glisser son regard sur les cuisses maigrichonnes de la petite fille.

Elle se contenta de secouer la tête.

— Mais alors comment se fait-il que tu viennes jouer ici? Je t'ai déjà vue, il me semble.

— J'ai rendez-vous avec un ami, répondit-elle en haussant les épaules.

Elle mentait : aucun enfant de son âge n'habitait dans les parages.

— Dans ce cas, pourquoi ne sonnes-tu pas ? s'enquit-il sur un ton plus ferme.

Gênée d'avoir été percée à jour, la petite fille piqua un fard et se mordit les lèvres. Puis elle releva la tête et le regarda droit dans les yeux avec un air de défi.

— D'abord c'est vrai que j'ai un ami qui vit ici !

Soudain, il eut une illumination et ressentit une bouffée de colère à l'idée qu'un autre ait pu le devancer. Il se maudit d'avoir tant hésité, d'avoir été si prudent.

— Ah, ça y est... je vois qui tu veux dire, fit-il. À ta place, je me méfierais. Sinon, les policiers viendront t'arrêter. Figure-toi qu'ils sont déjà entrés dans son appartement. Et un jour, ils ont emmené un enfant.

La petite fille le fixa de nouveau. Mais dans son attitude, la provocation avait cédé la place à la crainte. Sachant qu'elle n'oserait jamais interroger le jeune homme du dernier étage sur ses démêlés avec la police, il reprit :

— Je suppose qu'il s'est bien gardé de t'en parler. Et ta mère, elle ne t'a pas dit que c'était dangereux de suivre un inconnu chez lui ?

Intimidée, elle déglutit avec peine. Sans ajouter un mot, l'homme la planta là, traversa le couloir jusqu'à l'escalier et regagna son appartement.

Toute la soirée, il fut hanté par la vision de ses jambes fluettes et de ses ongles noirs. Ah, si seulement il avait pu la faire monter ! Il lui aurait préparé un bon bain et l'aurait lavée de la tête aux pieds. À l'époque, il avait souvent donné le bain à sa fille, et cela avait été un plaisir immense pour eux deux. N'en déplaise à sa femme ou à ce type qu'elle avait trouvé pour le remplacer.

À compter de ce jour, il procéda avec méthode, profitant du fait que l'immeuble soit situé dans une rue tranquille. Comme il s'y attendait, la petite fille revint et désormais, il la croisait au moins trois fois par semaine. Dès que la voie était libre, il restait quelques minutes à discuter avec elle. Il apprit ainsi qu'elle effectuait chaque jour un fort long trajet pour se rendre à son poste d'observation. À l'en croire, c'était à cause des lapins. Elle ne cessait de répéter qu'elle adorait les lapins et prétendait qu'elle en avait même déjà eu chez elle. L'homme ne tarda pas à constater qu'elle avait une fâcheuse tendance à embellir la réalité, mais il n'eut aucun mal à faire la part des choses.

Elle était en ville depuis peu et vivait seule avec sa mère. Ayant jusque-là habité chez ses grands-parents à la campagne, elle avait éprouvé certaines difficultés à s'adapter à son nouvel environnement. C'est pourquoi elle avait passé tout son temps libre à l'explorer, procédant par cercles concentriques jusqu'à échouer devant l'animalerie. Et puis un jour, le jeune homme du troisième l'avait abordée et invitée chez lui. Il l'avait aidée à faire ses devoirs, s'empressant toutefois de lui dire qu'il ne continuerait pas indéfiniment sans contrepartie.

La petite fille aimait parler d'elle et se réjouissait d'avoir trouvé en l'homme une oreille attentive. Tout se présentait sous les meilleurs auspices : sa mère rentrait tard, surtout le jeudi, et consacrait ses week-ends à faire le ménage ou à accomplir des démarches administratives. Aussi sa fille se retrouvait-elle livrée à elle-même à longueur de journée.

Parfois l'homme songeait que la meilleure solution consisterait à lui donner rendez-vous loin de son domicile. Ainsi, au moindre doute, il pourrait prendre les dispositions qui s'imposeraient. Mais il n'avait pas envie d'une liaison éphémère. Son vieux désir avait resurgi : avoir un enfant à ses côtés, jour après jour, nuit après nuit. Un enfant qui ait confiance en lui, qui sache qu'il ne lui voulait pas de mal. Pour les nuits, bien sûr, cela resterait du domaine du fantasme, il en était conscient, mais pour les jours...

Chaque semaine, il prenait la ferme résolution de l'emmener en virée, se disant que cela suffirait à l'apaiser pour un moment et que, de toute façon, il ne pouvait guère espérer mieux sans s'exposer dangereusement. Mais le dimanche venu, il ne parvenait pas à s'y résoudre et s'inventait toutes sortes d'excuses : tantôt il faisait trop froid ou trop mauvais pour que les enfants sortent jouer, tantôt il n'avait plus assez d'essence et aurait des difficultés à trouver une station-service ouverte... Mais il savait fort bien qu'il se racontait des histoires; la petite fille de la vitrine l'obsédait et il souhaitait entamer avec elle une authentique relation.

Et le lundi, elle était de nouveau là, ainsi que le mercredi, le jeudi et le vendredi, guettant son retour du travail. Jusqu'à ce jour, fin février... Il n'avait pourtant rien prémédité. À force de soulever des cartons dans son entrepôt plein de courants d'air, il était transi, fourbu et avait le dos en compote. S'étant arrêté en chemin pour faire quelques courses, il était tombé sur la célibataire d'en face et avait appris qu'elle ne serait pas chez elle. De ce côté-là, la voie était donc libre.

— Je ne sais pas comment tu fais pour passer autant de temps dehors, dit-il à la petite fille, tout en sortant ses clés de sa poche. Tu n'as pas froid ?

— Si, un peu, avoua-t-elle en rentrant les épaules pour appuyer ses dires.

Il sourit, pencha la tête d'un air inquisiteur et lui demanda :

— Tu as encore rendez-vous avec ton ami, c'est ça ?

— Non. J'y vais plus chez lui, répondit-elle en secouant la tête avec conviction.

Sa phrase résonna comme un aveu : désormais, c'était lui qu'elle attendait.

— Ça te dirait de venir te réchauffer chez moi ? Même si je n'ai pas de lapin !

Elle se mit à rire, jeta un dernier regard à la vitrine et acquiesça.

— Oh, je m'en fiche, lâcha-t-elle en se levant pour le suivre.

6

Pendant toutes ces années, je n'évoquai qu'une seule fois le rêve de la pendule avec Franz. C'était juste après notre dixième anniversaire de mariage.

— Je ne vois pas pourquoi ce serait impossible, commenta-t-il après m'avoir écoutée sans broncher. Il me semble t'avoir dit qu'il y avait chez toi quelque chose de pas ordinaire.

Il n'avait probablement pas cru un mot de mon histoire. De même qu'il n'avait pas paru comprendre que, si je lui en parlais, c'était parce que, pour la première fois depuis treize ans, le messager du diable à capuche noire s'était manifesté de nouveau. Ce lutin maléfique qui se contentait de m'annoncer un décès trois jours avant qu'il n'intervienne, sans jamais me donner de nom ni me montrer de visage. Cet oiseau de mauvais augure qui me délivrait des signaux trop obscurs pour que je puisse éviter le pire.

Au départ, je parvins à ne pas céder à la panique; après une si longue période d'accalmie, je n'y croyais plus vraiment. Mais très vite, je me ravisai et décidai de consulter Franz. Et le troisième jour, il fonça droit dans un arbre avec sa voiture. D'après la police, il était mort sur le coup. C'était un samedi du mois d'avril, il y a six ans. Et la nuit dernière, j'ai refait le même cauchemar.

En perdant mon mari, ce fut comme si je perdais une partie de moi-même. Comme si un gouffre s'était creusé en moi, si sombre et si profond que je ne parviendrais jamais à le combler. Franz était mon unique soutien, un homme qui avait les pieds sur terre et sur lequel j'avais pu me reposer entièrement pendant douze ans. Un homme qui savait quand il fallait tondre la pelouse ou rempoter les plantes, qui savait réparer un robinet qui fuyait.

Ce jour-là, il s'était rendu sur un nouveau chantier : salle de bains, cuisine, buanderie, terrasse... de longues semaines de travail avec à la clé un bon paquet d'argent pour sa famille. Avant de partir, il m'avait avertie qu'il risquait de rentrer tard. Aussi écoutai-je les gendarmes en pensant qu'il allait revenir. Dès qu'ils furent partis, j'allai me coucher et m'endormis sans difficulté. Lorsque Nicole me réveilla le lendemain matin, j'étais toujours seule dans mon lit; décidément, Franz avait eu un gros contretemps.

Vers midi, ma belle-mère se présenta, les yeux cernés et rougis par les larmes. Aussitôt, elle se mit à vociférer, me reprocha d'avoir appris la nouvelle par les gendarmes et de ne pas avoir daigné la prévenir. Je ne voyais pas du tout de quoi elle parlait. Elle me scruta un long moment avant de déclarer :

— Voilà ce qui arrive quand un homme est à bout. Quand, après avoir passé des années à espérer, il finit par réaliser que rien ne changera jamais.

Sur ces mots, elle tourna les talons et se dirigea vers la porte.

— Si tu savais le nombre de fois où il est venu se confier à moi, ajouta-t-elle en s'arrêtant sur le seuil. Lorsque je lui disais qu'il avait l'air malheureux, il me répondait : « *Laisse, maman, Siggi n'y est pour rien. C'est ma faute. Pourtant je me donne du mal, je fais mon maximum pour ne pas l'importuner.* »

Elle fut prise d'un rire nerveux mêlé de sanglots.

— Ne pas l'importuner ! reprit-elle. Est-ce qu'on se marie pour en être réduit à ne pas importuner sa femme ? Qu'est-ce qu'il te voulait donc de si terrible, hein ? Tu ne pouvais pas prendre un peu sur toi, non ? Pourtant, le moins qu'on puisse dire c'est qu'il n'a pas ménagé sa peine. Et toi, de ton côté, qu'as-tu fait pour lui être agréable, je te le demande !

Je venais enfin de comprendre. Aussitôt, je me sentis happée par le cadran noir qui tournoyait sur lui-même avec l'homme à la capuche qui dansait à mes côtés. Je ne refis surface qu'au bout de plusieurs semaines.

Lorsque je repense à cette période, le seul souvenir qui me revienne à l'esprit est celui de ma mère. Je la revois, assise en face de moi dans notre vaste salon flambant neuf, en train d'examiner un à un tous ces meubles que nous n'avions pas fini de payer. Elle tient une série de papiers à la main : injonctions, mises en demeure, rappels des intérêts hypothécaires... Et cette question, lancinante : « *Qu'est-ce que tu comptes faire, maintenant, Siggi ?* »

De l'enterrement, en revanche, je n'ai gardé aucune image. J'ignore à quoi ressemblait le cercueil, si j'ai jeté un bouquet de fleurs dans la tombe, si nous avons pris un café ensuite, si je portais bien cette robe sombre qui, depuis, est rangée dans ma penderie... Il y a juste ces quelques mots qui ne cessent de me hanter : « *Elle me fait froid dans le dos, celle-là, on dirait un bloc de glace.* » Ma belle-mère les a-t-elle vraiment prononcés ou ne sont-ils que le fruit de mon imagination ?

En revanche, il est une phrase de ma mère dont je me souviens parfaitement. Terrible, glaçante, elle continue de résonner dans ma mémoire :

— Surtout ne t'imagine pas que tu vas pouvoir revenir chez moi et vivre à mes crochets.

— Ne t'inquiète pas, lui avais-je répondu. Je vais m'en sortir toute seule, comme toi, à l'époque. Cette maison était le grand rêve de Franz et il est hors de question que d'autres l'occupent.

Mais ma situation n'avait rien à voir avec la sienne. À la suite du décès de mon père, elle s'était en effet vu verser une pension confortable. Quant à moi, je ne touchai pas un centime : Franz s'était installé à son compte à peine un an avant l'accident. Bien qu'étant enfin parvenu à vivre comme il l'entendait, il n'avait pas encore gagné assez d'argent pour en mettre de côté en cas de coup dur. Tout ce qu'il me laissait, c'était ses caisses remplies de dalles et de carreaux qui s'amoncelaient dans notre garage.

Sans parler du sentiment de culpabilité qui me tenaillait. Si seulement j'avais été capable de surmonter mon dégoût, de lui montrer, ne serait-ce qu'une fois, que j'avais envie de lui. Si seulement, ce jour-là, j'avais insisté pour qu'il ne rentre pas trop tard afin que nous puissions faire l'amour. Si je lui avais souri d'un air un peu coquin, si... Mais au lieu de cela, je m'étais contentée de lui dire, avec une expression qui devait trahir mon soulagement : « *Ça ne fait rien. Je vais regarder le film sur la deux et puis j'irai me coucher. De toute façon, je suis fatiguée.* » Et voilà qu'à vingt-huit ans, je me retrouvais seule, endettée jusqu'au cou, avec une maison et une petite fille de deux ans sur les bras. Personne, à commencer par moi-même, ne donnait cher de ma peau. Et pourtant je parvins à survivre, me vouant corps et âme à Nicole et à la maison.

Fort heureusement, Franz l'avait construite avec l'aide de ses frères, sinon nos dettes auraient été encore plus élevées. Une superbe maison, conçue pour une vraie famille : cent soixante mètres carrés, quatre-vingts par niveau, avec un sous-sol et une large terrasse donnant sur un jardin. Au rez-de-chaussée, il y avait l'entrée, le salon, la cuisine, un bureau et un cabinet de toilette. Quant à l'étage, il se composait de deux chambres à coucher dont la plus grande s'ouvrait sur un balcon protégé du vent, d'une salle de bains et d'une dernière pièce qui aurait pu accueillir un deuxième enfant. Juste avant sa mort, Franz avait d'ailleurs souvent évoqué cette hypothèse. « *Lorsque nous aurons fait le plus dur* », avait-il coutume de dire. Non, décidément, il était inconcevable que cela se soit passé comme ma belle-mère l'avait laissé entendre. La police avait conclu à un accident. Une vitesse excessive alliée à une chaussée glissante et à un virage trop serré... Franz n'avait pas pu se suicider; je n'y aurais pas survécu.

Les premiers temps, je ne passai pas une seule nuit sans faire d'affreux cauchemars. Dans l'un d'eux, je me trouvais dans notre lit, ce fameux samedi soir. Soudain Franz entrait, s'approchait de moi et murmurait : « *Je vais devoir te faire un peu mal, à présent.* » Puis il me plantait un couteau dans le ventre. Dans un autre, j'étais dans mon bain en train d'écouter de la musique. Tout à coup, la longue brosse destinée à se frotter le dos s'élevait en l'air, comme dirigée par une main invisible, et ses poils drus venaient s'insinuer entre mes jambes, fouillant mon intimité et me déchirant de part en part.

Il m'arrivait aussi de voir le visage débonnaire de Franz planer au-dessus de ma tête. Le regard empreint d'une bienveillance infinie, il me disait : « *Qu'y a-t-il, Siggi, ça ne te plaît pas ? Pourtant je fais très attention. Tu n'es qu'une petite fille, je le sais bien.* » Avant même qu'il ait achevé sa phrase, je me recroquevillais de l'intérieur, en proie à des contractions si fortes que même en songe, je me tordais de douleur. D'après mon médecin, que j'avais fini par aller consulter, je souffrais de vaginisme...

Ce rêve enfin, le plus fréquent, dans lequel je courais à en perdre haleine mais sans avancer d'un pouce le long d'une voie de chemin de fer enneigée. Au loin, j'apercevais une lumière et derrière moi, j'entendais haleter. C'était Franz qui me poursuivait, armé d'une lame de rasoir. « *Arrête-toi, petite fille ! N'aie pas peur. Tout ce que je veux c'est que ce soit lisse et net, comme un carrelage bien fini.* » Au beau milieu de ma fuite, je réalisais que j'avais oublié Nicole et c'est à ce moment-là que je me réveillais.

Mais ce n'étaient que de simples cauchemars qui ne portaient pas à conséquence. Seul compte celui de la pendule, avec l'homme en noir et son petit marteau. La nuit dernière, il est revenu. Et dans trois jours, ce sera au tour de sa sœur avec sa grande faux.

7

Les choses se passèrent mieux que prévu. La première fois, la petite fille resta environ une demi-heure. Elle but une limonade et mangea des gâteaux, tout en admirant son épingle à cravate et ses boutons de manchette, ces vestiges d'un temps meilleur qu'il laissait toujours bien en évidence sur son buffet.

Après avoir estimé qu'il devait être riche puisqu'il possédait des objets de valeur, elle lui confia que sa mère, qui travaillait dans un grand magasin, ne cessait de se plaindre de mal gagner sa vie. Puis elle lui parla de ses camarades de classe, dont beaucoup s'affichaient avec des montres, des blousons ou des chaussures de marque, et lui avoua qu'elle les enviait un peu. Ensuite, elle lui raconta son récent déménagement, en précisant qu'au début elle avait détesté la ville. Lorsqu'il l'interrogea sur le garçon du dernier étage, elle se contenta de lui répéter qu'elle ne le fréquentait plus.

Au moment de partir, elle lui demanda si elle pourrait revenir le voir.

— Si ça ne tenait qu'à moi, je n'y verrais aucun inconvénient, répondit-il. J'aime bien avoir de la compagnie. Mais je me méfie de mes voisins. À ton avis, que vont-ils penser de moi s'ils voient un enfant entrer et sortir de mon appartement ? Il suffit de les entendre médire sur ton ancien ami.

— On n'aura qu'à faire très attention.

Non sans avoir feint d'hésiter, il lui prodigua quelques conseils de prudence qu'elle s'engagea à observer avec enthousiasme. Ils convinrent ainsi qu'elle ne sonnerait jamais chez lui car cela risquait de s'entendre, mais qu'elle viendrait se poster devant l'animalerie entre 17 h 30 et 18 heures en attendant qu'il lui ouvre. Loin d'éprouver le moindre soupçon, la petite fille semblait fascinée par ces cachotteries. Lorsqu'il la raccompagna à la porte, elle lui promit même de redescendre l'escalier en chaussettes. Satisfait, l'homme passa toute la soirée à imaginer l'avenir radieux qui l'attendait. Par la suite, la petite fille lui rendit de fréquentes visites. Dans l'immeuble, personne ne se rendit compte de quoi que ce soit, pas même la célibataire d'en face. Pour s'en assurer, il n'hésita pas à engager la conversation avec elle chaque fois qu'il la croisait.

Un jour, la petite fille lui apporta son bulletin scolaire. L'air totalement désemparé, elle lui expliqua qu'elle devait le présenter le lendemain signé par sa mère, mais qu'elle n'osait pas le lui montrer parce que ses notes étaient mauvaises.

— Elle va me gronder, gémit-elle d'une voix étouffée, veillant comme d'habitude à ne pas faire trop de bruit. Elle dit que si ça continue, elle me mettra à la DDASS.

Ce qu'elle attendait de lui ne faisait aucun doute et il n'hésita d'ailleurs pas longtemps. La mère avait déjà apposé son paraphe sur une autre page, à côté de l'appréciation d'un professeur. Après quelques essais, l'homme parvint à l'imiter à la perfection et signa à l'endroit indiqué.

— Mais ça devra rester entre nous, déclara-t-il avec fermeté. Sinon, nous nous attirerons les pires ennuis.

La petite fille le remercia en hochant la tête avec conviction.

De fil en aiguille, l'homme parvint ainsi à instaurer entre eux une série de secrets qui renforçaient leur complicité et constituaient autant de gages de son silence. Au gré de leurs discussions, il surprenait parfois un mensonge mais se gardait bien de le relever, faisant comme s'il la croyait sur parole. L'idée qu'elle pût s'intéresser à lui par calcul ne l'effleura même pas. À ses yeux, la cause était entendue : tout ce dont elle avait besoin, c'était d'un peu d'attention et de compréhension. Et il remplissait parfaitement cet office.

Mais il était conscient que, compte tenu de l'âge de la petite fille, cela ne pourrait pas durer. Si elle devenait méfiante, il serait peut-être déjà trop tard. Au début, il parvint à se contrôler, se contentant de caresses furtives qu'il s'arrangeait pour travestir en sollicitudes diverses. Une fois, il lui effleura les cuisses en faisant mine de vouloir palper son pantalon. « *Il n'est plus à ta taille*, fit-il en cachant sa main derrière son dos pour dissimuler son tremblement. *Ta mère devrait tout de même s'en rendre compte. Ce n'est pas bon de porter des vêtements trop étroits. Ça empêche le sang de circuler. Tiens, je parie que tu as souvent froid aux pieds.* » La petite fille qui, ce jour-là, ne portait pas de chaussettes, s'empressa d'acquiescer. Et lorsqu'il lui suggéra de retirer son pantalon tant qu'elle était bien au chaud chez lui, elle s'exécuta aussitôt. Puis elle le laissa lui masser les jambes pour activer la circulation, riant un peu parce que ses doigts la chatouillaient quand ils passaient sous la couture de sa culotte. Mais elle n'y vit que du feu.

Désormais, l'homme s'arrangeait pour avoir toujours des sucreries en réserve, allant même jusqu'à acheter de nouveaux habits pour l'affreuse poupée ou à donner quelques pièces à sa protégée afin qu'elle choisisse elle-même ce qu'elle voulait. La petite adorait grignoter mais n'avait presque pas d'argent de poche. Une fois, alors qu'il venait de lui faire un cadeau, elle s'assit sur ses genoux, passa ses bras tout maigres autour de son cou et se blottit contre lui. Elle était si heureuse en sa compagnie, lui confia-t-elle. Il lui rappelait son grand-père qui lui manquait tant. L'homme sentit la délicieuse odeur de chocolat lui chatouiller les narines. N'y tenant plus, il hésita longuement à mettre des comprimés dans sa limonade mais se ravisa à la dernière minute. Si elle avait été moins grande, il l'aurait sûrement fait...

8

Au cours de ces six dernières années, il ne s'est pas passé une soirée sans que je pense au moins une fois à l'homme en noir. Pendant la journée, en revanche, j'avais tant de choses à faire que je parvenais en général à l'oublier. Des choses dont Franz s'était jusque-là chargé et qu'il me fallait dorénavant affronter moi-même. A priori, l'alternative était claire : soit je me livrais pieds et poings liés à la banque et aux huissiers, soit je décidais de me battre. Pour Nicole, pour moi, pour la maison. Me battre, moi ? Cela me paraissait inconcevable.

Contre toute attente, les choses s'arrangèrent d'elles-mêmes. Pour commencer, je touchai l'assurance vie de Franz, un pécule certes modeste, mais qui me permit de financer l'enterrement, d'achever de payer les meubles et de vivoter quelque temps. Ensuite, ma sœur Anke prit le relais. Elle gagnait sa vie et, habitant encore chez notre mère, ne dépensait rien.

Je comptais aussi beaucoup sur l'aide de mes beaux-frères. Du vivant de Franz, ils avaient été très présents, mais depuis sa mort, je sentais qu'ils s'éloignaient de moi. Ils me prodiguèrent néanmoins quelques conseils et eurent une idée de génie : ils montèrent une cloison à l'étage, devant l'escalier, et transformèrent la deuxième chambre d'enfant en cuisine. Puis je passai une annonce : « À louer à dame seule d'un certain âge : deux pièces, cuisine, salle de bains, balcon ».

Mon choix se porta sur une certaine Mme Humperts. J'avais eu du flair : bien qu'âgée d'une soixantaine d'années comme ma mère, elle ne lui ressemblait en rien.

— Allons, mon enfant, vous ne pouvez pas rester chez vous à ruminer jusqu'à la fin de vos jours, me dit-elle juste après avoir emménagé. Voici ce que je vous propose : trouvez-vous un travail, ça vous changera les idées et arrondira vos fins de mois. Ce n'est pas avec ce que je vous verse que vous vous en sortirez. Moi, je m'occupe de votre fille. Si, si, j'insiste, ça me fait plaisir. Elle est tellement adorable.

C'est vrai qu'elle était gentille. Et plutôt en avance sur son âge, de surcroît. « *Elle a la science infuse* », commentait ma mère, acerbe. En tout cas, elle s'entendait fort bien avec Mme Humperts.

Sur le conseil de cette dernière, je posai ma candidature à des postes de vendeuse, métier pour lequel j'avais, il est vrai, reçu une formation, et ne tardai pas à être engagée au rayon alimentation d'une grande surface de Cologne. Mon salaire couvrait tout juste les traites de la maison. Quant au loyer, il nous permettait, à Nicole et à moi, de faire face aux dépenses courantes, de régler les factures d'eau et d'électricité, les impôts locaux et la redevance de la télévision. Ce n'était pas le Pérou, mais nous nous débrouillions.

Petit à petit, je commençais à prendre mon parti de l'absence de Franz. Chaque semaine, je me rendais sur sa tombe et lui racontais tout ce qui me traversait l'esprit. J'eus ainsi l'occasion de lui dire que j'aurais aimé que cela se passe mieux entre nous, que j'avais été très heureuse avec lui du dimanche au vendredi et que je m'en voulais pour les samedis. Que c'était peut-être à cause de toutes ces fariboles qu'Hedwig m'avait racontées à l'époque, lorsqu'elle me parlait de son fiancé qui lui faisait l'amour sur le siège arrière de sa voiture. Son fiancé qui la déshabillait, d'abord le chemisier, puis le soutien-gorge, qui la détaillait du regard, la caressait et lui embrassait les seins, tout en lui susurrant des paroles obscènes...

Je lui disais aussi que je m'étais souvent demandé comment ce serait avec quelqu'un qui se comporterait de la sorte, plutôt que de se contenter de remonter ma chemise de nuit jusqu'au nombril ou de me frotter le dos. Qu'il m'était même arrivé d'en rêver, mais qu'à présent, je ne voulais plus le savoir et que j'avais fait une croix définitive sur les hommes. En rentrant du cimetière, je me sentais apaisée. Franz m'avait pardonnée, je le savais, et mes terribles cauchemars s'estompaient peu à peu.

La veille de mon premier jour de travail, je fis même un rêve très agréable dans lequel ma vieille amie Hedwig, que j'avais perdue de vue depuis fort longtemps, me consolait et m'assurait qu'un jour nous aurions la belle vie. Le lendemain, je me retrouvai nez à nez avec elle. Tout d'abord, je ne la reconnus pas. De plus, le nom de « Otten » ne me disait rien mais Hedwig, elle, n'eut aucune hésitation. À l'en croire, je n'avais pas changé.

Pendant les pauses déjeuner, nous eûmes tout le loisir d'évoquer les années écoulées. Hedwig s'était mariée, ce qui était dans l'ordre des choses, mais pas avec son amant de l'époque. Cela n'avait d'ailleurs pas duré bien longtemps, me confia-t-elle, et sur la fin, ils n'avaient pas arrêté de se disputer. Avec son mari non plus elle ne semblait guère s'entendre. Ce dernier n'ayant pas d'emploi, ils étaient hébergés par ses beaux-parents et vivaient tous deux sur son seul salaire. « *Et encore, il en boit la moitié*, précisa-t-elle. *Dès qu'il trouve un boulot, il se fait renvoyer au bout de quelques jours. Nous n'avons même pas de quoi nous payer un appartement, c'est lamentable !* » Hedwig avait également une fille, Nadine, qui avait trois ans de plus que Nicole. C'était sa belle-mère qui s'en occupait.

J'avais l'impression que l'histoire se répétait et, désormais, ma relation avec Franz m'apparaissait comme une heureuse parenthèse. Ce sentiment me gagnait dès que je sortais de chez moi le matin : courir pour attraper le bus, se dépêcher de prendre la correspondance à Horrem, enfiler ma blouse, déballer les produits, les mettre en rayon... Heureusement qu'il y avait nos conversations avec Hedwig !

Comme il fallait s'y attendre, elle ne me crut pas lorsque je lui annonçai que j'avais renoncé aux hommes. « *À la rigueur, on pourrait comprendre que moi, je tienne des discours pareils*, me répondit-elle. *Tu ne peux pas savoir ce que c'est quand il rentre ivre mort et me tombe dessus. La plupart du temps, il n'y arrive pas vraiment, alors il s'énerve et se défoule sur moi. Une fois, je me suis enfermée dans la salle de bains et il s'est mis à frapper Nadine jusqu'à ce que je lui ouvre. Toi, au moins, tu n'as pas eu à subir ça avec ton Franz.* » À plusieurs reprises, je faillis lui parler de nos rapports sexuels, évoquer mon sentiment de culpabilité et les accusations de ma belle-mère. Mais je m'abstins et Hedwig ne me demanda pas de détails.

Le soir, je devais de nouveau supporter le stress des transports en commun, mais à mon retour, le dîner était prêt et la table mise. En fin de compte, c'était comme si j'étais retournée chez ma mère. Une fois couchée, je peinais cependant à trouver le sommeil, repensant inlassablement aux différents événements qui avaient marqué ces douze ans passés avec Franz, depuis notre première rencontre jusqu'au drame. À ma belle-mère, aussi, qui trouvait l'air si irrespirable en ma présence, ou encore aux réactions de terreur que j'avais suscitées chez ma grand-mère. Et puis il y avait cette phrase de Franz, obsédante : « *Je ne vois pas pourquoi ce serait impossible. Il me semble t'avoir déjà dit qu'il y avait chez toi quelque chose de pas ordinaire.* » La perspective de refaire mon cauchemar m'angoissait. Mais je finissais quand même par m'endormir et l'homme à la pendule me laissait en paix. Jusqu'à ce vendredi, fin avril...

Je me réveillai en sursaut, les bras tendus devant ma poitrine comme si je cherchais à repousser un agresseur invisible... Et maintenant, à qui le tour ? Il ne restait pas grand monde dans mon entourage qui comptât vraiment à mes yeux. À la réflexion, il n'y avait plus que Nicole. Depuis sa naissance, je n'avais cessé de craindre qu'il lui arrive malheur, assaillie à son sujet par des visions d'horreur semblables à celles qui avaient émaillé mon enfance. Mais après la mort de Franz, elles s'étaient calmées. En outre, je savais que Nicole était désormais en de bonnes mains. Mme Humperts s'occupait d'elle à merveille et je la voyais mûrir de jour en jour. Autant elle faisait peu de cas de ce que je lui disais, autant elle écoutait notre locataire et lui obéissait au doigt et à l'œil. Quel n'avait donc pas été mon désespoir lorsque Mme Humperts m'avait annoncé qu'elle nous quittait pour rejoindre sa fille et ses petits-enfants ! Quoiqu'elle m'eût prévenue longtemps à l'avance que cela risquait d'arriver, j'étais tombée de haut.

Il était 5 heures du matin, le réveil n'avait pas encore sonné et la maison était plongée dans le silence. Mme Humperts dormait en haut, Nicole dans l'ancien bureau de Franz, juste à côté de la porte d'entrée. Quant à moi, je m'étais, depuis les travaux, repliée sur le canapé-lit du salon. Ce n'était pas idéal mais cela ne me dérangeait pas. À la pensée que Nicole puisse être menacée, je manquai défaillir. Puis je tentai de me raisonner : la malédiction ne touchait pas forcément les gens que j'aimais puisqu'il y avait eu à l'époque toutes ces personnes âgées que je connaissais à peine.

Ou alors ma mère ? Non, sûrement pas. Jamais l'homme en noir ne me serait apparu s'il s'était agi d'elle. Dans ce cas, pourquoi pas Anke ? Bien qu'elle n'habitât pas loin, nous nous voyions peu. Mais nous nous entendions très bien, et elle était toujours là lorsque j'avais besoin d'elle. Ma sœur s'était mariée cinq ans auparavant. Son époux, Norbert Meurer, était plutôt sympathique et, les ponts ayant été coupés avec la famille Pelzer, il était devenu le seul homme susceptible de m'aider lorsqu'il y avait des travaux à faire dans la maison.

5 h 15. Il était temps de me lever et de prendre ma douche. La dernière intervention des frères de Franz avait consisté à m'en installer une dans la buanderie. Certes, je regrettais beaucoup de ne plus pouvoir me prélasser dans un bon bain chaud en écoutant de la musique, mais je m'étais fait une raison. On s'habitue

à tout. Sauf bien sûr à certains cauchemars... Anke ? Oh non, par pitié, pas ça ! Elle avait eu son premier enfant il y a deux ans, une petite fille qui s'appelait Mara. De nouveau enceinte, elle devait accoucher dans quelques semaines, et je me voyais donc mal l'inquiéter avec mes élucubrations. Prenant mon courage à deux mains, j'allumai la lumière, enfilai ma robe de chambre et descendis au sous-sol. Rien de tel que ce genre de gestes anodins pour lutter contre la panique. À l'exception de quelques sous-vêtements en tissu léger, le linge que j'avais lavé la veille n'était pas encore sec. Il aurait mieux valu qu'il soit à l'air, mais, depuis le décès de Franz, je n'aimais pas laisser les fenêtres ouvertes pendant la nuit.

Déjà presque 6 heures. Préparer le petit déjeuner, réveiller Nicole... Aujourd'hui, il ne fallait surtout pas que j'oublie d'acheter le journal pour vérifier que mon annonce était bien parue. Je l'avais libellée exactement dans les mêmes termes qu'à l'époque et il ne me restait plus qu'à croiser les doigts pour tomber sur une nouvelle Mme Humperts. La veille au soir, c'était encore mon unique préoccupation. Et à présent, c'était devenu le cadet de mes soucis.

9

Un jour du mois d'avril, la petite fille se présenta chez lui plus tôt que d'habitude. Dès qu'il la vit, l'homme, qui avait jusqu'alors réussi à se contenter de ses photos, réalisa que le moment était venu de franchir un pas. Après avoir examiné l'idée des somnifères sous tous les angles, il avait fini par l'exclure. Si elle avait pu passer la nuit chez lui, cela aurait été envisageable ; le lendemain matin, il aurait sans nul doute trouvé une explication pour son endormissement intempestif. Mais malheureusement, il n'en était pas question. D'un autre côté, cela ne pouvait plus durer...

— Regarde dans quel état tu es ! s'exclama-t-il alors qu'elle s'apprêtait à s'asseoir. Tu vas salir mon fauteuil. Ça t'arrive de te laver ?

La petite fille rougit et hocha la tête.

— Eh bien, on ne dirait pas. Mais il n'y a pas de quoi avoir honte. À ton âge, c'est encore à ta mère de prendre soin de toi.

Puis il se leva, alla dans la salle de bains et ouvrit les robinets.

— Allez, ouste, à l'eau ! lança-t-il, enjoué. C'est l'heure du grand nettoyage de printemps !

Tandis qu'elle barbotait et se passait mollement la main sur le corps, il se posta sur le seuil de la porte et l'entretint de ses petits-enfants, précisant qu'ils étaient fous de joie lorsqu'il leur rendait visite, qu'ils lui confiaient tous leurs secrets, et que c'était grâce à eux qu'il parvenait si bien à la comprendre. Soudain, ses tremblements devinrent irrépressibles et il s'avança vers la baignoire.

— Tu pourrais quand même faire un effort, dit-il en la saisissant par le bras pour l'obliger à se lever.

Sans lui laisser le temps de protester, il s'empara du morceau de savon et entreprit de la frotter avec vigueur, lui expliquant que certaines parties du corps, plus sujettes que d'autres aux irritations et aux inflammations, nécessitaient une attention particulière. Joignant le geste à la parole, il lui démontra que, pour mieux en atteindre les plis et les recoins, il convenait de se servir de ses doigts et non d'un gant de toilette. D'ailleurs, ajouta-t-il, cela valait aussi pour les garçons. Mal à l'aise, la petite se raidissait et grimaçait de dégoût. À un moment, elle fit même mine de le repousser mais son geste resta en suspens.

Imperturbable, l'homme poursuivait ses commentaires : bien sûr, elle n'était pas au courant de ces choses-là, puisque sa mère ne remplissait pas son rôle et qu'on avait jugé bon de la priver de père... Pour faire bonne mesure, il lui montra ce à quoi les garçons, eux, devaient particulièrement veiller pendant leur toilette. Au début, elle baissa les yeux, l'air horrifié. Mais il ne s'interrompit pas et, bien qu'il n'y tînt plus, continua de s'adresser à elle sur un ton neutre jusqu'à ce qu'elle ose enfin regarder.

Puis il la laissa tranquille, ajoutant que les adultes se divisaient en deux catégories : ceux qui aimaient et chérissaient les enfants, et les autres, qui n'avaient pas de temps à leur accorder, qui parfois même les battaient parce qu'ils ne leur donnaient pas satisfaction. En outre, conclut-il, il fallait apprendre à se méfier des apparences. Ainsi, contrairement à lui, le garçon du troisième était quelqu'un de fort peu recommandable.

De retour au salon, la petite fille demeura sur ses gardes. Blottie dans le canapé, elle jetait des coups d'œil inquiets à travers la pièce tout en fuyant le regard de l'homme. Mais progressivement, elle reprit ses esprits et lui raconta que sa mère l'avait grondée sous prétexte qu'elle avait dépensé tout son argent pour acheter une robe et une montre pour sa poupée.

— Je lui ai juré que c'était un cadeau, précisa-t-elle, mais elle ne m'a pas crue.

— J'espère au moins que tu ne lui as pas dit qui te les avait offerts, répliqua l'homme les lèvres pincées. Je n'ai aucune envie qu'elle vienne me trouver pour faire un scandale. Si c'est vraiment un dragon comme tu le prétends, je préfère ne pas avoir affaire à elle. Mais si ça se trouve, tu exagères, encore une fois.

La petite secoua la tête avec conviction, assurant qu'elle n'exagérait jamais, et lui promit qu'elle avait tenu sa langue. Puis elle lui parla de sa grand-mère, à qui elle pouvait se confier mais qu'elle n'avait hélas plus le droit de voir. Quant à son père, il était violent et c'était elle qui ne voulait plus le voir. Mais c'était dommage quand même, car elle se sentait très bien chez ses grands-parents ; comme chez l'homme, il y avait toujours des bonbons, du chocolat et plein d'autres sucreries. De plus, son grand-père élevait des lapins. À chaque portée, elle avait eu le droit d'en emporter un à la maison et même de dormir avec. Elle aurait tant aimé avoir de nouveau un lapin. Mais sa mère était contre.

10

Les visages et les noms s'entrechoquaient dans mon esprit, et je ne parvenais à fixer mes pensées sur rien. Seules mes mains s'occupaient utilement : préparer un sandwich pour Nicole, ranger le linge propre, changer les draps, remettre le canapé en place... Chaque jour, les mêmes gestes.

Je jetai un dernier coup d'œil dans la chambre de ma fille. Sur le sol, un livre consacré aux chevaux ; au mur, un poster avec des chevaux. Nicole les adorait. Elle rêvait de prendre des leçons d'équitation. Mais c'était impossible, beaucoup trop cher. Plus tard, peut-être... « *Quand je serai grande et que je gagnerai plein d'argent* », disait-elle. Je ne comprenais pas où elle allait chercher toute cette énergie. Elle avait un caractère diamétralement opposé au mien. L'avait-elle hérité de son père ou était-ce l'influence de Mme Humperts ? Je l'ignorais mais, quoi qu'il en soit, elle avait confiance en elle et savait ce qu'elle voulait. Parfois, elle témoignait même à mon égard d'une certaine condescendance. Comme ce matin-là, d'ailleurs. Cartable sur le dos, sac de sport à la main, elle était déjà prête à partir ; depuis la rentrée, elle avait piscine le vendredi matin.

— Surtout, sèche bien tes cheveux avant de sortir,

lançai-je depuis la cuisine, sachant qu'elle ne le faisait jamais.

— Enfin, tu me prends pour qui ?

— Et n'oublie pas que tu vas chez mamie après l'école. Mme Humperts doit faire ses cartons. Elle n'aura pas le temps de s'occuper de toi.

— Mais non ! Elle veut que je l'aide, elle me l'a dit hier.

— Fais attention en traversant !

La porte d'entrée claqua.

Engourdie par l'angoisse, je pris mon sac, mis mon manteau et sortis à mon tour. Cette sensation d'oppression ne me quitta pas de tout le trajet en bus et, lorsque j'achetai le journal à la gare et montai dans le train, elle était encore présente. Je pris place dans le compartiment, distribuant des sourires et des signes de tête aux voyageurs anonymes que je côtoyais tous les jours. Puis nous échangeâmes quelques banalités sur le temps et je me plongeai dans la relecture de mon annonce.

La plus spacieuse des deux pièces mentionnées était notre ancienne chambre. C'est Franz qui l'avait décorée, tout en bleu et blanc, avec un plafond recouvert de tulle qui imitait le ciel. « *Je veux que ma petite fille puisse le contempler en s'endormant* », avait-il commenté. En face du lit se trouvait le grand placard avec ses miroirs sur les portes et, juste devant, un fauteuil dans lequel Franz m'avait parfois prise sur ses genoux. Lorsque nous faisions l'amour couchés, je ne pouvais pas m'empêcher de regarder dans la glace. C'était plus fort que moi. Et alors je l'apercevais, arc-bouté sur moi, mes genoux repliés dans son dos. Un dos bien bronzé, car il brunissait vite et beaucoup, sauf son visage qui avait tendance à rougir.

Quand nous étions dans le fauteuil, en revanche, j'étais obligée de le voir, son visage. Dans ces moments-là, il n'était guère à son avantage, grimaçant et couvert de sueur. Aussi m'arrivait-il d'imaginer que ce n'était pas Franz qui s'agitait entre mes jambes mais quelqu'un d'autre, quelqu'un que je ne connaissais pas et que je ne reverrais jamais. C'était la seule solution pour que la chose devienne à peu près supportable. Entre-temps, j'avais revendu les meubles, fauteuil compris. J'en avais tiré une somme dérisoire mais cela m'avait permis de tenir un bon mois et je m'en étais réjouie.

Franz, j'ai besoin de toi ! De qui s'agit-il, cette fois-ci ? Depuis toutes ces années, j'avais la conviction que mon défunt époux veillait sur moi et qu'il était en mesure de me venir en aide. Que c'était lui qui m'avait envoyé Mme Humperts, lui qui avait fait en sorte que j'obtienne mon poste dans le grand magasin, lui, encore, qui avait organisé nos retrouvailles avec Hedwig. *Franz, Mme Humperts déménage demain. Et j'ai de nouveau rêvé de la pendule. Que dois-je faire ?*

« ... cuisine, salle de bains, balcon... à dame seule d'un certain âge. » Mais il n'y aurait pas de deuxième Mme Humperts ; elle était irremplaçable. Non seulement elle avait pris soin de Nicole, mais elle s'était occupée d'un tas de corvées, des vitres, du repassage, du jardin, des poubelles et même, à l'occasion, de la paperasse : « *Faites voir, mon enfant... Oh, ne vous inquiétez pas, ce n'est rien. Tenez, laissez-moi faire.* » Dans l'annonce, il était dit d'appeler le samedi à partir de 20 heures. Le frère aîné de Franz m'ayant recommandé de supprimer toutes les dépenses superflues, j'avais renoncé au téléphone et la ligne était au nom de Mme Humperts. Après avoir couché Nicole, j'irais donc me poster dans l'appartement vide. Mais pour attendre qui ? Pour attendre quoi ?

Et puis, qui allait y passer cette fois-ci ? Nicole, Anke, Norbert, la petite Mara ou le bébé à naître ? À moins que ce ne fût Günther. Mais oui, bien sûr, comment n'y avais-je pas pensé plus tôt ? J'avais prêté serment sur la tombe de mon mari et, pendant cinq ans et demi, m'y étais tenue, ne cessant de me répéter que l'homme idéal n'existait pas. Un homme qui soit comme Franz du dimanche au vendredi, et radicalement différent le samedi soir. Mais il y a six mois, j'avais cédé ; il s'appelait Günther Schrade et je l'avais rencontré à la piscine, par hasard. D'ailleurs, le hasard n'est-il pas toujours à l'origine de tout ?

Nicole ayant commencé à prendre des cours de natation, j'avais décidé de l'emmener tous les quinze jours à la piscine. Tandis qu'elle s'amusait à mettre la tête sous l'eau, buvant la tasse mais réussissant toujours, malgré mes craintes, à remonter à la surface, je la surveillais, tout en gardant un œil sur le maître nageur. À la quatrième ou cinquième expédition, Nicole décréta soudain qu'elle savait nager et, sans crier gare, rejoignit le grand bassin en passant sous les flotteurs. Je n'eus donc d'autre choix que de la suivre à brasses saccadées, crispée, la nuque raide, m'efforçant de rester près du bord et d'oublier la profondeur qui se creusait sous mon ventre. Au moment où je passai devant le plongeoir, quelqu'un sauta et une énorme vague me submergea. Aussitôt, je m'affolai et me mis à gesticuler frénétiquement, essayant en vain de ne pas couler. C'est Günther qui me porta secours. J'étais remplie de honte.

Lorsque mon sauveur me demanda pourquoi, ne sachant pas retenir ma respiration, je n'avais pas tenté d'esquiver la vague, j'éclatai de rire. L'art de l'esquive aussi m'était étranger ; toute ma vie, j'avais foncé tête baissée dans les obstacles. Günther nous offrit un verre. Je pris un café et Nicole, un milk-shake. Avec elle, il sut tout de suite trouver le ton juste. À l'exception de son oncle Norbert, qui venait de temps à autre lui réparer ses jouets, Nicole n'était entourée que de femmes et, dès la première seconde, elle adopta Günther. Il n'y en avait plus que pour lui : Günther par-ci, Günther par-là, est-ce que Günther vient nous voir samedi ?... Et tout ce qu'il disait était parole d'évangile.

Moi aussi, je m'entendais assez bien avec lui, même si, pendant plusieurs mois, notre relation demeura très superficielle. Pourtant, nous discutions beaucoup et il venait souvent me rendre visite. Ou plutôt nous rendre visite, car il était nettement moins distant avec ma fille qu'avec moi. Depuis quelques semaines, nous avions toutefois franchi un cap, mais je ne savais toujours pas réellement à quoi m'en tenir.

Günther irradiait ce calme souverain qui me manquait tant depuis la mort de Franz, cette paix intérieure qui permet d'oublier le côté sombre de l'existence. Néanmoins, au fond de lui-même, je sentais qu'il n'était pas comme ça et se contentait d'afficher une façade. Force était d'ailleurs de constater qu'il se livrait peu.

Tout ce que je savais, c'est qu'il était divorcé et qu'il passait un samedi sur deux avec ses enfants, un fils et une fille, respectivement âgés de dix et de huit ans. Parfois, je caressais l'idée de leur faire rencontrer Nicole, mais jusque-là l'occasion ne s'était pas présentée. Correcteur dans un quotidien régional, Günther faisait les trois-huit, ce qui nous interdisait de nous voir durant la semaine. Il n'était libre que le samedi soir et un dimanche après-midi sur deux.

Ce rythme particulier n'avait pas manqué de susciter l'agacement de ma mère, qui était persuadée qu'il la fuyait. J'avais beau lui répéter qu'il n'en était rien, sa conviction était faite et elle multipliait les piques du genre : « *Je ne trouve pas cela très poli de la part de ce monsieur de déguerpir dès que j'arrive.* » Ce monsieur ! Si au moins elle avait dit « ton ami ». Mais l'était-il vraiment ? Désirais-je vraiment qu'il le soit ? Certes, nous avions commencé à coucher ensemble et cela me rappelait les rapports enflammés d'Hedwig...

Ah, Hedwig, justement. Assise dans le train, je décidai de me confier à elle au déjeuner. Ayant désormais ses propres problèmes, elle me prenait beaucoup moins de haut que du temps où nous faisions notre apprentissage et semblait heureuse d'avoir quelqu'un à qui parler. En novembre dernier, elle avait enfin eu le courage de se séparer de son mari. La situation était devenue intenable. Dès qu'il avait trop bu, il la battait et, si elle avait le malheur de ne pas vouloir lui donner d'argent pour éviter qu'il ne se soûle davantage, il devenait encore plus violent. Mais le plus grave, c'est qu'il ne se contentait pas de s'en prendre à elle.

« *Tu te rends compte*, m'avait-elle dit, *je ne peux même pas donner un ou deux marks d'argent de poche à Nadine, sinon il la frappe pour les lui extorquer.* »

Quant à ses beaux-parents, ils semblaient avoir jeté l'éponge : « *Elle est cardiaque et lui est si chétif qu'une simple pichenette le tuerait. Si l'autre levait la main sur eux, ils ne se relèveraient plus.* » Non sans difficulté, Hedwig avait fini par dénicher un appartement dans une tour de la banlieue de Cologne. Ainsi, en cas d'urgence, Nadine pourrait la rejoindre au magasin en tramway. Mais cela n'avait pas tout résolu, loin de là.

D'après Hedwig, Nadine avait d'abord paru soulagée. Mais, très vite, elle avait changé d'avis car ses grands-parents, qui l'avaient élevée et la gâtaient beaucoup, lui manquaient. Depuis, elle ne cessait de harceler sa mère pour retourner chez eux. Hedwig était désemparée : « *Je ne peux pas prendre ce risque : il nous tuerait. Nous n'irons leur rendre visite que lorsqu'ils l'auront mis dehors. D'ici là, ils n'ont qu'à venir eux-mêmes. Mais ils ne le feront jamais. Des petits vieux pareils, si tu les mets dans un train, ils ont peur de se retrouver sur Mars. Enfin bref, toujours est-il que maintenant, c'est moi qui joue le rôle de la méchante.* »

Début janvier, Hedwig avait reçu un coup de fil de l'instituteur de Nadine : « *J'étais estomaquée. Ce type commence à m'agresser et à menacer d'appeler les services sociaux sous prétexte que j'aurais donné des somnifères à ma fille. Elle s'est endormie en plein cours et lui a soi-disant montré les pilules en question. En tout cas, si jamais cette histoire est vraie, j'aimerais bien savoir d'où elle les sort. Elle n'a pas pu les trouver à la maison, je n'ai aucun problème pour dormir. Cela dit, ce ne serait peut-être pas une mauvaise idée qu'on aille voir quelqu'un : ça pourrait lui faire du bien de parler à un psychologue.* »

Et deux mois plus tard, Hedwig m'avait de nouveau prise à part : « *Tu te souviens de cette histoire de services sociaux ? Eh bien, figure-toi que je lui ai proposé une consultation, à l'époque. Elle a pris son air de sainte nitouche et m'a assuré que ce ne serait pas nécessaire. Elle m'a promis d'être sage, de ranger sa chambre, de faire ses devoirs... Moi, de mon côté, je lui ai dit de ne pas hésiter à venir me voir en cas de problème. J'ai même prévenu le chef de rayon à tout hasard. Mais ce n'est pas arrivé une seule fois et je suis prête à parier qu'elle continue de passer ses après-midi à traîner. Chaque soir, je lui demande ce qu'elle a fait mais elle ne me raconte que des salades.* »

Depuis quelques semaines, l'inquiétude d'Hedwig allait croissant. Dès que nous étions toutes les deux, elle se plaignait de sa fille : « *Il n'y a plus aucun dialogue possible avec Nadine. Tu sais quoi ? Je pense qu'elle vole. J'ai déjà remarqué plusieurs fois qu'elle avait des affaires neuves. En plus, je retrouve souvent des papiers de bonbons dans ses poches. Pourtant, elle n'a pas assez d'argent pour s'acheter tout ça. Récemment, j'ai même vu qu'elle avait une nouvelle robe pour sa poupée. Ça vaut dans les huit marks, ces machins-là. Et elle a prétendu qu'on la lui avait offerte. Mais qui pourrait bien lui faire ce genre de cadeaux ? Elle ne connaît personne, ici. J'ai mené ma petite enquête dans le voisinage et on ne la voit jamais.* »

Jeudi dernier, Hedwig avait pris une décision : « *Mardi prochain, je vais profiter de mon jour de congé pour aller consulter les services sociaux. Seule, dans un premier temps. Ça ne peut plus durer comme ça. Je préfère ne pas attendre de voir débarquer la police chez moi parce qu'on l'aura attrapée en train de chaparder. Hier, elle s'est pointée avec une montre, un truc en plastique bon marché, d'accord, mais quand même. D'après elle, c'est un camarade de classe qui la lui a prêtée. À d'autres !* »

J'étais persuadée qu'Hedwig me comprendrait si je lui confiais ma peur de me retrouver sans Mme Humperts. Et si je lui parlais de mon rêve...

11

Quand la petite fille le quitta après avoir pris son bain, l'homme avait retrouvé sa sérénité. Sur la fin, elle était en effet redevenue moins farouche. Mais lorsqu'il ne la vit revenir ni le lendemain ni le surlendemain, il comprit qu'il était allé trop loin et qu'il avait tout gâché. À présent, il s'attendait à ce que la mère fasse irruption chez lui et le somme de s'expliquer. Il l'entendait déjà d'ici : « *Qu'est-ce tu lui as fait, espèce de salaud ? Si tu la touches encore une fois, je te tue !* » Aussi avait-il déjà réfléchi à ce qu'il lui dirait : que ce n'étaient pas des manières, que cela ne se faisait pas de brusquer les gens ainsi, de leur hurler dessus sans même les écouter. En fait, il avait bon espoir de parvenir à la raisonner.

Mais la mère ne vint pas. Ni qui que ce soit d'autre, d'ailleurs. Et puis, le jeudi soir, peu après 18 heures, il entendit frapper timidement à sa porte. C'était sa jeune amie... Son soulagement était si grand qu'il ne se soucia même pas de savoir comment elle avait réussi à pénétrer dans l'immeuble. Ces dernières quarante-huit heures, il n'avait cessé de penser à ce qu'il ferait si, contre toute attente, elle se présentait de nouveau. Et il avait pris sa décision.

Il la laissa entrer, tout en précisant qu'il n'avait pas beaucoup de temps à lui consacrer. On lui avait demandé de s'occuper d'un jardin, expliqua-t-il. Un jardin dans lequel il y avait plein de lapins apprivoisés et très gentils, ajouta-t-il négligemment. Aussitôt, la petite fille lui demanda si elle pouvait l'accompagner. Il fit mine d'hésiter et, comme prévu, elle se mit à le supplier, précisant qu'elle avait souvent jardiné avec son grand-père et qu'elle pourrait donc l'aider. Elle l'implora jusqu'à ce qu'il cède.

Ce jour-là, la petite fille portait un blouson neuf et elle s'empressa de dire qu'elle l'enlèverait pour ne pas le salir, s'attendant à ce qu'il la félicite. Comme il n'en fit rien, elle se rembrunit et lui demanda combien de temps ils s'absenteraient.

— Pas très longtemps, indiqua-t-il. Aujourd'hui, je vais me contenter de ranger la remise. Il faut bien commencer par quelque chose.

Puis il fixa avec elle un lieu de rendez-vous où elle l'attendrait. Pendant ce temps, il irait chercher une lampe de poche à la cave parce qu'il n'y avait pas de lumière dans la remise. Soudain hésitante, la petite fille répondit que, si leur expédition devait se prolonger jusqu'à ce qu'il fasse noir, il valait peut-être mieux la remettre à une autre fois.

— Ne t'inquiète pas, dit-il. J'ai juste besoin de cette lampe parce qu'il n'y a pas de fenêtre. Nous serons rentrés bien avant la tombée de la nuit.

La petite fille quitta l'appartement et, quelques minutes plus tard, il alla la retrouver à l'endroit convenu, une rue qu'il avait choisie parce qu'elle était fort peu passante. Une fois de plus, elle s'enquit de savoir si elle serait rentrée chez elle à une heure raisonnable et, de nouveau, il parvint à la rassurer. À 21 heures, ils en auraient terminé à coup sûr, assura-t-il. Et si jamais ils prenaient un peu de retard et que sa mère s'avisait de la corriger, il irait lui remonter les bretelles. De toute façon, conclut-il, une mise au point s'imposait. Et qu'elle ne se fasse pas de souci : il saurait trouver les mots justes.

Par cette tirade, il voulait vérifier que la petite n'avait pas vendu la mèche et que les signatures dans son bulletin étaient bien passées inaperçues. C'est qu'entre-temps, il y en avait eu d'autres : au total, il avait inscrit à trois reprises le nom d'Hedwig Otten sous les observations du maître... A priori, elle n'avait pas non plus mentionné les sucreries, l'argent de poche et le bain, mais pour en avoir le cœur net, il préféra lui poser la question.

— Bien sûr que non, répliqua-t-elle. Je ne suis pas stupide.

Satisfait, l'homme gara la voiture, coupa le contact et lui suggéra de sortir la première et de l'attendre après le dernier pâté de maisons. Plutôt que de s'exécuter, elle fit la moue et lui prit la main, ce qui le contraria tout en le comblant d'aise. Après avoir scruté les environs avec attention, il estima que la voie était libre et ils se mirent en route, atteignant rapidement le chemin qui menait dans les champs. Tandis qu'ils traversaient le lotissement de jardins, elle consulta sa montre et lui demanda si c'était encore loin.

— Mais enfin, ne t'inquiète pas comme ça, lui dit-il. Ta mère rentre toujours plus tard le jeudi. Quoi qu'il en soit, j'irai lui dire deux mots un de ces jours. Et si ça ne suffit pas, je la dénoncerai aux services sociaux. Crois-moi, ils ne plaisantent pas avec ces choses-là. Te laisser toute seule à longueur de journée pour ensuite te gronder ? Non mais ! Qui sait, ils te renverront peut-être chez tes grands-parents.

— Non, j'aime mieux pas, bredouilla-t-elle en serrant sa main plus fort. Ils vont me mettre dans un foyer...

Puis elle garda le silence pendant quelques secondes avant d'ajouter :

— Tu es sûr qu'il y a des lapins par ici ?

— Ils sont là-dedans, rétorqua-t-il en désignant la remise du doigt. Je préfère ne pas les laisser dehors quand il fait froid.

L'homme ouvrit la porte, passa la main dans les cheveux de Nadine et la poussa doucement dans la pièce exiguë, se sentant soudain gagné par une ivresse intense, un sentiment de plénitude identique à celui qu'il avait ressenti la dernière fois, avec l'autre enfant... La petite ne comprit pas tout de suite. Quand elle eut enfin réalisé ce qui se passait, elle tenta de se défendre, mais ses efforts furent vains et ne firent que retarder l'échéance.

Dans un premier temps, l'homme voulut employer la méthode douce :

— Allons, calme-toi, je ne te ferai pas de mal.

Nadine s'étant mise à crier, il dut cependant faire preuve d'un peu plus de fermeté :

— Assez, petite garce. Tais-toi !

Mais cela ne servit à rien et elle se mit à hurler de plus belle. Alors il la saisit à la gorge et serra. Et puis ce fut terminé. Pourquoi était-ce toujours aussi court ? songea-t-il, pris d'un accès de rage. Toute cette angoisse, toutes ces précautions pour en arriver à un instant aussi fugace.

Avec sa fille, cela avait été différent. Elle, au moins, savait qu'il l'aimait et n'éprouvait pas le besoin de protester. Chaque soir, il lui versait quelques gouttes dans son verre. Ensuite, il pouvait aller la voir dans sa chambre ou la prendre dans son lit. Sa femme était au travail; elle quittait la maison en fin d'après-midi pour ne rentrer qu'au milieu de la nuit. Et à son retour, la petite dormait profondément, comme un ange.

Mais c'était bien illusoire d'imaginer qu'il puisse de nouveau vivre avec un enfant. L'avoir à portée de main, vingt-quatre heures sur vingt-quatre.

12

Je n'eus pas l'occasion de faire part à Hedwig de mon angoisse : elle n'était pas venue travailler et personne ne savait pourquoi. « *Elle aurait tout de même pu passer un coup de fil. C'est la moindre des choses* », pestait le chef de rayon, hors de lui. Pendant la pause café, il me demanda de l'appeler, mais le téléphone sonna dans le vide. Elle avait dû avoir des ennuis avec sa fille, songeai-je. Vu la tournure que prenaient les événements, elle avait pu être convoquée à l'école, aux services sociaux, voire au commissariat. Mais je décidai de garder mes supputations pour moi. À l'heure du déjeuner, je réessayai de la joindre, là encore sans succès.

Faute de mieux, je continuai donc à ressasser dans mon coin. Cela se passait toujours le troisième jour, jamais avant, jamais après. Et le troisième jour, c'était dimanche... Néanmoins, j'aurais volontiers pris mon samedi : il ne devait pas forcément s'agir d'un accident et Nicole pouvait fort bien tomber malade. Mes connaissances en la matière étaient limitées, mais certaines maladies pouvaient sans nul doute emporter un enfant en quarante-huit heures. Par conséquent, si j'étais présente dès les premiers signes, je pourrais l'emmener sans tarder chez le médecin ou à l'hôpital. Mais d'ailleurs, n'avait-elle pas déjà les yeux fiévreux en sortant de la maison ce matin ?

Juste un jour de congé, c'était tout ce que je demandais. Mais le chef de rayon était de si méchante humeur que je n'osai pas lui soumettre ma requête. Dans le même temps, une autre idée commença à me tarauder : que serait-il advenu si j'avais accompagné Franz sur son chantier ? Peut-être n'aurait-il pas conduit aussi vite. Peut-être ne serait-il rien arrivé. Peut-être le destin aurait-il jeté son dévolu sur quelqu'un d'autre. Peut-être, peut-être, peut-être...

Quelqu'un d'autre... C'était terrible de raisonner de la sorte, mais je ne parvenais pas à m'en empêcher, m'évertuant à déterminer qui pourrait prendre la place de Nicole. Comme si c'était moi qui avais pu en décider. Plus j'y réfléchissais, plus je me disais que Mme Humperts était la candidate idéale ; puisqu'elle déménageait, je ne la reverrais de toute façon pas. En rentrant chez moi, ce soir-là, je me fis l'effet d'un bourreau.

Nicole était excitée comme une puce. Elle avait bien une lueur dans le regard, mais cela n'avait rien à voir avec la fièvre. Après avoir terminé ses cartons, Mme Humperts lui avait fait un cadeau d'adieu, une poupée Barbie en tenue de cavalière. Pendant le dîner, elle ne cessa de me répéter qu'il existait un cheval pour aller avec. Mais hélas, il était hors de prix. Pour l'amour du ciel ! Si cela m'avait permis d'effacer mon cauchemar, j'aurais été prête à dépenser tout ce que j'avais en leçons d'équitation et en chevaux en plastique. Mais je n'avais plus grand-chose, et si je ne parvenais pas très vite à trouver un nouveau locataire, la situation deviendrait intenable.

En tout cas, ce n'était pas avec la maigre réserve que j'avais péniblement réussi à constituer que nous nous en sortirions. Destinée aux cas d'urgence, aux menues réparations ou à l'achat de quelques vêtements indispensables pour Nicole, elle ne suffisait même pas à payer les intérêts hypothécaires. Comme j'avais de surcroît fait paraître mon annonce beaucoup trop tard, il ne me restait plus qu'à espérer un miracle.

À 21 heures, Nicole alla se coucher, l'air plutôt en forme, et je décidai d'appeler Günther. Il fallait à tout prix que je parle à quelqu'un. Pour ce faire, je devais passer chez Mme Humperts, qui m'avait d'ailleurs proposé de le faire afin que nous prenions congé en bonne et due forme. Une heure plus tard, je n'avais toujours pas osé lui demander la permission de téléphoner. J'étais dans un état épouvantable.

L'appartement était nu, dépouillé de tous ces petits objets insignifiants — photos de famille, bibelots, etc. — qui donnent une âme à un intérieur. Le lendemain matin, les déménageurs se présenteraient, mais je ne serais pas là pour assister aux opérations, coincée à Cologne jusqu'en fin d'après-midi. Et pendant tout ce temps, Nicole resterait seule.

Mme Humperts avait bien entendu constaté mon trouble. Lassée d'attendre que je me livre de moi-même, elle finit par prendre les devants : « *Bon, alors, mon enfant, qu'est-ce qui vous arrive encore ?* » Peu après notre rencontre, je lui avais tout raconté sur mes prémonitions, évoquant aussi les fameux trois jours, cette sorte de délai de grâce probablement destiné à ce que mon cerveau embrumé se mette en marche pour que je sois en mesure de résoudre l'énigme de l'homme en noir. *Devine où j'ai emporté la pendule ! À toi de jouer, maintenant !* L'avais-je vraiment vu monter à l'étage, la nuit dernière, ou bien essayais-je de m'en persuader parce que je voulais lui offrir Mme Humperts en pâture ?

— J'ai refait mon rêve, parvins-je à articuler.

Tout d'abord, Mme Humperts se contenta de me regarder. Elle semblait mal à l'aise. Puis elle m'adressa un large sourire et me dit que cela devait être lié à l'anniversaire de la mort de Franz. C'était là une hypothèse à laquelle je n'avais pas songé. Il se pouvait également, poursuivit-elle, que je sois juste préoccupée par le fait de trouver une nouvelle locataire, sachant que je ne pourrais m'en sortir qu'à cette condition. Aussi entreprit-elle de me tranquilliser. D'après elle, cela irait plus vite que je ne l'imaginais. Compte tenu de la pénurie actuelle de logements, il risquait d'y avoir tant de candidats que je ne saurais plus où donner de la tête.

Mais je n'avais aucune envie qu'on se bouscule au portillon. Tout ce que je cherchais, c'était une personne en qui j'eusse confiance. C'est alors que je compris soudain pourquoi j'avais tant tardé à publier l'annonce : en réalité, j'avais espéré que Günther remplacerait Mme Humperts. Après son divorce, il avait pris un appartement à Sindorf, certes un peu plus grand que ce que j'aurais pu lui offrir, mais aussi plus cher. Bien que son ex-femme habitât depuis longtemps avec un autre homme et ne travaillât qu'à mi-temps, il lui versait en outre une pension alimentaire substantielle.

Pourtant c'était lui qui m'avait conseillé de mettre une annonce. Si je ne lui avais pas proposé d'emménager chez moi, c'était donc parce que je savais qu'il ne l'envisageait pas. Loin de vouloir s'engager, il semblait fort bien s'accommoder de nos étreintes épisodiques sur mon canapé-lit. D'ailleurs, ne m'avait-il pas lancé, juste avant de coucher avec moi pour la première fois : « *J'espère que je ne suis pas en train de me faire passer la corde au cou ?* » Et je lui avais répondu, sur le même ton badin, qu'il n'avait pas de souci à se faire, que j'avais juré de ne plus jamais m'attacher à aucun homme.

Mais à présent, je commençais à penser que j'aurais été bien avisée de lui mettre le grappin dessus. Que j'aurais dû inaugurer avec lui une folle passion afin que l'idée de le perdre me soit aujourd'hui insupportable. Décidément, j'étais prête aux pires bassesses pour sauver ma fille... Et dire que le lendemain, je serais absente.

— Quand les déménageurs seront passés, tu iras chez mamie, avais-je ordonné à Nicole.

— Oh, non, pitié, pas ça !

— Si. Il est hors de question que tu restes seule à la maison.

— Alors j'irai chez Denise.

Denise Kolling était sa meilleure amie depuis la maternelle. Elles étaient dans la même classe et partageaient les mêmes centres d'intérêt : les chevaux, les poupées Barbie, les concours de sauts à la piscine... Denise ayant deux frères en bas âge, sa mère ne travaillait pas. Pour me rassurer, je me dis qu'elle devait avoir une certaine expérience en matière de maladies infantiles. Elle n'hésiterait sûrement pas à appeler un médecin si Nicole ne se sentait pas bien. Néanmoins, je persistais à croire que cela aurait été mieux qu'elle aille chez ma mère. J'aurais dû me montrer intraitable. Mais je n'avais précisément jamais su me montrer intraitable.

Je décidai d'aller la voir une dernière fois avant de me coucher. Tout était en ordre : elle dormait à poings fermés. Et bien qu'elle eût, comme d'habitude, remonté sa couverture jusqu'au cou, son front n'était pas chaud.

Et puis vint le samedi : une horreur... Au moment de partir, je constatai que Nicole était toujours au lit.

— Qu'est-ce qu'il y a ? m'enquis-je. Tu ne te sens pas bien ?

Avec indolence, elle s'étira et regarda sa montre.

— Si, si, ça va, fit-elle en bâillant.

— Alors pourquoi tu n'es pas encore debout ?

— Voyons, maman, on est samedi. Et le samedi je peux faire la grasse matinée.

De nouveau cette condescendance, presque comme Hedwig à l'époque.

— D'accord, mais n'oublie pas d'aller chez Denise dès huit heures.

— Enfin, maman ! Tu sais bien qu'il faut que j'attende le départ de Mme Humperts, puisqu'elle doit me rendre la clé ! Ensuite, j'irai chez Denise.

Elle avait prononcé cette phrase avec une exaspération ostentatoire, d'une voix traînante, comme si elle s'adressait à un enfant demeuré.

La nuit dernière, j'avais rêvé que Franz la portait dans ses bras jusqu'à sa voiture pour qu'elle l'accompagne dans son dernier voyage. Je m'étais réveillée en nage. À peine m'étais-je rendormie que le cauchemar avait repris. Franz l'avait emmenée dans un jardin. Un jardin mal entretenu, plein de mauvaises herbes. C'est à ce moment-là que le réveil avait sonné.

Malgré l'ambiance calme et paisible de ce songe, j'étais convaincue que, s'il s'était poursuivi, j'aurais aperçu une baignoire au beau milieu des herbes folles. J'aurais vu Franz y déposer Nicole et s'asseoir sur le rebord. Puis il lui aurait demandé si elle voulait bien qu'il lui lave le dos, et peut-être un peu devant, aussi. « *Tu vas voir, Siggi, c'est très agréable. Et il n'y a aucune raison d'avoir honte. Après tout, tu es ma petite fille.* » Mon Dieu, comme cela me répugnait quand il lui prenait l'envie d'introduire ses doigts dans mon vagin ! Et cette douleur, cette brûlure que je ressentais parfois... Sans parler de son air béat et appliqué. « *Ça te plaît, Siggi ? C'est bon, non ?* »

Franz était mort. D'ailleurs, jamais il n'aurait touché à un cheveu de Nicole puisqu'il m'avait moi. Et pourtant je l'avais trahi, je n'avais pas respecté ma promesse de ne plus toucher un seul homme.

13

L'homme reprit sa voiture et rentra chez lui. Peu à peu, la fureur se dissipa et il retrouva sa sérénité. À peine arrivé, il alla se coucher et passa une excellente nuit. Dès son réveil, il s'empressa d'acheter le journal, tout en sachant qu'il était encore trop tôt pour qu'il y eût quoi que ce soit. Mais il avait agi exactement de la même manière trois ans auparavant, épluchant la presse jusqu'à ce que les premiers articles apparaissent, de longs reportages accompagnés de photos du corps et d'appels à témoins. Par la suite, ils s'étaient faits de plus en plus courts, de plus en plus rares, jusqu'à ce que l'affaire tombe dans l'oubli.

Comme à l'époque, l'homme se sentait en sécurité, persuadé que personne ne l'avait vu avec la petite fille. Le soir venu, il s'installa dans un fauteuil et consulta la rubrique des petites annonces. Ces dernières semaines, sa liaison l'avait trop absorbé pour qu'il puisse poursuivre sa recherche. Il était temps de s'y remettre...

« À louer à dame seule d'un certain âge. » Avec un libellé pareil, les intentions des propriétaires ne faisaient aucun doute : ils voulaient quelqu'un de discret, qui ne fasse pas de vagues. Tout à fait ce qu'il lui fallait... Le loyer n'était pas indiqué mais, vu le descriptif, cela ne devait pas être excessif. Quoi qu'il en soit, le problème n'était pas là.

Le moment était-il vraiment bien choisi ? Un homme qui déménageait aussitôt après la disparition d'un enfant ne risquait-il pas d'éveiller les soupçons ? D'aucuns pourraient se souvenir de les avoir vus discuter devant la vitrine. Alors, la police se mettrait peut-être à enquêter dans le voisinage et... Après avoir longuement pesé le pour et le contre, il finit par se convaincre qu'il n'y avait pas de bon ou de mauvais moment et que seule importait l'amélioration de ses conditions de vie.

L'annonce ne mentionnait ni le nom ni l'adresse, juste un numéro de téléphone qu'il recopia sur un bout de papier. Mais cela n'avait pas de sens d'appeler. S'il voulait avoir une chance, il fallait qu'il se déplace. Le lendemain matin, il se rendit dans une cabine téléphonique pour étudier l'annuaire. Cela lui prit un temps considérable, mais il finit par trouver ce qu'il cherchait.

À partir de 20 heures, disait le texte. Cela signifiait que s'il y allait maintenant, il se heurterait à une porte close. Et le soir, ce serait à n'en pas douter une avalanche de coups de fil ; les propriétaires seraient sur les nerfs et il n'y aurait pas moyen de discuter dans le calme. Demain, en revanche, c'était dimanche. Les candidats de la veille auraient obtenu rendez-vous pour la semaine suivante. Il serait donc le premier à se présenter. Certes, il n'était pas impossible que son apparition inopinée indispose les propriétaires, mais cela valait la peine d'essayer. Et puis les risques, ça le connaissait, songea-t-il en souriant. Avec la petite fille, par exemple, il avait pris un risque incalculable. Mais il avait tout planifié avec méticulosité, pris toutes les précautions possibles et imaginables. Qui ne tente rien n'a rien, se dit-il.

Ayant décidé de la stratégie à adopter, il emmena sa voiture dans un endroit désert et entreprit d'en nettoyer l'intérieur avec le plus grand soin. Ce faisant, il découvrit une petite culotte qui avait glissé sous le siège avant. Il eut un coup au cœur. Comment avait-il pu perdre son sang-froid à ce point ? Il ne se rappelait même pas l'avoir conservée.

C'était bien la première fois que cela se produisait. Il tenta de se remémorer le détail des événements mais n'y parvint pas. Seules quelques bribes lui revenaient : le trajet à travers les jardins, la remise, la fillette enfin à sa merci, son expression de terreur et d'incrédulité... et puis plus rien. Le trou noir. Jamais il n'avait connu cela. Et c'était un luxe qu'il ne pouvait pas se permettre. Mais il avait beau se concentrer à l'extrême, la suite semblait s'être envolée en fumée. Peut-être avait-il machinalement fourré la culotte dans sa poche, comme un vulgaire torchon, avant de l'abandonner sur le siège. À moins que ce ne fût pas celle de la petite fille d'avant-hier et qu'elle s'y soit trouvée depuis plus longtemps... Depuis l'une de ses expéditions précédentes ?

Il lui arrivait en effet de conserver certains objets en guise de souvenirs.

La meilleure solution aurait consisté à enterrer le bout de tissu sur-le-champ, dans le fossé qui longeait la route. Mais il ne put s'y résoudre. Il serait toujours temps de s'en débarrasser plus tard, et il ne le ferait que lorsque sa mémoire aurait cessé de le trahir.

14

Je n'avais même pas encore terminé d'enfiler ma blouse lorsque le chef de rayon surgit dans le vestiaire. Comme j'avais pris un peu de retard, je crus qu'il venait me rappeler à l'ordre. Mais il avait un visage si fermé que je compris tout de suite qu'il n'en était rien. Il me prit le bras avec une mine de conspirateur. Il me souffla que la fille d'Hedwig avait disparu depuis jeudi soir. Il l'avait lu le matin même dans le journal en prenant son petit déjeuner. À ce stade, la police privilégiait la thèse de la fugue et avait lancé un avis de recherche.

— Il ne reste plus qu'à prier pour que ce soit bien cela, ajouta-t-il. Elle est peut-être retournée chez sa grand-mère.

Quel imbécile ! Comme si ce n'était pas là qu'on était allé vérifier en premier !

J'étais sous le choc. Nicole, Hedwig, Hedwig, Nicole... Si mes craintes se révélaient fondées, cela voulait dire que cette fois, l'homme en noir était allé chercher très loin. Je connaissais à peine Nadine Otten, ne l'ayant rencontrée qu'à deux ou trois reprises alors qu'elle faisait des courses en compagnie de ses grands-parents et de son père. Dès qu'elle avait aperçu son mari, Hedwig avait filé en salle de repos pour lui donner un peu d'argent, afin qu'il ne fasse pas une scène devant ses clients et ses collègues. Pendant ce temps, sa belle-mère, visiblement gênée, m'avait acheté du fromage de Hollande. Mais c'était il y a une éternité.

Je me raccrochai de toutes mes forces à cette hypothèse. Et pourtant, elle me révoltait : je savais à quel point Hedwig tenait à sa fille. Sinon, elle ne m'en aurait pas tant parlé et ne se serait pas tellement inquiétée. Malgré tout, je ne parvenais pas à y croire. D'habitude, l'homme en noir ne frappait que là où cela faisait mal, c'est-à-dire dans mon entourage immédiat. Il ne me restait plus qu'à patienter jusqu'au lendemain, ce maudit troisième jour. De la seconde où elle sortirait de son lit jusqu'à ce qu'elle se couche, je ne quitterais pas Nicole d'une semelle, ne la perdrais pas de vue une seule seconde.

Sur le trajet du retour, je fus prise d'une migraine terrible doublée d'une très vive douleur au niveau de la poitrine. Il me semblait qu'on m'y enfonçait des aiguilles à tricoter. Je trouvai Nicole et Denise installées devant la télévision. Elles avaient l'air en pleine forme. Nicole m'apprit qu'elles étaient là depuis deux bonnes heures car elles s'étaient disputées avec les frères de Denise. Ma fille m'avait de nouveau désobéi, certes, mais, au point où nous en étions, cela avait-il encore une quelconque importance ?

Je ne cessais de repenser à Hedwig qui, ces derniers temps, avait le sentiment de ne plus avoir aucune prise sur Nadine. Celle-ci alternait à son égard les phases d'impertinence et de mutisme, au point que mon amie se demandait si elle ne fréquentait pas ses grands-parents en cachette et s'ils ne l'avaient pas montée contre elle. Dans le cas, improbable, où ce dimanche se déroulerait sans encombre, il allait falloir que je sévisse. Le mieux était d'ailleurs de ne pas attendre.

Günther passa me voir deux heures plus tard. Entre-temps, Denise était rentrée chez elle et j'avais entrepris de sermonner Nicole : « *Cela a assez duré. Dorénavant, tu feras ce que je te dis. Il est hors de question que tu restes seule à la maison. Si ça continue, tu iras chez mamie tous les jours. Maintenant que Mme Humperts n'est plus là...* » Etc., etc. Elle me laissa dire sans ciller. J'avais l'impression de m'adresser à un mur. Et ce regard supérieur ! Enfin, au moins elle se portait bien. Mais je savais que l'homme en noir restait tapi dans l'ombre.

Günther entama une partie d'échecs avec Nicole. Encore une chose que je ne savais pas faire. Il lui avait appris à jouer peu de temps auparavant et elle continuait de perdre à chaque fois. Mais elle paraissait quand même y prendre du plaisir. Pour ma part, je sortis deux pizzas du congélateur et les mis au four, tout en me demandant à quand remontait la dernière fois où j'avais cuisiné au vrai sens du terme. Décidément, ma vie m'échappait. J'avais tout raté...

Qu'étaient devenus mes idéaux d'antan ? Seize ans plus tôt, lorsque j'étais passée devant le curé, j'avais juré d'être une épouse fidèle et une bonne mère. Sur le premier point, je n'avais pas failli, mais le moins qu'on puisse dire, c'est que je n'avais pas fait de zèle. Quant au second... Les bonnes mères restent à la maison et s'occupent de leurs enfants. Elles ne les confient pas à n'importe qui en se réjouissant de se décharger de leurs responsabilités.

Franz, je t'en supplie, aide-moi ! Tu dois savoir qui est visé, toi. Tu ne peux pas laisser l'homme en noir m'enlever Nicole. À moins que tu veuilles l'avoir auprès de toi. Tu veux me punir, c'est ça? Comme je te comprends... Il y a un homme dans mon salon. Je ne le connais pas depuis très longtemps et je ne sais pas grand-chose de lui. Mais dès que Nicole aura regagné sa chambre, je me précipiterai au sous-sol pour aller prendre une douche. Pendant ce temps, il dépliera le canapé-lit et, à mon retour, me déshabillera. Il dit qu'il aime bien me déshabiller. C'est d'ailleurs pourquoi je remets toujours mes vêtements après la douche. Les choses ont changé, Franz, je ne suis plus comme avant. J'adore ce qu'il me fait. Tout ce qu'il me fait. La façon dont il m'embrasse, la façon dont il me regarde... Et puis j'adore quand il me déshabille. Avec une lenteur infinie. Dès qu'il me touche, ça me fait l'effet d'une décharge électrique. Et ensuite, lorsqu'il me pénètre, j'oublie tout. Il ne m'aime pas vraiment, tu sais. Il n'a pas non plus envie de me protéger. S'il vient me voir, c'est pour une seule raison : le sexe. C'est un domaine où il excelle. Chaque fois, il s'y prend d'une manière différente. Tantôt avec violence, tantôt avec douceur, tantôt vite, tantôt lentement. Très lentement. Mais ce soir, il ne se passera rien. Ce soir, je me contenterai de rester auprès du téléphone... Rien ne s'est déroulé comme je l'avais prévu, Franz. Je suis désolée.

Nicole et moi nous partageâmes une pizza tandis que Günther dévorait l'autre. Quand il eut terminé, il déposa la somme correspondante sur la table mais je ne m'en rendis pas compte. Puis Nicole et lui achevèrent leur partie d'échecs avant de se chamailler pour rire sur le canapé. En entendant les cris de joie de ma fille, je songeai une fois de plus que cet amant merveilleux devait de surcroît être un excellent père.

À 20 heures, il s'installa devant la télévision pour

regarder les informations. De mon côté, je pris une chaise et montai à l'étage. Nicole m'emboîta le pas.

— Mme Humperts m'a dit qu'aujourd'hui, toute la maison était à nous et que je pourrais prendre un bain, annonça-t-elle. Regarde, elle m'a même laissé son bain moussant.

Après le journal, Günther apparut à son tour, lui aussi équipé d'une chaise. Jusque-là, il n'y avait pas eu le moindre coup de fil et je me surpris à espérer qu'il n'y en ait aucun. J'aurais tant aimé pouvoir rester là indéfiniment, assise en face de Günther qui fumait une cigarette en me dévisageant pendant que ma fille barbotait dans la pièce à côté.

Le premier appel survint peu après 20 h 30. À en juger par la voix, il s'agissait d'un très jeune homme. Il aborda aussitôt la question du loyer et essaya de négocier, m'expliquant qu'il suivait une formation et désirait s'installer avec son amie qui était au chômage.

Günther m'écouta m'emmêler les pinceaux. Une dame seule d'un certain âge ! N'avais-je donc pas été assez claire ? Il me fallait un locataire solvable. J'avais besoin de cet argent si je ne voulais pas me retrouver moi aussi réduite à mendier un logement. Un petit sourire au coin des lèvres, Günther me regarda décrocher une deuxième fois : c'était une femme qui, d'après son accent, n'était pas de la région. Pour l'heure, elle vivait avec son mari et ses trois fils dans une cité de transit. Mes arguments n'y firent rien. Même si l'appartement n'avait compté qu'une seule chambre, elle l'aurait voulu à tout prix. Et le loyer n'était pas un problème ; elle et son époux travaillaient beaucoup, ils se débrouilleraient. *Au secours,*

Franz! Je ne suis pas là de la journée. Trois garçons sans surveillance, tu imagines? Ils vont tout saccager.

Comme avec le jeune homme, je ne pus cependant me résoudre à dire non et me retrouvai donc avec deux rendez-vous dès le dimanche matin. Ensuite, il n'y eut plus d'appel. Günther et moi restâmes jusqu'à 22 heures dans la pièce vide. Nicole, quant à elle, était allée se coucher depuis longtemps. Je venais de commencer à rincer la baignoire lorsque Günther déclara :

— Allez, on ferme la boutique. Si quelqu'un téléphone maintenant, c'est qu'il est impoli.

— D'accord, je vais prendre une douche et je te rejoins en bas? hasardai-je.

— Tu plaisantes, j'espère! J'ai le pantalon qui menace d'éclater et tu veux encore me faire attendre. Cinq minutes de plus et il sera trop tard.

Quelle délicatesse! Voilà qui ne m'étonnait guère de lui. Comme d'habitude, je sentis mes jambes flageoler et fus parcourue d'un délicieux frisson. Tandis qu'il me renversait sur le tapis, prenant à peine la précaution de glisser un coussin sous ma tête, je me contentai de fermer les yeux et m'abandonnai. Je ne pensais plus à rien. Ni à Franz, ni au fait que six ans plus tôt, jour pour jour, la police m'avait annoncé son décès, ni à Nicole. Pas même au lendemain, le fameux troisième jour...

Ah, si seulement Günther avait bien voulu passer la nuit à mes côtés! Mais je n'osai pas le lui demander.

— Tu m'as l'air dans les nuages, fit-il après s'être rhabillé et avoir allumé une nouvelle cigarette. J'espère que demain, tu seras redescendue sur terre et que tu te rendras compte de l'erreur que tu t'apprêtes à commettre. Ce ne sont pas mes affaires, mais je te conseille de ne pas te précipiter. Il vaut mieux faire une croix sur un mois de loyer plutôt que de laisser n'importe qui s'installer chez toi. Parce que ensuite, tu ne parviendras plus à t'en débarrasser.

Il se trompait : je n'étais pas dans les nuages, ce n'était pas le mot. S'il avait daigné me témoigner un tant soit peu de tendresse, il m'aurait facilité la tâche. Tant pis, il fallait que je me lance. Je savais qu'il était au courant de la disparition de la fille d'Hedwig; après tout, c'était son travail de lire ce genre d'articles et d'en corriger les fautes et les coquilles. Peut-être que dans ce contexte, il comprendrait que je me fasse du souci pour Nicole.

— Tu crois aux rêves prémonitoires ? demandai-je sur le ton le plus détaché possible.

— Ça dépend, répondit-il en haussant les épaules.

Alors je me mis à les énumérer tous : mon père, mon grand-père, la série des personnes âgées, ma camarade de classe, mon mari... Et maintenant, qui ? Günther m'écouta en silence, tout comme Franz l'avait fait à l'époque. Sans se prononcer sur la plausibilité de la chose, il constata :

— C'est donc cela qui te met dans tous tes états.

À ses yeux, le fait que j'aie de nouveau rêvé de la pendule ne pouvait qu'être dû au départ de Mme Humperts. Ne l'avais-je pas en effet considérée comme une mère de substitution ?

— Tu as dû te poser des questions à mon sujet, Sigrid, enchaîna-t-il. Te demander pourquoi je me montrais distant. Eh bien la raison, c'est précisément que je me suis rendu compte que tu cherchais un homme de substitution. Quelqu'un qui te soulage de tes obligations : travailler, réfléchir, prendre des décisions. Or, je n'ai pas envie de remplir ce rôle. Moi aussi, j'ai mes problèmes. C'est notre lot à tous et il faut apprendre à y faire face, même si ce n'est pas facile.

Après son départ, je restai longtemps éveillée. Il était près de 2 heures du matin ; le troisième jour avait débuté. À présent, il pouvait se passer quelque chose d'un instant à l'autre. Un court-circuit, par exemple, qui provoquerait un incendie. C'était si fréquent. Ou bien une poubelle qui prendrait feu parce qu'on y aurait jeté un mégot encore allumé. Je me levai et allai inspecter la poubelle. Rien à signaler.

Je dus m'endormir vers 3 heures et à 9 heures le réveil sonna. Bien que mes nerfs fussent en compote, je me sentais apaisée. J'avais fait un rêve tout à fait charmant : un jardin, de nouveau, mais très joli, sans baignoire ni autre incongruité, peuplé de lapins en liberté qui sautillaient dans tous les sens. Et moi, enfant, qui cherchais en vain à les attraper pour les câliner. Ah, cette insouciance, ce sentiment d'être choyée, protégée... comme c'était bon ! Le retour à la réalité n'en fut que plus rude.

Au petit déjeuner, je proposai à Nicole, faute de mieux, de lui offrir un lapin. Mais elle ne voulait pas de lapin ni de hamster, d'ailleurs. Tout ce qu'elle voulait, c'était un cheval, ou du moins prendre des leçons d'équitation. C'était ça ou rien.

Günther arriva à 10 h 30, alors que nous étions encore à table. Il prit place avec nous et se servit un café. Ayant fini par découvrir l'argent qu'il m'avait laissé la veille, je le lui rendis. Il l'empocha en haussant les épaules.

— J'ai pensé que je pourrais peut-être quand même faire quelque chose pour toi, annonça-t-il avec un sourire entendu. Que dirais-tu si je te débarrassais de la princesse pour deux petites heures ?

Il voulait emmener Nicole à la piscine. Sachant qu'avec lui on pouvait faire la course et s'entraîner à retenir sa respiration sous l'eau, elle réagit avec enthousiasme, se précipita dans sa chambre et revint deux minutes plus tard en maillot de bain. Puis elle alla chercher sa serviette qui séchait au sous-sol et enfila un jean. Pour ma part, j'étais effondrée.

— Ah je t'en prie, Sigrid, ne fais pas cette tête-là, commença Günther. Ta fille nage comme un poisson. Il n'y a aucun risque, surtout pas si je suis là. Tu as encore rêvé, c'est ça ?

— Oui, de petits lapins tout mignons, rétorquai-je en riant.

C'était le troisième jour et j'étais capable de plaisanter ! Je n'arrivais pas à le croire.

Ils ne revinrent qu'à midi passé. Dans l'intervalle, je fis visiter deux fois l'appartement. Le jeune homme se montra pour le moins pressant et ne voulut pas me croire lorsque je lui annonçai que l'appartement était déjà loué. Quant à la femme aux trois fils, elle me servit le couplet classique sur l'absence de solidarité des Allemands de l'Ouest vis-à-vis de leurs frères et sœurs de l'Est. Bien qu'elle me fît de la peine, je restai ferme.

En début d'après-midi, une dame âgée appela. Elle paraissait fort sympathique mais s'empressa de me demander s'il y avait des escaliers, car elle était handicapée. Encore une fausse joie... Selon Günther, d'autres candidats se manifesteraient pendant la soirée ou dans les jours à venir. Ce qu'il ignorait c'est que, dès le lendemain, le téléphone serait coupé. Nous en étions convenues ainsi avec Mme Humperts.

— Eh bien, tu n'auras qu'à mettre une nouvelle annonce, suggéra-t-il. Au lieu du numéro de téléphone, tu indiqueras l'adresse. Je ne vois pas où est le problème.

Aussitôt, je commençai à calculer ce que me coûterait une nouvelle parution. Je ne savais pas encore que cela allait très vite se révéler inutile.

15

Aux alentours de midi, l'homme enfila son plus beau costume et prit la route. En chemin, il se sentit gagné par un sentiment d'euphorie ; trois ans auparavant, après qu'il eut mis un terme à sa liaison de l'époque, le vent avait également tourné en sa faveur.

Peut-être convenait-il de manifester sa propre puissance pour forcer le destin. Et le moins qu'on pût dire est que, depuis le jeudi précédent, il débordait d'énergie, au point qu'il lui semblait avoir rajeuni de plusieurs années.

En vingt-quatre heures, il avait retrouvé toute sa confiance en lui. Désormais, il était de nouveau sûr de sa force de persuasion et de la séduction qu'il exerçait sur les autres, y compris lorsqu'ils lui étaient désagréables.

Son intuition lui disait que les bailleurs étaient un couple d'âge mûr dont les enfants venaient de quitter le foyer. Mais il se trompait totalement : ce fut une jeune femme qui lui ouvrit la porte. Son nom n'était pas celui qu'il avait repéré dans l'annuaire et il n'en comprit la raison que plus tard, en découvrant le téléphone abandonné sur le sol dans l'appartement vide.

Par chance, elle n'était pas seule mais accompagnée d'une autre, beaucoup plus vieille. Sinon, elle ne l'aurait sans doute même pas laissé entrer. La vieille, elle, se révéla mielleuse, d'une amabilité extrême, presque déplacée. En outre, il nota tout de suite qu'elle était stupide et d'une crédulité sans bornes. Il faut dire que, grâce à son premier métier, il s'y connaissait en êtres humains.

Deux femmes de caractères opposés, donc, entre lesquelles il chercha vainement à déceler des points communs. Une mère et sa fille. Et puis il y avait une enfant, aussi, si petite, encore, si touchante... L'homme ne parvenait pas à la quitter des yeux. Partant du principe qu'elle habitait la maison, il se vit déjà entretenir avec elle une relation analogue à celle qu'il avait connue avec sa propre fille, et il eut bientôt du mal à contenir son excitation. Lorsqu'il comprit qu'il faisait erreur, sa déception fut telle qu'il en perdit le cours de la conversation. La vieille ayant toutefois précisé qu'elle venait souvent avec la petite, il recouvra ses esprits. Une raison de plus de s'attirer ses faveurs. Mais de ce côté-là, il avait bon espoir.

Avec la jeune, en revanche, il dut se faire violence. Elle n'était guère loquace et il n'arrivait pas à la cerner. De surcroît, elle avait un drôle de regard. Dès la première seconde, il l'avait remarqué. C'était un regard lointain qui semblait vouloir se fixer sur un point intangible, situé au-delà de l'entendement. Un instant, il craignit qu'elle pût voir en lui et découvrir ainsi des choses que personne ne devait jamais apprendre. Mais ensuite, son attitude le rassura et il réprima un soupir de soulagement.

La tension accumulée ces derniers temps lui jouait des tours; il fallait qu'il se reprenne. En observant la jeune du coin de l'œil, il vit à plusieurs reprises ses mains se crisper sur ses genoux. On aurait dit un animal apeuré, prêt à bondir à la moindre alerte. Ne sachant décidément pas comment la prendre, il choisit de l'ignorer et de faire porter ses efforts sur la vieille. À l'évidence, c'était d'elle que tout dépendait.

Il entreprit alors de lui raconter l'histoire qu'elle désirait entendre. À deux ou trois détails près, qu'il ne modifia d'ailleurs que par pure fantaisie, elle était identique à la version qu'il avait servie à ses voisins. Cette fois, ce n'était pas une fille qu'il avait, mais un fils. Peut-être pensait-il inconsciemment que cela faisait meilleure impression d'avoir un fils qui avait fondé une famille et jouissait d'une belle réussite professionnelle. Lorsque l'homme en vint à évoquer ses petits-enfants, l'idée l'effleura qu'ils pourraient un jour lui servir de prétexte pour se retrouver seul avec la petite fille.

Il demanda aux deux femmes s'il pouvait la prendre sur ses genoux et elles n'y virent pas d'objection. La vieille était radieuse. Il connaissait par cœur ce genre de créatures. Tout ce qu'elles voulaient, c'était qu'on les flatte. Un compliment de temps à autre, mais sans en rajouter. Sinon elles perdaient toute contenance.

16

Peu avant 15 heures, ma mère vint me rendre visite en compagnie de Mara, comme elle avait pris l'habitude de le faire tous les quinze jours. D'ordinaire, elle était constamment fourrée chez ma sœur, mais il arrivait aussi qu'Anke et Norbert veuillent être seuls. Désormais, un dimanche sur deux, dès que la petite avait terminé sa sieste, ma génitrice accomplissait donc son devoir en déchargeant sa fille préférée de son lourd fardeau, saisissant l'occasion pour aller mettre un peu d'ordre chez l'autre, l'indigne.

Mon Dieu, voilà que je redeviens amère ! Pourtant, c'était bien ainsi : à longueur de temps, je devais essuyer ses critiques et l'écouter vanter les mérites d'Anke. L'exemplaire Anke, enceinte jusqu'aux dents et néanmoins obligée de s'occuper de son aînée si pleine de vie. Ce n'était pas vrai : Mara n'était pas pleine de vie. Au contraire, elle était plutôt apathique et semblait toujours émerger d'un profond sommeil. Pour moi, en revanche, il paraissait hors de question que ma mère bougeât le petit doigt.

J'avais beau batailler ferme afin qu'elle accepte de s'occuper de Nicole quelques heures par-ci, par-là, rien n'y faisait. Chaque fois que je m'aventurais sur ce terrain, c'était la même rengaine : Anke était surmenée et sa présence à ses côtés indispensable.

Cet après-midi-là, je m'étais résolue à repartir à l'attaque. Mais la détermination de ma mère à éluder la question n'était pas moindre. Elle me raconta leur promenade par le menu, puis demanda à Mara d'énumérer tout ce qu'elle avait vu. Celle-ci refusant obstinément de retirer son pouce de sa bouche, elle finit par s'y résoudre elle-même : « *Trois ouah-ouah, deux miaou-miaou et plein de cui-cui, tu te souviens ?* » Anke ne supportait pas qu'elle parle ainsi à sa fille. Mais chez moi, tout était permis et elle eut même droit à un sourire de Günther.

Sans cesser de jacasser, elle se mit à nous scruter l'un après l'autre d'un air inquisiteur. Lorsque Günther se leva pour aller chercher sa veste, elle interrompit sa phrase et fronça les sourcils. Je m'attendais encore à une remarque acerbe, mais elle n'en eut pas le temps : Nicole arriva et réclama d'aller chez Denise.

— Non. Tu restes à la maison, lui dis-je.

— Mais pourquoi ? gémit-elle. On a pris rendez-vous hier !

— Pas aujourd'hui.

— Enfin, laisse-la, intervint ma mère en levant les yeux au ciel. Elle va s'ennuyer ici !

— Alors c'est d'accord ? s'enquit Nicole en s'engouffrant dans la brèche. Günther pourrait m'emmener ?

Ma mère le gratifia d'une poignée de main glaciale. À peine la porte s'était-elle refermée sur eux qu'elle se lança dans un interminable couplet sur les bonnes manières.

— Ta fille le tutoie ! s'indigna-t-elle. Je n'en reviens pas. Comment peux-tu tolérer une chose pareille ? J'espère au moins qu'il ne reste pas dormir.

Ce n'était pas l'envie qui m'en manquait mais malheureusement elle n'était pas partagée. Aussi me contentai-je de secouer la tête. Au bout d'un moment, ma mère me demanda en passant si j'avais trouvé un nouveau locataire. Je lui répondis que non et qu'il me faudrait sans doute remettre une annonce, ce à quoi elle ne jugea pas nécessaire de réagir.

— Tu devrais tout de même reprendre le téléphone. C'est embêtant, je ne peux jamais vérifier que tu es là avant de passer.

À ce jour, Nicole, Günther et moi étions sortis une fois prendre un verre en ville. Une seule fois. De surcroît, ma mère n'était pas censée venir ce dimanche-là. Nous ne pouvions pas deviner qu'elle avait changé ses plans. Malgré tout, elle ne l'avait toujours pas digéré.

Je lui servis une tasse de café. Elle avait apporté deux parts de tarte, une pour elle et une pour moi. Nicole n'aimait pas ça. Quant à Günther...

— Je me suis dit qu'il n'en prendrait pas puisqu'il décampe dès que j'arrive.

Dans l'espoir de lui couper le sifflet, je songeai à lui parler de la pendule en précisant que c'était peut-être Anke qui était visée. Mais depuis le départ de Nicole, j'étais incapable d'articuler une phrase. Dire que je m'étais juré de ne pas la quitter des yeux ! J'avais perdu toute autorité sur ma fille, comme Hedwig sur la sienne. La pauvre, il ne lui restait que ses yeux pour pleurer en attendant qu'elle revienne.

À 16 h 30, on sonna à la porte. Ma première réaction fut un vif soulagement à l'idée que les Kolling aient pu être absents et que Nicole soit déjà de retour. Mais je me ravisai vite car elle avait sa propre clé. J'allai ouvrir et me retrouvai face à un inconnu.

D'emblée, il me fit une impression exécrable et je fus tentée de lui refermer la porte au nez. Mais ce devait être la déception. Vêtu d'un costume noir et d'un chapeau de même couleur, il était d'une politesse exquise, presque surannée.

— Ai-je l'honneur de parler à la maîtresse de maison ? interrogea-t-il en ôtant son couvre-chef et en s'inclinant.

Voyant que je hochais la tête, il sembla se rembrunir, puis se reprit.

— Enchanté. Josef Genardy, se présenta-t-il.

— Mme Pelzer.

Manifestement surpris, il jeta un coup d'œil furtif aux deux noms inscrits à côté de la sonnette. Âgé d'une petite soixantaine d'années, il était mince et de taille moyenne. Sa mise était soignée bien que son costume fût un peu élimé. Il portait une chemise blanche et une cravate au motif discret. Et des boutons de manchette ! Quand avais-je donc vu pour la dernière fois un homme porter des boutons de manchette ? Franz en avait mis à notre mariage mais plus jamais par la suite. Étonnée, je dévisageai M. Genardy, qui baissa aussitôt les yeux. C'était curieux : il ne parvenait pas à me regarder en face. Ma grand-mère m'avait mise en garde contre les personnes au regard fuyant ; d'après elle, cela signifiait qu'elles avaient quelque chose à cacher. Ma grand-mère et sa sagesse légendaire ! Ma grand-mère et sa pendule...

Tout en triturant son chapeau, M. Genardy m'annonça qu'il venait pour l'appartement. Mais comment avait-il eu l'adresse ? Alors que je m'apprêtais à le congédier en lui disant la même chose qu'aux deux autres candidats, ma mère fit son apparition :

— Qu'y a-t-il, Sigrid ? Qui est là ?

Me repoussant un peu de côté, elle se campa sur le seuil. Elle arborait un sourire jusqu'aux oreilles, tout aussi faux que celui de notre visiteur.

— Madame Humperts ? demanda-t-il.

— Pas du tout, rétorqua-t-elle comme si c'était une insulte. Je m'appelle Roberts. Käthe Roberts. Je suis la mère de Mme Pelzer.

Avant que j'aie pu en placer une, elle lui expliqua qu'elle n'était que de passage et l'invita à entrer. Puis elle le conduisit dans le salon où Mara était en train de picorer les miettes de notre tarte. Sans s'arrêter de parler, ma mère la prit dans ses bras et l'emmena à la cuisine pour lui laver les mains.

— Asseyez-vous, monsieur, je vous en prie. Vous êtes là pour l'appartement, c'est ça ? Eh bien, vous avez de la chance, il est encore libre. Si vous aviez vu les énergumènes qui se sont présentés jusqu'à maintenant ! Parfois, on se demande vraiment ce que les gens ont dans la tête. Ma fille est veuve, comme moi. Elle n'est pas là de la journée et il nous faut donc un locataire tranquille et digne de confiance.

Mais non ! *Une* locataire ! Je ne voulais pas d'homme dans ma maison. En plus, elle avait dit « nous ». Décidément, elle se comportait comme si elle était chez elle.

Au départ, M. Genardy se contenta de l'écouter en silence. Ils étaient de la même génération. Ma mère avait cinquante-huit ans mais en paraissait moins. En outre, elle attachait beaucoup d'importance à son apparence et à l'effet qu'elle produisait sur les hommes. « *Une femme se doit d'être féminine* », avait-elle coutume de dire. Certes. Comme si je cherchais à avoir l'air viril...

Revenue dans la pièce, elle s'installa sur le canapé, Mara sur ses genoux. Ensuite, pour la première fois depuis une éternité, elle me rendit service en interrogeant M. Genardy sur ses conditions de vie. Pour ma part, je n'y serais sans doute pas parvenue, du moins pas avec un tel aplomb.

Ses réponses auraient comblé d'aise n'importe quel propriétaire. Sa femme était décédée deux ans auparavant et il vivait seul. La voix brisée par l'émotion, il nous confia qu'elle avait succombé à une longue maladie et qu'il ne s'en était pas encore remis. Quelque chose dans son élocution un peu hésitante me rappelait Franz. Mais de sa part, cela ne traduisait pas une timidité excessive, mais donnait la sensation qu'il s'exprimait de manière réfléchie et en des termes choisis.

Au bout d'un moment, je me rendis compte que son regard ne cessait de dévier vers Mara. Lorsqu'il la contemplait, son sourire se faisait rêveur. Il avait deux petits-enfants, un garçon de cinq ans et une fille de trois. Pour l'heure, ils habitaient chez lui avec leurs parents. Sa belle-fille étant de nouveau enceinte, M. Genardy redoutait qu'il y ait trop d'agitation dans la maison et avait décidé de la céder à son fils.

— Tu es une petite fille très mignonne, dit-il à Mara après avoir marqué une pause.

En l'entendant prononcer ces mots, j'eus un frisson. On aurait cru Franz : « *Et si je montais pour faire couler ton bain, ma petite fille ?* »

Mal à l'aise, Mara rougit, mis son pouce en bouche et enfouit son visage dans le chemisier de sa grand-mère. Celle-ci la força à se lever et insista pour qu'elle aille serrer la main à ce monsieur si sympathique. La tête baissée, Mara s'avança vers lui. À son tour, il la prit sur ses genoux.

— Adorable, murmura-t-il en flattant ses jambes potelées.

Non sans avoir minaudé comme si le compliment lui était adressé, ma mère en revint au vif du sujet et questionna M. Genardy sur sa profession et ses revenus.

De mon côté, je tentai de rassembler mes esprits et de préparer la fin de non-recevoir que j'allais lui opposer. Si les appartements du premier étaient vraiment indépendants, ce n'était pas le cas des miens : l'entrée, qu'il fallait traverser pour accéder à l'escalier, desservait directement le salon et la chambre de Nicole.

Les frères de Franz avaient fait le strict minimum et l'argent m'avait toujours manqué pour compléter les travaux. Mais jusqu'à présent, cela n'avait pas eu d'importance que j'aille aux toilettes au beau milieu de la nuit en robe de chambre ou que je me rende au sous-sol en petite tenue pour prendre ma douche. Nicole et moi n'avions même pas besoin de fermer nos portes à clé avant de nous coucher.

Tout en jouant avec ma nièce, M. Genardy continuait de répondre aux questions. Il travaillait à Cologne en tant que fonctionnaire de la poste. Comme ma mère me le précisa par la suite, il ne pouvait s'agir que de la direction centrale, vu son excellente éducation et son langage châtié.

Hélas, M. Genardy n'avait pas emporté ses fiches de paie. Mais il est vrai qu'il était passé de manière tout à fait informelle, juste pour jeter un coup d'œil. Il nous avoua qu'il avait eu du mal à se résoudre à déménager; sa maison lui rappelait tant sa femme.

D'un autre côté, il savait que cela lui ferait du bien de prendre de la distance. Ce qu'il recherchait, c'était un logement modeste mais confortable, situé dans un quartier paisible. À première vue, cela paraissait convenir.

— Parfait, dit ma mère. Dans ce cas, si nous montions ? Ainsi vous pourrez visiter tranquillement.

Et l'instant d'après, il était là, au beau milieu de notre ancienne chambre à coucher. Une fois encore, je dus penser à Franz, au Franz des samedis soir... et à ce jour où j'avais rangé ses chaussettes. Il y en avait beaucoup, une machine entière, et son tiroir était presque vide. Sinon, je n'aurais sans doute rien remarqué. C'était un magazine, pas bien épais, vieux et usé. Au fil des années, le papier glacé avait perdu de son éclat et certaines photos s'étaient ternies. Au total, il y en avait vingt, une par page.

S'il s'était agi de femmes nues, voire de couples en pleine action, cela m'aurait un peu choquée, mais sans plus. Je me serais dit que c'était normal, que Franz était un homme et qu'il avait été longtemps célibataire. Mais ce n'était pas le cas : les photos représentaient des enfants de tous âges. L'une d'elles, en particulier, est restée gravée dans ma mémoire : une petite fille de neuf ou dix ans, assise sur un fauteuil dans une position qu'elle n'avait sûrement pas prise de sa propre initiative. Jamais je n'oublierai le sourire figé qui déformait ses traits ; une véritable grimace de désespoir.

La prise de conscience fut terrible. Nous étions mariés depuis six ans et venions d'emménager dans notre maison. Franz m'aimait, certes, à sa façon, et il ne ménageait pas sa peine pour nous offrir une vie agréable. Mais quand nous faisions l'amour, ce n'était pas à moi qu'il pensait. J'avais seize ans lorsqu'il m'avait abordée devant le cinéma et à l'époque, tout le monde estimait que je faisais moins que mon âge, que je n'avais pas encore pris mes formes de femme. Depuis, j'avais en effet grandi, gagné quelques rondeurs et de la poitrine. Or, pas une seule fois Franz n'avait posé son regard sur mes seins, pas une seule fois il ne les avait touchés ou embrassés. Dans ma grande naïveté, j'avais cru que c'était ma faute, que je ne savais pas m'y prendre, que je n'avais pas assez d'expérience.

À mes yeux, le fait qu'il ait conservé ce magazine et l'ait caché dans un endroit où je finirais immanquablement par le trouver ne pouvait pas être fortuit : il voulait que je sache. D'ailleurs, il n'était pas impossible que j'aie déjà compris depuis longtemps, mais que je me sois voilé la face. Quoi qu'il en soit, avec cette découverte, nous étions désormais liés par une sorte de pacte tacite.

Tout en hochant la tête d'un air approbateur, M. Genardy sortit sur le balcon et vérifia que la porte-fenêtre fermait bien. N'ayant pas de mètre sur lui, il mesura les pièces au pas avant de conclure qu'il n'y aurait pas de problème pour placer ses meubles. De toute façon, il n'en emporterait que quelques-uns.

— Je ne vais tout de même pas dépouiller mon fils ! s'exclama-t-il sur un ton guilleret.

Le reste de l'appartement ayant également semblé le satisfaire, il demanda s'il y avait une cave. Mme Humperts avait disposé d'un local, juste à côté de la buanderie, mais je répondis que non. Aussitôt, ma mère me fusilla du regard, mais elle s'abstint de me démentir, sans doute parce que M. Genardy s'était empressé d'ajouter que ce n'était pas indispensable. En revanche, il lui faudrait impérativement un garage pour sa voiture et il s'emploierait à en trouver un dans le voisinage. Quoique le nôtre fût vide, à l'exception d'un vélo dont je ne me servais jamais, je me gardai bien de le lui dire. N'ayant même pas mon permis de conduire, je ne risquais pas d'en avoir l'usage de sitôt.

Vers 18 heures, nous retournâmes dans le salon. Je ne pensais plus qu'à Nicole. Il devenait urgent que j'aille la chercher. Si seulement ce M. Genardy avait daigné partir ! Mais il ne paraissait guère pressé et continuait de deviser avec ma mère.

Pourquoi Nicole n'était-elle pas encore rentrée ? Les images défilaient dans mon esprit : un camion roulant à tombeau ouvert, un petit corps inerte sur la chaussée, les pompiers qui tentaient de le ranimer... J'étais au bord de la crise de nerfs. Et soudain, j'entendis ma mère déclarer :

— Nous n'avons qu'à régler la question tout de suite. Cela vous laissera le temps de vous installer avant le 1er.

Dans l'immédiat, je ne voyais en effet pas d'autre solution pour me débarrasser de cet intrus : lui présenter le contrat de bail, le remplir et le signer. Et pourtant, je ne voulais pas d'homme dans ma maison, surtout pas.

Plus tard, alors que nous étions sur le point de partir, elle chez Anke et moi chez les Kolling, je le confirmai encore une fois à ma mère.

— Tu as perdu la boule, Sigrid, répliqua-t-elle. Tu ne trouveras pas mieux que lui. Et puis, un homme c'est beaucoup moins envahissant. Tu as vu comment cette bonne femme avait pris les rênes chez toi ? On aurait dit que tout lui appartenait. Par exemple, je suis sûre que M. Genardy donnera ses vêtements à nettoyer à l'extérieur. Cela ne lui viendrait même pas à l'idée de te demander d'utiliser ta machine à laver.

Il n'y avait rien à faire : elle s'était littéralement entichée de lui, comme une adolescente. Je m'étais souvent demandé pourquoi elle était restée seule après la mort de mon père et ce, bien qu'elle fût encore très présentable. Mais peut-être que personne n'avait trouvé grâce à ses yeux. En tout état de cause, elle ne jurait plus que par lui et me harcela jusqu'à ce que nous ayons atteint le croisement où nous devions nous séparer. Un homme raffiné qui avait de la conversation et une bonne situation, de quoi me plaignais-je ? Tandis qu'elle continuait de pérorer, je ne pus soudain plus retenir mes larmes.

— Figure-toi que j'ai d'autres préoccupations en ce moment ! hoquetai-je. J'ai de nouveau rêvé de la pendule, si tu veux savoir, et le troisième jour, c'est aujourd'hui !

Ma mère s'arrêta net et pâlit. Mes cauchemars lui faisaient peur. Si elle m'avait frappée, à l'époque, c'était uniquement pour conjurer sa peur. D'ailleurs là aussi, elle m'aurait volontiers frappée, il suffisait de la regarder. Mais je devais être un peu trop grande...

— Ne recommence pas avec ces bêtises ! rugit-elle.

Puis elle me planta sur le trottoir en entraînant Mara à sa suite. Je me mis à courir. Le troisième jour ! De quel droit cet individu m'avait-il retenue aussi longtemps ? Tout ce bavardage, ces câlineries avec Mara, suivis du contrat, de la remise des clés...

Je lui en avais donné quatre : deux pour la porte d'entrée et deux pour l'appartement. « *C'est comme ça qu'on fait, mon enfant,* m'avait dit Mme Humperts lors de son emménagement. *Le propriétaire en conserve toujours une troisième pour le cas où son locataire serait absent et qu'il se passerait quelque chose, une fuite, par exemple.* » Je n'avais pas la moindre idée de l'endroit où je l'avais rangée. D'ailleurs, je n'en avais jamais eu besoin car Mme Humperts ne sortait jamais. Et maintenant, elle m'avait abandonnée.

À bout de souffle, j'arrivai enfin chez les Kolling. Nicole était encore en train de jouer avec Denise. Sur le chemin du retour, elle m'expliqua que Günther lui avait demandé d'attendre que je vienne la chercher. Je n'en revenais pas qu'elle l'ait écouté alors qu'elle avait l'habitude de rentrer quand cela lui chantait. Mais je n'étais pas au bout de mes surprises. Il lui avait aussi dit que j'avais beaucoup de soucis en ce moment, notamment à cause de l'appartement et du manque d'argent. Il fallait donc qu'elle me ménage et qu'elle cesse de n'en faire qu'à sa tête. Ainsi, au moins, je ne m'inquiéterais pas pour elle. Günther lui avait même parlé de la fille d'Hedwig et l'avait mise en garde.

— C'est dangereux de rester toute seule à la maison ou de se promener dans les rues, récita Nicole en me prenant la main. Il y a de méchants messieurs qui veulent attraper les enfants. Au début, ils sont gentils et puis, après, ils leur font des misères.

Voyant qu'elle cherchait mon approbation, je hochai la tête. Peu à peu, je commençais à me détendre. Mais nous n'étions pas encore arrivées à la maison et je devais rester concentrée. Le troisième jour, il pouvait se passer n'importe quoi.

— Mais qu'est-ce qu'ils leur font, aux enfants ? reprit Nicole.

— Euh... je ne sais pas, bredouillai-je.

— D'après Günther, ils abusent d'eux. Ça veut dire quoi ?

Elle n'avait que huit ans et je me voyais mal lui donner plus de détails. Certes, elle savait comment naissent les bébés et s'extasiait souvent sur le ventre d'Anke. À plusieurs reprises, j'avais voulu lui décrire l'acte sexuel pour qu'elle comprenne comment ils atterrissaient là, mais elle avait aussitôt pris un air de dégoût et j'avais changé de sujet. Aussi me contentai-je de lui dire qu'il y avait des choses qu'un adulte n'avait pas le droit de faire avec un enfant. Des choses très graves.

17

Il était satisfait. Comblé même, au-delà de ses espérances. En se rendant à sa voiture qu'il avait garée un peu en retrait de la maison, il entendit les clés de l'appartement tinter dans la poche de sa veste et se mit à faire des projets d'avenir.

Cette enfant était si petite qu'elle arrivait à peine à prononcer son nom... Lorsque sa fille avait eu le même âge, il avait connu une période magnifique. C'était l'époque où son épouse avait commencé à travailler et il avait donc dû s'en occuper. Ce furent deux années merveilleuses, pleines d'insouciance. Ah, ces jolies menottes, cette jolie bouche ! Et puis cet oisillon si mignon qu'il avait tout d'abord voulu conserver pour plus tard, jusqu'à ce qu'un jour il perde les pédales... Depuis, il avait vécu dans la nostalgie de ces temps bénis. Comme quoi les rêves finissent toujours par se réaliser.

Une petite fille et deux femmes. L'une stupide et crédule, l'autre agitée et craintive. Dommage que ce ne soit pas la vieille qui habite la maison, songea-t-il avec une pointe de déception. Avec elle, il n'y aurait pas eu de problèmes : elle n'avait rien à voir avec son actuelle voisine. Enfin, il n'allait plus devoir la supporter longtemps, celle-là, de toute façon.

En y réfléchissant, il avait toutefois bon espoir qu'il

n'y ait pas non plus de problèmes avec la jeune. S'il parvenait à s'imposer auprès d'elle comme une sorte de grand frère, de confident, il pourrait apprendre les raisons de son angoisse et saurait en tirer profit. Dans le cas contraire, il ne lui resterait plus qu'à l'éviter.

Dans l'immédiat, le fait d'être appelé à vivre sous le même toit qu'elle ne l'enchantait pas, mais il en avait vu d'autres. Et puis la vieille avait bien dit qu'elle n'était pas là de la journée. Non, décidément, tout cela se présentait sous les meilleurs auspices.

La mère semblait être constamment fourrée chez sa fille. Et, selon ses propres dires, elle était toujours avec la petite. Or l'été se profilait et, en cette saison, on ne mettait plus de collants aux enfants et on retirait même parfois leurs couches. Il arrivait aussi qu'on leur installe une piscine gonflable dans le jardin pour qu'ils s'y rafraîchissent...

Le soir même, il se mit à ranger ses affaires, constatant de nouveau que sa précieuse épingle de cravate avait disparu. Il l'avait déjà cherchée en vain lorsqu'il s'était préparé pour aller se présenter.

Dès sa première visite, la petite fille s'était intéressée à ses objets de valeur. Un peu trop à son goût, d'ailleurs. Aussi avait-il préféré ne pas les laisser traîner et les avait-il rangés dans son armoire. C'est d'ailleurs bien là que, tout à l'heure, il avait retrouvé ses boutons de manchette.

Excédé, il entreprit de fouiller le meuble de fond en comble. Vu le nombre de fois qu'il l'avait laissée seule dans la pièce, cette petite garce avait eu tout le loisir de la lui dérober. Ce n'était qu'une voleuse, doublée d'une fieffée menteuse.

Cette nuit-là, il eut du mal à trouver le sommeil. La

voix de la fillette lui trottait dans la tête : « *Ma mère, je lui dis jamais rien* » ; « *Ils sont tous bêtes dans ma classe, on peut même pas leur parler* » ; « *Le prof, il me regarde toujours d'un drôle d'air* » ; « *Nos voisins, ils aiment pas les enfants* »...

Mais à présent, toutes ces confidences, qui n'étaient peut-être qu'autant de mensonges, n'avaient plus aucune importance. Et puis, il n'allait tout de même pas se laisser gâcher son plaisir à cause de la perte d'un bijou. Il y avait des choses plus importantes dans la vie.

Dès le lendemain matin, il appela à son travail pour prévenir qu'il serait absent deux jours, ayant une importante affaire familiale à régler. Quant à son propriétaire, il lui parlerait dans l'après-midi. Il lui dirait que sa fille, qui habitait dans le nord du pays, avait besoin de lui et que cela ne pouvait pas attendre les trois mois réglementaires. Elle était enceinte et son couple battait de l'aile. Peut-être était-il encore possible de sauver les meubles, ne serait-ce qu'à cause des enfants. Même s'il n'était malheureusement pas en mesure de respecter le préavis, il ne serait pas bien difficile de lui trouver un successeur, ajouterait-il.

S'étant rendu en ville pour louer une camionnette, il réalisa soudain qu'il ne pourrait pas déménager seul. Aussi décida-t-il de demander au jeune homme du troisième de lui donner un coup de main. Il irait le trouver plus tard, après avoir transporté les choses les moins lourdes.

Sans perdre de temps, il se mit au travail en commençant par la table et les deux fauteuils du salon. Au troisième voyage, la vieille fille d'en face passa la tête par sa porte. Elle s'empressa de l'inviter à prendre un verre d'adieu chez elle et lui demanda sa nouvelle adresse.

Il lui répondit qu'en réalité, il se contentait de se débarrasser de quelques vieilleries car sa fille, qui renouvelait son intérieur, lui cédait un certain nombre de meubles en excellent état. Mais elle ne lâcha pas le morceau : cela risquait d'être une sacrée expédition. Il haussa les épaules, estimant que ce n'était pas si terrible et précisant qu'il partirait soit le jour même, soit le lendemain. Cette version concordait plus ou moins avec celle qu'il s'apprêtait à servir à son propriétaire. Sa voisine se dirait sûrement qu'en rendant visite à sa fille, il avait constaté que son ménage périclitait, et avait par conséquent décidé de rester. Quoi qu'il en soit, il la planta là et poursuivit ses allers-retours.

Lorsque l'essentiel fut chargé dans la camionnette, il s'accorda une pause et se prépara un café et un sandwich. Il déménagerait le reste avec le garçon du troisième en fin d'après-midi. À cette heure-là, la mégère faisait ses courses et elle ne se rendrait donc compte de rien. Après avoir mangé, il se mit en route. Une heure plus tard, il était arrivé à destination.

Comme il s'y était attendu, il n'y avait personne, et il put donc pénétrer dans la maison sans être dérangé. Ce faisant, il aperçut une vieille dame dans le jardin d'à côté qui sortait ses poubelles. Elle lui lança un regard appuyé empreint de curiosité et de méfiance. Tout en la gratifiant de son plus beau sourire, il lui adressa un signe de tête et, constatant que cela avait suffi à la rassurer, se mit à ricaner intérieurement. Il valait mieux s'abstenir de lui expliquer les raisons de sa présence, sinon elle risquait de le trouver bavard. De toute façon, elle ne tarderait pas à apprendre qui il était.

En ressortant de la maison, il constata qu'elle était toujours là et feignait à présent de s'occuper de ses fleurs. Furieux, il s'efforça de l'ignorer. Nulle part on n'était à l'abri de ces sordides bonnes femmes qui n'avaient rien à faire de leurs journées... Mais il fallait bien en prendre son parti.

Sur le trajet du retour, il se répéta mentalement ce qu'il allait dire au propriétaire. Il se réjouissait déjà de la nuit à venir; un joli appartement situé dans un environnement paisible... Mais les choses ne se passèrent pas comme prévu.

Dans la cage d'escalier, il croisa sa voisine qui lui apprit que la police était là. Elle-même avait déjà été interrogée. C'était d'ailleurs elle qui les avait appelés, ajouta-t-elle avec fierté, allant même jusqu'à préciser qu'elle était tombée sur la photo de la petite fille en récupérant dans le vide-ordures le journal auquel le couple du deuxième était abonné. Radine comme elle l'était, elle ne devait pas en être à son coup d'essai, songea-t-il amèrement, tandis qu'elle continuait de l'assaillir de ses considérations bien-pensantes : n'était-ce pas son devoir d'informer la police qu'elle avait souvent vu la petite fille devant l'immeuble? Une gosse au comportement étrange qui devait avoir du mal à se lier avec les enfants de son âge et paraissait rechercher la compagnie des adultes...

La commère s'avança d'un pas et se mit à chuchoter : un jour, en fin d'après-midi, alors qu'elle rentrait du supermarché, elle avait demandé à la petite ce qui la poussait à venir. Et que lui avait-elle répondu, hein? Elle le lui donnait en mille. « *J'attends mon ami* », voilà ce qu'elle lui avait dit!

La vieille ponctua cette phrase d'un hochement de tête entendu. Puis elle leva les yeux au plafond.

— *J'attends mon ami*, répéta-t-elle. À son âge, vous vous rendez compte ? Mais par les temps qui courent, ça n'a rien d'étonnant. On ne peut plus passer devant un kiosque sans voir des femmes nues. Les enfants sont soumis à toutes les perversions. Et puis, on en a déjà vu des vertes et des pas mûres dans cet immeuble. En tout cas, l'ami en question, on sait qui c'est...

Il garda le silence, tout en se demandant si elle avait livré ses conclusions à la police. Elle était tellement bavarde que cela ne faisait aucun doute, trancha-t-il, et cela lui convenait tout à fait. S'il le fallait, il rajouterait son grain de sel.

Peu de temps après, les agents vinrent sonner à sa porte. Bien qu'il s'y fût attendu, le simple fait de les voir le paniqua. Sans parler du moment où ils lui exhibèrent la photo de la petite fille, ni des questions qu'ils lui posèrent. Chaque mot pouvait se révéler une erreur fatale, il devait faire preuve de la plus extrême prudence.

Il les fit entrer et les conduisit à la cuisine, se félicitant de ne pas encore avoir démonté les placards, alors même qu'il aurait pu les transporter sans difficulté. Qu'auraient-ils pensé s'ils avaient constaté que l'appartement était à moitié vide ?

Au prix d'un effort de volonté surhumain, il parvint à réprimer ses tremblements. Il y avait certes quelques zones d'ombre dans son passé mais ce n'était rien de grave, du moins pas aux yeux des policiers. S'ils étaient là, c'était parce qu'ils devaient interroger tous les habitants de l'immeuble et peut-être même ceux du voisinage. La routine, rien de plus. Cette idée le rassura un peu. Dans l'immédiat, l'essentiel était de renforcer les soupçons pesant sur le jeune homme du troisième.

Les agents se montrèrent courtois et professionnels. Confirmant les dires de sa voisine, il leur indiqua que lui aussi avait remarqué la petite fille à plusieurs reprises. Une fois, au mois de février si ses souvenirs étaient bons, il l'avait même trouvée assise sur les dalles glacées du perron et l'avait mise en garde en lui disant qu'elle risquait d'attraper froid. Elle lui avait répondu qu'elle avait rendez-vous avec son ami, qui devait l'aider à faire ses devoirs. Avec la meilleure volonté du monde, il ne voyait toutefois pas de qui il pouvait s'agir. Par la suite, il n'avait d'ailleurs jamais revu la gamine.

Les policiers le remercièrent et prirent congé. À peine eurent-ils franchi le seuil de la porte qu'il fut saisi de tremblements convulsifs. S'était-il comporté comme il fallait ? Le témoignage de la vipère d'à côté suffirait-il à les induire en erreur ? Plus il y réfléchissait, plus il était persuadé qu'elle en avait rajouté sur le compte du jeune homme. Il suffisait de voir à quel point elle s'indignait du bruit qu'il faisait et de toutes ces filles qui défilaient chez lui.

Eh bien, il ne leur restait plus qu'à poursuivre leur enquête, se dit-il. Avec méthode et minutie, selon leurs habitudes. Ainsi ils découvriraient sans doute que la petite fille avait effectivement fréquenté le jeune homme. Celui-ci serait-il alors encore en mesure de s'en sortir ? Probablement pas, mais il n'en avait cure.

Pour se calmer, il mangea un peu de chocolat aux noisettes. Le sucre lui fit du bien et il commença à avoir les idées plus claires. Réflexion faite, il avait eu la meilleure attitude : il ne leur en avait ni trop dit ni pas assez, n'avait porté aucune accusation précise, s'était montré poli mais sans excès et n'avait pas manifesté plus d'intérêt pour l'affaire qu'il convenait.

Tant que le corps n'aurait pas été retrouvé, la marge de manœuvre de la police resterait limitée. Cela pouvait prendre des mois ou beaucoup moins, si quelqu'un tombait dessus par hasard. En tout état de cause, il n'y avait aucune chance que l'on remonte jusqu'à lui. Bien des années auparavant, il avait rencontré par hasard un monsieur très âgé qui lui avait parlé de ce jardin, qui lui appartenait, se plaignant qu'il était difficile d'accès et qu'il ne se sentait plus la force de s'en occuper. Il s'était contenté de l'écouter sans faire de commentaire ; personne ne ferait le rapprochement.

À présent tout à fait rasséréné, il se mit à envisager la suite des événements. Avant toute chose, il devait reporter l'entretien avec son propriétaire. S'il dénonçait son bail maintenant, cela attirerait l'attention. Le fait de garder l'appartement lui poserait certes des problèmes financiers mais ce n'était pas la priorité. La police pouvait se présenter de nouveau pour lui poser d'autres questions. Et alors, il vaudrait mieux qu'il n'ait pas quitté les lieux. Idéalement, il fallait qu'il reste jusqu'à ce que le jeune homme ou un autre suspect ait été arrêté.

À cet égard, il se félicita d'avoir dit à la mère et à sa fille que son installation risquait de prendre du temps. Et pourtant, s'il s'était écouté, il aurait décampé sur le champ avec le reste de ses meubles. Mais il n'en était pas question, cela aurait trop ressemblé à une fuite. Le pire était que cela pouvait durer des semaines. Autant de semaines perdues, pendant lesquelles la vieille viendrait fouiner chez sa fille en compagnie de la petite poupée... Mais une fois de plus, les choses ne se passèrent pas comme prévu.

Après avoir rendu la camionnette de location, il se mit en route pour aller récupérer un peu de vaisselle, quelques vivres et des vêtements. Une fois dans son nouvel appartement, il prit tout son temps, dans le secret espoir d'apercevoir la petite poupée. La journée s'achevait et il commençait à avoir faim. Il se prépara un sandwich et s'installa confortablement dans l'un de ses fauteuils, songeant qu'il avait bien mérité de dîner en paix.

Soudain, il entendit des voix qui venaient du jardin. Des voix de petites filles. Se penchant à la fenêtre, il les aperçut. Elles étaient juste en dessous de lui, sur la terrasse, en train de jouer avec un balai. Son pouls s'accéléra. Comme elles étaient mignonnes avec leurs cirés jaunes à capuche ! Déjà un peu trop grandes, peut-être, mais vraiment adorables.

Ayant remarqué sa présence, l'une d'elles leva la tête vers lui et il lut l'étonnement dans son regard. Aussitôt, il lui adressa le sourire chaleureux et bienveillant dont il gratifiait toujours les enfants.

— Bonjour, lança-t-il.

La petite paraissait sur ses gardes. Sa copine la rejoignit et lui chuchota quelques mots à l'oreille.

— C'est vous qui habitez chez nous maintenant ? demanda-t-elle.

Chez nous ! Ces deux mots résonnèrent dans son esprit. Ça, la vieille ne le lui avait pas dit. Vivre avec un enfant sous le même toit ! Un enfant dont la mère était absente toute la journée ! Il n'en revenait pas. C'était trop beau. Incapable de se contenir, il partit d'un rire euphorique. Il ne pouvait plus s'arrêter.

— Oui, fit-il, c'est bien ça. Je m'appelle Genardy. Josef Genardy.

— Moi c'est Nicole, répondit celle qui l'avait abordé. Et elle, c'est Denise. C'est ma copine.

— Je suis ravi de faire votre connaissance.

Il resta encore quelques minutes sur le balcon à discuter avec elles. Puis il retourna à l'intérieur et vérifia le contenu de son portefeuille. Oui, cela suffirait pour fêter l'événement.

Deuxième partie

1

En me réveillant le lundi matin, je n'en crus pas mes yeux. Nous étions le quatrième jour et Nicole était dans son lit, indemne. Malgré tout, je restais persuadée que l'homme en noir ne s'était pas manifesté pour rien. Je ne pouvais pas non plus imaginer qu'il ait changé sa façon d'opérer et dépassé le délai habituel. Pendant toutes ces années, il ne l'avait jamais fait.

J'étais dans un drôle d'état d'esprit, ballottée entre l'angoisse et la joie de savoir ma fille en bonne santé. Si ce n'était Nicole, qui l'homme en noir était-il donc venu chercher ? Tout à coup, je réalisai que je n'avais même pas été fleurir la tombe de Franz. Six ans et deux jours... Pouvait-on encore, après une telle durée, éprouver une authentique douleur ? Pour la première fois, je songeai qu'inconsciemment, j'avais dû ressentir un certain soulagement au moment de sa mort.

Au petit déjeuner, j'entretins Nicole de notre nouveau locataire, tout en dressant l'oreille au cas où quelqu'un viendrait nous porter la mauvaise nouvelle. Anke ? Norbert ? Mara ? Petit à petit, je parvins toutefois à me détendre. En y réfléchissant, je commençais à me dire que j'étais plutôt bien tombée avec ce M. Genardy. Je lui avais indiqué un montant supérieur de cent marks au loyer qu'avait payé Mme Humperts et il n'avait pas bronché. Il est vrai qu'en tant que haut fonctionnaire, il ne devait pas être trop près de ses sous.

Cent marks de plus par mois, voilà qui tombait à point nommé. Cela me permettrait d'acheter de nouveaux vêtements à Nicole. Non par nécessité, mais parce que cela me faisait plaisir. À elle aussi, d'ailleurs, cela ferait plaisir car elle commençait à devenir coquette. J'étais également très tentée de me réabonner au téléphone. Ah, pouvoir me prélasser le soir sur mon canapé en papotant avec Günther! Peut-être que le dialogue serait plus facile si je ne l'avais pas en face de moi.

En pensant à lui, je fus prise d'un nouvel accès de panique. Et s'il lui était arrivé quelque chose hier, sur le chemin de son travail? Personne n'aurait eu l'idée de m'avertir. Il fallait que je l'appelle pour en avoir le cœur net.

Nicole m'ayant demandé quand notre locataire viendrait s'installer, je lui répondis que cela pouvait prendre un peu de temps.

— Il est possible que, dans les jours prochains, il y ait pas mal de va-et-vient dans la maison. M. Genardy a fait appel à des ouvriers et à des déménageurs. Alors je ne veux pas que tu restes seule ici. D'accord?

Elle hocha la tête sans grande conviction. Que cela plaise ou non à sa grand-mère, elle irait déjeuner et faire ses devoirs chez elle. Ensuite, je ne voyais pas d'inconvénient à ce qu'elle aille chez les Kolling. Nicole protesta : les petits frères de Denise les empêchaient de jouer; un jour, ils s'étaient même amusés à leur lancer des vers de terre et elle en avait reçu un en pleine figure.

— S'ils recommencent à nous embêter, est-ce que je pourrai venir ici avec Denise ? me demanda-t-elle. Comme ça, je ne serai pas seule. Je te promets qu'on restera dans ma chambre. On courra pas dans la maison. Et s'il y a des gens en haut, on restera dans le salon.

J'acquiesçai à contrecœur. Puis Nicole prit le chemin de l'école et moi celui de l'arrêt de bus.

Le quatrième jour.

Il n'y avait encore jamais eu de quatrième jour sans drame. En chemin, je ne cessai de repenser aux paroles de Günther. Ce n'était pas vrai que je voulais être assistée et déchargée de toute responsabilité. En tout cas, ce n'était certainement pas ce que je recherchais chez lui. J'avais compris tout de suite qu'il n'était pas comme Franz. Et pourtant je tenais à lui. Pourvu qu'il ne lui soit pas arrivé malheur !

À la pause café, je n'eus pas le courage de téléphoner. La simple perspective d'entendre sonner dans le vide me retournait l'estomac. À l'heure du déjeuner, je finis par prendre mon courage à deux mains. Après plusieurs tonalités qui me firent l'effet d'autant de coups de massue, il décrocha enfin. Dieu soit loué. J'avais eu l'intention de lui parler de M. Genardy, mais cela me paraissait maintenant secondaire. Aussi me contentai-je de lui demander s'il avait appris quelque chose au sujet de la fille d'Hedwig. Il me répondit que non et, dès que nous eûmes terminé, je composai le numéro de mon amie. Bien que j'eusse passé la matinée à m'y préparer, ce fut une conversation curieuse, entrecoupée de silences pesants.

— Tu te rends compte : quand ils m'ont interrogée, j'ai été incapable de leur dire ce qu'elle portait ce jour-là, me confia-t-elle d'une voix plaintive. Entre-temps, j'ai vérifié dans son placard et dans le panier de linge sale. Il manque un jean. Tu sais, celui que je lui avais acheté il y a quelques semaines. Je te l'ai montré, je crois.

En effet, je m'en souvenais.

— Et un pull bleu ciel assez épais, poursuivit-elle. En dessous, je suppose qu'elle avait mis un tee-shirt, mais je n'en suis pas sûre. Et puis sa culotte du jeudi.

Je voyais très bien à quoi elle faisait allusion. Denise et Nicole avaient les mêmes. Hedwig et moi les avions découvertes au rayon enfants. Elles étaient drôles : sept culottes vendues en un lot unique, sur lesquelles étaient brodés les jours de la semaine ainsi que des petits animaux. Hedwig en avait acheté deux séries, moi une seule. Par la suite, je m'en étais procuré une autre pour Mme Kolling. « *Comme ça, je parviendrai peut-être à lui en faire mettre une propre tous les matins*, avait commenté Hedwig. *Elle n'a vraiment aucune hygiène; il faut toujours que je sois derrière elle.* »

— Mais ce qui est bizarre, reprit-elle après une longue pause, c'est qu'elle n'avait pas pris son anorak. Elle n'avait donc pas l'intention d'aller bien loin. Pourtant, il faisait froid et il pleuvait. À moins que ce soit encore mon imagination qui me joue des tours.

— Non, c'est vrai.

Juste avant de raccrocher, Hedwig ajouta qu'elle reviendrait sans doute travailler dès le lendemain ou le surlendemain. Le médecin l'avait arrêtée pour la semaine mais elle n'en pouvait plus de rester chez elle à attendre. Ses paroles me hantèrent tout l'après-midi; elle m'avait semblé si désespérée, si impuissante. De mon côté, je me sentais coupable, en ces circonstances, de me réjouir de trivialités telles que les cent marks supplémentaires que je m'apprêtais à toucher chaque mois.

Je n'avais aucun mal à me la figurer, seule dans son appartement, rongée par l'angoisse. Un jour, ma grand-mère m'avait dit : « *Perdre un enfant dans un accident est une chose terrible. Il y a de quoi devenir folle. Mais si c'est une de ces bêtes féroces qui vous l'enlève, cela devient insoutenable car on ne peut pas s'empêcher d'imaginer les souffrances qu'il a subies.* »

Pendant longtemps, j'avais cru qu'elle parlait vraiment d'un animal. Ce n'est que plus tard que je compris le sens de son propos. Les visions qu'Hedwig devait avoir ! Sa fille, seule, sur le trottoir ; une voiture qui s'arrête et dans laquelle elle monte sans se méfier...

Franz avait souvent dénoncé mon travers consistant à envisager systématiquement le pire. Il avait raison, mais c'était plus fort que moi. Vers 17 heures, j'étais dans un tel état que j'avais l'impression de suffoquer. C'était comme si mon cœur avait enflé, enflé, jusqu'à déborder de ma poitrine. De nouveau, je me vis courir le long de la voie ferrée couverte de neige, courir à en perdre haleine avec dans mon dos cette voix rauque, haletante : « *Ça fait longtemps que j'en ai envie. S'il te plaît, Siggi, pour me faire plaisir... Ce n'est pas grand-chose, je voudrais juste que tu te rases.* » Et puis la phrase de ma belle-mère : « *Voilà ce qui arrive quand un homme est à bout.* » Soudain, ma tête se mit à tourner et je faillis perdre connaissance. Une collègue m'emmena dans la salle de repos. Elle me donna un verre d'eau et un comprimé destiné à fluidifier le sang. Mais je n'avais aucun problème de circulation et cela ne servit qu'à me donner mal au crâne. Il ne manquait plus que ça.

Alerté, le chef de rayon vint me voir et me demanda si je désirais rentrer. Mais je n'étais même pas capable de me lever de ma chaise. Je restai là jusqu'à 18 heures.

2

Lorsque j'arrivai chez moi, mon malaise s'était plus ou moins dissipé, cédant la place à un profond abattement. Une voiture verte stationnait juste devant la maison. Elle était vieille, cabossée et émaillée de raccords de peinture. Ce devait être celle de Günther, songeai-je. Depuis notre rencontre, il en avait déjà changé deux fois. N'ayant jamais un sou de côté, il les achetait au rabais et les conduisait jusqu'à ce qu'elles rendent l'âme, ce qui, parfois, ne prenait que quelques semaines. Comme il avait placé notre relation sous le signe du chacun pour soi, j'avais toutefois renoncé à lui suggérer d'emprunter pour s'offrir un véhicule en meilleur état.

Il pouvait aussi s'agir de celui du fils de Mme Hofmeister, qui avait déménagé peu de temps avant, mais revenait régulièrement pour lui donner son linge sale et lui soutirer de l'argent de poche.

Nicole était affalée devant la télévision. Dès que j'entrai, elle me lança :

— Devine ce qui s'est passé, maman !

— Voyons, laisse-moi réfléchir... Tu as eu vingt sur vingt en maths, c'est ça ?

Elle secoua la tête. Mais elle était trop excitée pour continuer le jeu :

— Le monsieur s'est déjà installé !

Pour une surprise, c'était une surprise. Ne m'avait-il pas dit qu'il voulait faire refaire l'appartement à neuf ? Nicole me raconta que Denise et elle l'avaient aperçu sur le balcon entre 17 et 18 heures. Quant à la voiture garée dehors, c'était la sienne puisqu'il les avait emmenées manger une glace pour fêter son arrivée. En revanche, il n'y avait aucune trace de peintres ou de déménageurs.

— Mme Hofmeister était dans son jardin, précisa Nicole. Elle l'a vu emmener une table et deux chaises à l'intérieur.

Une table et deux chaises ! Elle n'avait pas dû bien entendre. Après avoir mis sa soupe à réchauffer, je tendis l'oreille. En temps normal, on percevait très nettement les bruits de pas ou le son de la télévision provenant de l'étage. Mais là, tout était silencieux. Sans doute M. Genardy était-il juste passé reprendre les mesures et avait-il emporté sa table et ses chaises pour pouvoir superviser les travaux ou permettre aux ouvriers de faire des pauses. Néanmoins, Nicole ne l'avait pas vu repartir et, de surcroît, son véhicule était toujours là.

Dire que ma fille était montée dedans ! Cela me rappelait mes pires fantasmes concernant Nadine Otten.

— Au fait, qu'est-ce qui t'a pris de le suivre, ce monsieur ? demandai-je à Nicole.

— Mais enfin, il habite chez nous, répliqua-t-elle. Et puis, je suis déjà allée manger une glace avec le gendre de Mme Humperts.

— Ça n'a rien à voir. Nous le connaissions bien et j'étais prévenue. Que je ne t'y reprenne plus.

Tout en parlant, je ne cessais de regarder par la fenêtre. Comment un haut fonctionnaire pouvait-il rouler dans une telle épave ? Cela n'avait pas de sens. En tout cas, vu le silence qui régnait dans l'appartement, il était impossible qu'il s'y trouve encore. Nicole avait dû être trop absorbée par la télévision pour remarquer son départ. D'un autre côté, elle avait le sens de l'observation ; la dernière fois, elle avait noté tout de suite que Günther avait changé de véhicule. Elle en avait même retenu la marque et fait un jeu de mots : « *Trop forte, ta Ford !* »

L'espace d'un instant, je fus tentée d'aller vérifier. Mais s'il était vraiment là, je risquais de me mettre dans une situation embarrassante. Après avoir couché Nicole, je passai une bonne heure à épier le moindre bruit. Rien. Au point que cela en devenait inquiétant. Par association d'idées, je me souvins de l'époque où ma grand-mère passait ses journées à faire les cent pas en grommelant des paroles inintelligibles. Un jour — cela m'était presque sorti de l'esprit —, elle s'était plantée devant moi et avait déclaré : « *Ah, toi avec ton air de sainte nitouche ! J'aurais dû me douter que ça cachait quelque chose. Comment as-tu pu pactiser avec l'homme en noir ? Et ne fais pas l'innocente ! Tu sais très bien de quoi je parle. Tu n'as donc peur de rien ?* »

Oh que si, j'avais peur, et comment !

Le quatrième jour... Normalement, j'aurais dû être en plein deuil, le cœur serré et les yeux rougis par les larmes, et non assise sur mon canapé en train de me demander s'il y avait quelqu'un dans l'appartement du dessus, sursautant chaque fois que le réfrigérateur se mettait à bourdonner.

Avant de fermer les volets, je jetai un dernier coup d'œil à la voiture. La rue était éclairée et je la distinguai avec netteté, jusqu'à la plus infime marque d'enduit destinée à la protéger de la rouille. Tout cela était absurde : un chantier ne s'improvisait pas du jour au lendemain. Mais alors que faisait-il, là-haut ? Et pourquoi ne l'entendait-on pas ?

Vers 22 heures, je n'y tins plus. Presque sans le vouloir, je me retrouvai dans l'escalier. Mes oreilles bourdonnaient, mon cœur battait la chamade. J'avais beau me dire que tout ce que je risquais, c'était de tomber sur un vieux monsieur distingué, et non un monstre ou un tortionnaire, rien n'y faisait. Mes jambes flageolaient et me semblaient lestées de plomb.

Une marche, puis une autre... À la quatrième, l'escalier faisait un coude et l'on apercevait la porte d'entrée. Elle était entrebâillée mais aucune lumière ne filtrait. Il ne serait tout de même pas resté dans le noir ! Mais alors pourquoi avait-il laissé ouvert ?

J'avais l'impression que l'homme à la capuche m'attendait, tapi dans l'ombre, prêt à m'assaillir avec son petit marteau. Tout à coup, alors que j'hésitais à faire demi-tour, il y eut un léger frôlement et la porte s'ouvrit en grand. La silhouette de M. Genardy se détacha de l'obscurité.

Il paraissait beaucoup plus grand que la première fois. Mais sans doute était-ce un effet de perspective. Vêtu d'un pantalon de velours noir et d'une chemise en laine de couleur sombre, le visage masqué par la pénombre, il me souriait. On aurait dit le diable. Réprimant un cri, je retins ma respiration. Avec la meilleure volonté du monde, je ne parvenais plus à dominer ma terreur.

Alors que je commençais à redescendre à reculons, il referma derrière lui et, l'instant d'après, nous nous retrouvâmes face à face dans l'entrée. Qu'allais-je pouvoir lui répondre s'il m'interrogeait sur les raisons de ma présence dans l'escalier ? *Alors, petite fille, on a voulu inspecter l'antre de la bête, se faire une petite frayeur ?*

— Bien, je crois que je vais y aller, se contenta-t-il de dire.

À présent, en pleine lumière, son sourire était redevenu bienveillant, empreint de sollicitude.

— Ça ne va pas, madame Pelzer ? s'enquit-il.

Devais-je hocher la tête ou au contraire la secouer ? Comment répondait-on à cette question lorsqu'on était incapable d'articuler un mot ? *Allons, Sigrid, reprends-toi ! Tout va bien. Demande-lui ce qu'il faisait là-haut, tout simplement, c'est quand même légitime de ta part.* Mais je ne parvins à produire qu'une sorte de râle :

— Si, très bien...

M. Genardy haussa les épaules.

— Bon, si vous le dites, soupira-t-il. Il se fait tard, il faut vraiment que je rentre. Je n'avais pas l'intention de rester aussi longtemps.

Sur ce, il tourna les talons et sortit. Pour ma part, je restai plantée là, interdite, jusqu'à ce que j'entende le moteur s'allumer. Dès que la voiture s'éloigna, je pris ma clé et fermai à double tour. Puis, par réflexe, je la remis dans ma poche. Franz avait toujours beaucoup insisté pour que je le fasse. La porte d'entrée était en verre. Quoiqu'elle fût protégée par une grille, il suffisait de passer la main entre les barreaux et de la briser. Ensuite, si l'on avait laissé la clé dans la serrure, c'était un jeu d'enfant que de s'introduire dans la maison.

Encore pantelante, j'allai à la cave pour m'occuper du linge. J'en profitai pour faire un brin de toilette et me laver les dents. Depuis que Nicole avait égaré la clé, la buanderie ne fermait plus. Toutes mes recherches avaient été vaines, mais jusque-là, cela n'avait eu aucune importance. Ayant tout le loisir de faire sa lessive pendant la journée, Mme Humperts n'était jamais descendue la nuit.

Quoi qu'il en soit, M. Genardy n'était pas censé se rendre au sous-sol. C'était un homme bien élevé. Par conséquent, il ne s'y hasarderait pas. Mais qu'avait-il donc trafiqué pendant tout ce temps dans le noir? J'aurais dû l'entendre! Je n'étais pas sourde, quand même! Je l'imaginais, assis derrière l'entrebâillement de la porte, en train de nous espionner à longueur de journée. C'était idiot, j'en étais bien consciente, mais je n'arrivais pas à m'en empêcher.

J'attendis que la machine se termine. Puis je la vidai et mis les affaires à sécher, constatant que la serviette de bain et le maillot de Nicole n'y étaient pas. Elle avait dû les laisser dans son sac, une fois de plus.

À ma grande surprise, j'avais remarqué que M. Genardy n'avait ni veste ni pochette en sortant de la maison. Günther, quant à lui, ne se séparait jamais de la petite poche en cuir marron dans laquelle il rangeait ses papiers et son portefeuille.

Il était 23 heures passées lorsque j'allai me coucher, non sans avoir vérifié au préalable que la porte d'entrée était bien verrouillée. Et si mon étrange locataire était revenu à mon insu? Mais non, cela ne rimait à rien. À l'heure qu'il était, il devait être de retour chez son fils depuis belle lurette. Selon ma mère, c'était un homme « cultivé ». Mais un homme cultivé restait-il ainsi à guetter dans le noir?

Ce n'est qu'une fois allongée que je réalisai à quel

point j'étais épuisée. Pourtant, je ne parvins pas à m'endormir, me sentant soudain mal à l'aise de ne pas porter de chemise de nuit. Depuis la mort de Franz, je n'en mettais plus : mon sommeil était si agité qu'elles me remontaient jusque sous les aisselles.

Je n'étais toujours pas allée au cimetière. Vu mon état d'esprit, je risquais toutefois d'avoir du mal à m'y résoudre. À la réflexion, c'était mieux pour tout le monde que Franz soit mort, y compris pour lui-même. Au moins, comme cela, il n'avait jamais dérapé. S'il avait vécu plus longtemps, peut-être aurait-il fini par ne plus se contenter du substitut que j'étais.

Mais où pouvait bien se trouver la fille d'Hedwig ? Sa culotte du jeudi, pas d'anorak... Elle n'avait donc pas eu l'intention de partir loin.

M. Genardy avait dû laisser sa veste dans la voiture. Ou alors, il l'avait oubliée dans l'appartement, pris au dépourvu par mon irruption intempestive...

Mon regard n'arrêtait pas de se porter sur le réveil. 23 h 30 : dans six heures, il sonnerait et le stress recommencerait. Pourquoi me tourmentais-je ainsi ? Les trois jours fatidiques étaient passés, j'avais un nouveau locataire et cent marks de plus par mois.

Vers minuit, je me relevai et, un peu honteuse, allai de nouveau contrôler la porte. Aussitôt après, je m'endormis.

3

Le mardi matin, Hedwig se présenta effectivement au magasin. Le teint gris et le visage gonflé par les larmes, elle était dans un triste état. Ses cheveux étaient poisseux; elle n'avait pas dû les laver depuis fort longtemps. Elle qui attachait tant d'importance à son apparence...

Incapable de faire quoi que ce soit, elle passa presque toute la journée dans la salle de repos. Nous nous relayâmes auprès d'elle. Le chef de rayon vint la voir à plusieurs reprises pour tenter de la réconforter. Mais sa sollicitude la déprimait encore davantage, car elle trouvait qu'il se comportait comme si Nadine était morte.

— Je suis sûre que ce n'est pas une fugue, me confia-t-elle à la pause. À sa manière, elle est assez raisonnable. Et elle est surtout dégourdie. Si elle s'était enfuie, elle aurait emporté des affaires et pris de l'argent. Elle sait très bien que sans ça, on n'a aucune chance de s'en sortir.

Ne sachant que répondre, je restai muette. La veille au soir, poursuivit-elle, la police était revenue avec une personne de la DDASS. Malgré leur volonté de la ménager, ils lui avaient tout de même laissé entendre que, dans d'autres circonstances, cela ne serait sans doute pas arrivé.

— Ils ont l'air de considérer que c'est ma faute, sanglota-t-elle. Mais à part ça, ils ne font rien. Au lieu de la rechercher, ils continuent de se promener dans le quartier et d'interroger les gens. Ils ont parlé au personnel de l'école, à mes voisins et, naturellement, à mes beaux-parents. Tout le monde leur a dit la même chose : que ce n'est pas étonnant que Nadine ait fugué.

Elle m'adressa un regard suppliant, déglutit avec peine et prit une profonde inspiration :

— Qu'aurais-je pu faire, Sigrid ? J'ai tout essayé. Je me suis même mise à mi-temps, avec tous les sacrifices que ça suppose, pour m'entendre dire par les services sociaux que ce n'était pas une solution, qu'une jeune fille de onze ans ne devrait pas avoir besoin d'un chien de garde.

Je me rappelai soudain que Nicole non plus n'avait plus de chien de garde. Obnubilée par le comportement étrange de M. Genardy, j'avais oublié de lui demander si elle était bien allée chez ma mère après l'école. Il fallait que je sache, là, maintenant, tout de suite, si ma fille m'avait désobéi. Dans cette hypothèse, je risquais en effet fort de me retrouver un jour dans la même situation qu'Hedwig. Aussitôt, je me précipitai sur le téléphone. Ma mère n'étant pas là, j'appelai ma sœur.

— Enfin, calme-toi, me dit Anke. Nicole a eu un excellent réflexe, hier : ne trouvant pas maman, elle est venue chez moi. Je lui ai d'ailleurs dit que la meilleure solution, c'était qu'elle fasse comme ça dorénavant. Elle ne t'en a pas parlé ?

Non, elle ne m'en avait pas soufflé mot. Le sujet Genardy devait être plus intéressant à ses yeux.

— Elle n'est pas la seule à être fascinée par lui,

ricana Anke. En tout cas, maintenant tu es au courant. Donc, si ça te convient, elle peut venir déjeuner et faire ses devoirs chez moi tous les jours. Ça s'est très bien passé hier, elle ne m'a pas dérangée du tout. Elle est restée jusqu'à environ 16 heures. Ensuite, elle est allée chez sa copine. Comme d'habitude, si j'ai bien compris.

Ce n'était pas vrai : du temps de Mme Humperts, c'était Denise qui venait chez nous. À cause de ses petits frères et pour ne pas déranger son père qui, travaillant la nuit, devait se reposer pendant la journée.

Jamais je n'avais songé à demander ce service à Anke et je n'aurais pas cru que, dans sa situation, elle en prendrait elle-même l'initiative. J'étais rassurée et le fus encore davantage lorsque j'entendis sonner à la porte de ma sœur.

— Tiens, justement la voilà, fit Anke. Tu veux lui parler ?

Mon soulagement fut toutefois de courte durée ; aussitôt après avoir raccroché, le visage défait d'Hedwig me revint en mémoire et je fus assaillie de visions d'horreur : Nicole grimpant dans une vieille guimbarde verte, le cadran nu de la pendule, une porte entrouverte sur l'obscurité... Le matin, en courant pour attraper mon bus, j'avais aperçu un véhicule semblable garé dans une rue adjacente. Dans la précipitation, il m'avait cependant été impossible d'en distinguer la marque ou le modèle. Ce qui ne m'avait pas empêchée d'avoir la chair de poule pendant tout le trajet.

C'est vrai, Sigrid, personne n'est mort cette fois-ci. En revanche, c'est bien le troisième jour que cet individu s'est présenté. Comment as-tu pu te mettre dans une situation pareille ? Tu ignores tout de la personne qui s'apprête à emménager chez toi. Ou plutôt a emménagé *chez toi...* Certes, pour quelqu'un comme moi, toutes les voitures se ressemblaient. Mais si c'était la sienne, cela voulait dire qu'il pouvait être là aussi, en ce moment même !

Décidément, j'aurais dû faire preuve de plus de fermeté ce fameux dimanche, demander à voir ses papiers, prendre son adresse et convenir d'un second rendez-vous : « *Je suis navrée, monsieur Genardy, mais je préfère ne pas me précipiter.* » J'aurais également pu souligner que, si j'avais écrit « dame seule d'un certain âge », ce n'était pas par hasard. Surtout, j'aurais dû dire à ma mère de se mêler de ses affaires ! Mais à présent, il était trop tard, et je me voyais mal me mettre à régenter les allées et venues de mon locataire ou exiger de lui qu'il fasse les cent pas à 22 heures afin que je l'entende...

Le soir, je constatai que la voiture était de nouveau garée devant la maison, notant au passage qu'elle était immatriculée à Cologne. Ma voisine, Mme Hofmeister, était en train de balayer devant sa porte.

— Vous avez eu de la chance de trouver quelqu'un aussi vite, me lança-t-elle.

Elle s'était fort bien entendue avec Mme Humperts et, tout comme moi, avait déploré son départ. Aussi était-il légitime qu'elle s'intéressât à son successeur. Elle me confirma qu'elle l'avait aperçu la veille décharger quelques affaires d'une camionnette de location, avant de repartir aussitôt.

— Qu'est-ce qu'il fait dans la vie ? me demanda-t-elle. Il est trop jeune pour être à la retraite.

— Il travaille à la direction de la poste, répondis-je.

— Ah bon, fit-elle en toisant sa voiture d'un air sceptique.

Puis elle me souhaita une bonne soirée et rentra.

Comme la veille, l'appartement du premier était plongé dans le silence. Pas le moindre bruit de pas ou de chasse d'eau. Pourtant, M. Genardy était bien là, cela ne faisait aucun doute.

— Je l'ai croisé dans l'entrée, me dit Nicole que je trouvai installée devant la télévision. Il m'a demandé si tu rentrais toujours aussi tard le soir... Au fait, tu peux me signer mon carnet ?

Vu le ton faussement détaché qu'elle venait d'employer, je crus qu'elle avait eu une mauvaise note. Mais je me trompais : en ouvrant son bulletin, je lus la mention « très bien » assortie d'une appréciation élogieuse du professeur. Je félicitai Nicole pour cet excellent résultat, mais cela ne lui fit ni chaud ni froid. Quelque chose semblait la contrarier.

À plusieurs reprises ce soir-là, je lui demandai ce qui n'allait pas sans qu'elle daigne me répondre. Ce n'est que juste avant qu'elle ne se couche, que j'appris le fin mot de l'histoire. L'ayant vue regarder le journal télévisé, M. Genardy lui avait fait une réflexion : selon lui, ce n'était pas pour les enfants, qui devaient se cantonner aux émissions qui leur étaient réservées.

— Je comprends pas, protesta Nicole. Avec Mme Humperts, j'avais le droit de voir les informations. Elle disait que c'est important de savoir ce qui se passe dans le monde. Ce n'est pas à lui de m'interdire des choses, n'est-ce pas, maman ? C'est toi qui décides, non ?

— Tu as raison, c'est moi qui décide. Je suis heureuse de constater que tu en es d'accord.

À la lueur de son regard, je sus qu'elle avait saisi le message. J'étais à la fois amusée et fière d'elle.

Eh oui, cher monsieur Genardy, ma fille sait ce qu'elle veut. Cela fait longtemps qu'elle ne s'en laisse plus compter par qui que soit. Je crains que vous n'ayez grillé toutes vos chances avec elle. En tout cas, vous avez fait un impair. Et elle n'est pas près de vous pardonner...

Mais M. Genardy n'était pas le seul, ce jour-là, à avoir voulu lui dicter sa conduite. Anke, qui devait se rendre en ville avec ma mère, lui avait demandé de rester un peu plus longtemps pour veiller sur Mara.

— Tu lui diras de ma part que je suis pas une nounou, maugréa Nicole. En plus, j'avais promis à Denise de l'aider pour sa rédaction et j'ai pas eu le temps.

Bien qu'ayant prévu de faire un saut chez Anke afin de reparler de sa proposition et, surtout, de m'assurer que ma mère ne s'y était pas opposée, je ne parvins pas à m'y résoudre et passai le reste de la soirée à dresser l'oreille. Ce n'était pas normal qu'il n'y ait aucun bruit. Lorsque j'allai me coucher peu avant 23 heures, la voiture verte était toujours garée devant la maison.

4

Et puis vint le mercredi, mon jour de congé. À 5 h 30, je me levai et allai réveiller Nicole. En ouvrant les volets, j'eus la surprise de constater que la voiture avait disparu. Décidément, M. Genardy était pour le moins matinal !

Je l'imaginai descendre l'escalier en chaussettes, tapi dans l'obscurité comme un voleur, puis debout devant ma porte, la main sur la poignée, hésitant encore à me tomber dessus. Peut-être était-ce à mon tour cette fois-ci. Peut-être que, du coup, l'homme en noir m'avait accordé un délai plus long.

Pour me calmer, je décidai de faire un peu de ménage. Après avoir passé l'aspirateur et la serpillière, je fus prise d'une impulsion subite et me mis à sortir toute la vaisselle des placards afin de retrouver la troisième clé de l'appartement. Je devenais folle, il n'y avait pas d'autre mot. Mais j'étais prête à tout pour savoir ce que mon locataire avait fabriqué là-haut pendant deux jours et deux nuits.

Je ne parvins pas à remettre la main sur la clé. Pourtant, je croyais à présent me souvenir de l'avoir tout simplement rangée dans la petite boîte en bois prévue à cet effet. En ouvrant celle-ci, je tombai sur le portefeuille de Franz. J'eus un coup au cœur : je ne m'étais toujours pas rendue sur sa tombe. Rongée par le remords, je repensai au testament manuscrit qu'il m'avait laissé : « *... en pleine possession de mes capacités physiques et mentales, lègue l'ensemble de mes biens à mon épouse Sigrid et à ma fille Nicole.* » Et puis cette phrase de conclusion : « *Je te souhaite beaucoup de bonheur, ma petite fille.* »

Juste après le déjeuner, je partis faire des courses avec Nicole. Quoique le magasin où je travaillais m'accordât une réduction, c'était un tel périple que je préférais encore me ravitailler dans le patelin d'à côté. Tout en poussant le chariot, Nicole me raconta, non sans fierté, que, lors du dernier devoir de maths, elle avait laissé un garçon de sa classe très mauvais en calcul copier sur elle, et que la maîtresse ne s'était rendu compte de rien. Puis elle me parla d'un autre de ses camarades qui avait commencé à prendre des leçons d'équitation.

— Et si on jouait au loto ? fit-elle. Comme ça, je pourrais peut-être m'acheter mon cheval ?

— Tu sais très bien qu'on ne gagne jamais à ces jeux-là !

Sur le chemin du retour, nous passâmes devant chez Anke. Comme elle était absente, nous fîmes un crochet par chez ma mère, que nous trouvâmes en compagnie de Mara. Ma sœur et son mari étaient allés à Cologne pour faire quelques achats pour le bébé.

Nous avions à peine eu le temps de prendre place que ma mère lança son offensive :

— Franchement, Sigrid, tu ne crois pas qu'Anke aura déjà fort à faire avec deux enfants ? C'est très gentil de sa part, mais...

— Je ne lui ai rien demandé, objectai-je.

— Que voulais-tu qu'elle fasse ? La petite était déjà

devant sa porte. Elle a été mise devant le fait accompli. Et puis tu la connais : elle est si spontanée et si serviable. Je crains qu'elle n'ait pas bien mesuré les conséquences de sa proposition. J'espère juste que tu te montreras raisonnable. Pourquoi la petite ne pourrait-elle pas rester un peu seule ? Il me semble qu'elle est assez raisonnable pour...

Ma mère était lancée. Mais pourquoi disait-elle donc toujours « la petite » ? Ne pouvait-elle pas appeler ma fille par son prénom ?

— Je passerai de temps à autre m'assurer que tout va bien, poursuivit-elle. Ça ne me dérange pas du tout. Tu n'auras qu'à lui préparer à manger le matin avant de partir. De toute façon, ça n'a pas beaucoup d'importance, puisqu'elle a un repas chaud tous les soirs.

Certes, mais vu l'heure à laquelle je rentrais, il ne s'agissait guère que d'une soupe minute ou d'une pizza ! Quoi qu'il en soit, ce n'était pas la peine d'insister ; une fois de plus, ma mère s'était braquée contre moi. Son plaidoyer terminé, elle me demanda s'il était vrai que M. Genardy avait déjà emménagé. Ayant confirmé l'information, je ne pus me retenir de lui confier que tout cela me paraissait quand même un peu étrange : sa vieille voiture, sa précipitation à prendre possession des lieux, son silence, la porte entrouverte, l'appartement plongé dans le noir... Je crus bon d'ajouter que je m'étais sentie mal à l'aise en prenant ma douche. Comme il fallait s'y attendre, ma mère réagit au quart de tour :

— Mais enfin, qu'est-ce que ça veut dire ? Tu ne t'imagines tout de même pas qu'il a des vues sur toi ! Tu devrais plutôt te réjouir qu'il ne fasse pas la nouba tous les soirs...

Et cela continua ainsi pendant un bon quart d'heure. À ses yeux, il ne faisait aucun doute que les vieux meubles, que Mme Hofmeister prétendait l'avoir vu transporter, étaient en réalité des antiquités. Aussi était-ce bien compréhensible qu'il préfère ne pas les confier à des déménageurs. Quant au fait qu'il ne ferme pas sa porte, cela prouvait au moins que, contrairement à moi, il n'était pas d'un naturel méfiant.

Vers 16 heures, nous réussîmes enfin à nous échapper.

— En tout cas, une de ses chaises est toute déchirée, me dit Nicole d'un air entendu. Il y a du Scotch partout.

— Comment sais-tu ça ?

— Hier, quand M. Genardy est sorti, je suis montée voir, avoua-t-elle en baissant les yeux. Mais je ne suis pas entrée : c'était ouvert et la chaise était juste derrière la porte.

— Qu'est-ce qui t'a pris ? m'exclamai-je. Ne refais jamais ça !

— Pourquoi ? Il m'a pas vue. Il était en train de nettoyer les sièges de sa voiture.

Devant mon regard sévère, elle jugea toutefois plus prudent de passer à autre chose :

— Tu aurais dû parler à mamie de la petite fille qui a disparu à Cologne. Ça lui aurait coupé le sifflet. D'après Günther, sa mère non plus n'est pas là de la journée. D'ailleurs, il paraît qu'elle travaille avec toi.

— C'est vrai, me contentai-je de répondre.

— Il ne faut pas t'inquiéter, tu sais. Je fais attention. Je suivrai jamais un monsieur dans la rue. Et si on veut me faire un cadeau, j'accepterai pas.

M. Genardy, par exemple, il m'a proposé de la limonade, mais j'ai refusé parce que ça donne des caries.

— C'est très bien, murmurai-je, songeuse.

En fin d'après-midi, j'autorisai Nicole à rendre visite à Denise et me rendis au cimetière. J'y restai une bonne heure, l'esprit vide, incapable de communiquer avec Franz. En repartant, je dus me retenir pour ne pas éclater en sanglots.

5

De retour à la maison, j'entrepris de nettoyer les carreaux. Au bout d'un moment, j'aperçus la voiture de M. Genardy. En le voyant en sortir, je faillis hurler : il portait un bleu de travail, une chemise élimée et tenait à la main une vieille sacoche marron. Le portrait craché de Franz !

De son côté, il paraissait ravi de me voir. D'un geste, je l'invitai à entrer, mais il n'en fit rien et je dus descendre de mon escabeau pour aller lui ouvrir. Juste après m'avoir saluée, il m'informa qu'il aurait souhaité me parler, s'empressant d'ajouter qu'il n'y avait aucune urgence et que, si je ne me sentais pas bien, nous pouvions remettre notre conversation à plus tard.

— Tout va bien, je vous assure, lui répondis-je.

— Tant mieux, fit-il en inclinant la tête d'un air inquisiteur. Je vous trouve quand même fort pâle. Cela m'avait déjà frappé l'autre jour, mais je m'étais dit que c'était dû à la lumière. Vous devez être un peu surmenée. Vos journées sont longues, n'est-ce pas ?

Sans me laisser le temps de répondre, il poursuivit :

— Entre le travail, l'entretien de la maison et les enfants, c'est malheureusement le lot de beaucoup de jeunes femmes d'aujourd'hui. Votre fille m'a dit que vous aviez perdu votre mari il y a six ans. Et depuis tout de temps, vous vous en sortez seule ?

— Ne vous inquiétez pas pour moi, bredouillai-je.

Puis M. Genardy entra dans le vif du sujet : il était intéressé par mon garage. Quel besoin en avait-il avec une épave pareille ? Même à l'abri des intempéries, elle ne passerait sûrement pas l'hiver. Un haut fonctionnaire de la poste, ça ? Un homme du monde cultivé et raffiné, avec une sacoche aussi usée ? J'aurais mis ma main à couper qu'elle contenait un Thermos avec du café tiède, comme celle de Franz autrefois. Néanmoins, à la réflexion, je ne voyais pas d'objection à ce qu'il loue mon garage, d'autant qu'il était disposé à m'en offrir cinquante marks de loyer supplémentaire.

Au-delà de cette nouvelle aubaine financière, force m'était de reconnaître qu'il y avait en lui quelque chose d'apaisant et que le fait de lui parler me faisait du bien. À Franz aussi il avait suffi, à l'époque, d'une simple intonation de la voix ou d'un regard pour me calmer.

Comme je lui suggérai de m'accompagner au salon afin que nous consignions notre accord par écrit, M. Genardy m'assura que, de son point de vue, cela pouvait tout à fait demeurer informel. De plus, il ne voulait pas me retenir davantage. Voyant que je regardais de nouveau par la fenêtre, il m'adressa un sourire amusé.

— Vous admirez ma voiture, n'est-ce pas ? fit-il. Eh bien, sachez que vous n'êtes pas la seule que cela étonne. Il ne se passe pas une semaine sans que mon fils me somme d'en changer. Il considère que je devrais avoir honte de m'afficher dans une telle ruine. Seulement voilà : à mes yeux, ce n'en est pas une.

Puis il m'expliqua la valeur sentimentale qu'elle revêtait pour lui. Il l'avait achetée longtemps avant que sa femme ne tombe malade et ils y avaient fait de merveilleux voyages. Aussi ne parvenait-il pas à s'en séparer. Je me contentai d'acquiescer en silence ; lui au moins avait su ne conserver que les bons souvenirs de son mariage. Tout en me parlant, M. Genardy ne cessait de jeter des coups d'œil dans la chambre de Nicole. Pourquoi ne lui avais-je pas dit tout de suite que j'avais une enfant aussi adorable ? Quel bonheur c'était que d'habiter en compagnie d'une jolie jeune femme et d'une petite fille aussi bien élevée ! La veille, il s'était entretenu quelques minutes avec elle et n'en était toujours pas revenu. Elle s'exprimait si bien et paraissait si raisonnable. Sans parler de la politesse dont elle avait fait preuve lorsqu'il l'avait emmenée manger une glace. Ayant remarqué que je tiquais, M. Genardy hocha la tête.

— C'est bien ce que je craignais, reprit-il. Cela vous a déplu. Je sais, il m'arrive parfois d'en faire un peu trop. Mais quand je les ai vues jouer sur la terrasse...

Il s'interrompit et prit un air songeur.

— Vous savez, ce n'est pas facile pour moi, soupira-t-il. J'ai l'habitude d'être entouré d'enfants. Je vais vous faire un aveu : cela m'a presque rassuré de voir que vous aviez une fille. Pour moi, une maison sans enfant, c'est une maison sans vie. Alors j'ai probablement péché par excès de spontanéité. J'espère que vous ne m'en voulez pas trop de ne pas vous avoir demandé la permission ?

— Non, répondis-je avec sincérité.

Puis il reprit ses louanges : j'avais vraiment toutes les raisons d'être fière de ma fille, ce d'autant plus que je l'avais élevée seule; il ne lui restait plus qu'à espérer que ses petits-enfants deviennent comme elle en grandissant, qu'ils apprennent à être à l'aise en société tout en gardant leurs distances avec les étrangers.

J'aurais dû lui dire que ce n'était pas à moi que le mérite en revenait mais à Mme Humperts, mais je décidai que cela ne le regardait pas. Après tout, il n'était que mon locataire et je n'avais pas de comptes à lui rendre. Juste avant de monter chez lui, il m'apprit enfin pourquoi il s'était tant précipité pour emménager.

— Je n'aurais jamais cru que ce serait si compliqué, commença-t-il. Et encore j'ai eu de la chance. Les deux premières entreprises que j'ai contactées m'ont proposé des dates de chantier qui m'auraient peut-être permis, avec un peu de chance, de prendre possession des lieux à Noël! La troisième étant prête à démarrer tout de suite, j'ai sauté sur l'occasion. Les ouvriers sont venus dès hier matin, après votre départ. Malheureusement, ils n'ont pas terminé et m'ont proposé de continuer aujourd'hui. Mais vous devez savoir comment ça se passe : si l'on n'est pas présent pour superviser les travaux, il y a toujours des problèmes. Comme je ne pouvais décemment pas me permettre de m'absenter plus de deux jours de mon travail, j'ai décidé de terminer seul. En revanche, je me suis arrangé pour pouvoir me libérer un peu plus tôt le soir. Bah, je devrais bien y arriver, ils ont fait le plus gros. Mais si vous saviez ce qu'ils m'ont laissé comme crasse!

Sur ce, il disparut dans l'escalier. Quelques instants plus tard, je l'entendis pour la première fois aller et venir dans l'appartement. Bien qu'il fût différent de celui de Mme Humperts, son pas me sembla familier, presque rassurant. En tout cas, M. Genardy était un homme attentionné. Et généreux, de surcroît. Cinquante marks pour le garage, cent de plus pour l'appartement...

Après avoir fini de laver les carreaux, je retournai en ville pour acheter un pull à Nicole. J'en choisis un avec une tête de cheval brodée sur la poitrine. Dès que Nicole le vit, elle me sauta au cou.

— Je pourrai le porter demain à l'école ? me demanda-t-elle en l'enfilant aussitôt.

Si cela n'avait tenu qu'à elle, elle l'aurait gardé pour dormir et je dus insister pour qu'elle accepte de se mettre en pyjama. Lorsqu'elle fut enfin couchée, je m'installai devant la télévision.

Il y avait une émission intéressante, mais j'étais incapable de me concentrer. Toute la soirée, je repensai aux vociférations de ma mère. J'étais convaincue qu'elle harcèlerait Anke jusqu'à ce que celle-ci retire sa proposition. Aussi me fallait-il prendre les devants. Je consultai ma montre : déjà près de 21 heures. Juste le temps de faire un saut rapide chez ma sœur. En sortant, je fermai la porte du salon à clé. Je me sentais un peu honteuse : M. Genardy était si gentil et moi, je me comportais comme une vieille bique ingrate. Voulant la prévenir, je passai la tête dans la chambre de Nicole, mais elle dormait déjà, le visage enfoui dans son précieux pull.

6

Je restai chez Anke jusqu'à 22 heures passées. Pourtant, j'aurais pu repartir au bout de cinq minutes : ma sœur n'avait nullement l'intention de revenir sur sa proposition. Dorénavant, Nicole irait chez elle tous les jours après l'école ainsi que durant les vacances scolaires. Que cela plaise ou non à notre mère. En outre, le caractère bien trempé de ma fille ne semblait guère l'impressionner.

— Tu n'as aucune inquiétude à avoir, m'assura-t-elle. Ça se passera très bien.

Mais c'était plus fort que moi, je me faisais quand même du souci. Après tout, j'avais rêvé de la pendule, et il n'y avait toujours pas de victime...

Pour la période où elle serait à la maternité, Anke me conseilla de me mettre en rapport avec Mme Kolling, sachant que je ne pourrais à l'évidence pas compter sur notre mère.

Nous étions seules ; Norbert était sorti avec ses collègues de travail. Alors que je m'apprêtais déjà à prendre congé, Anke me retint :

— Tu ne veux pas rester un peu ? On n'a pas si souvent l'occasion de se parler, toutes les deux...

Vu son air complice, je compris qu'elle désirait avoir une discussion de filles.

— Mais si jamais Nicole se réveille..., protestai-je.

Cela ne lui était arrivé qu'une fois, bien des années auparavant, un samedi où j'étais d'ailleurs également en visite chez ma sœur. Ayant accepté un chantier important qui empiétait sur ses week-ends, Franz m'avait prévenue qu'il risquait de rentrer tard. Comme Nicole, bien qu'elle n'eût que neuf mois, faisait ses nuits depuis longtemps, j'avais décidé d'en profiter pour aller passer la soirée chez Anke. Mais à peine arrivée, j'avais été prise de remords. Ce d'autant plus que mon mari, dont je connaissais déjà les penchants, risquait tout de même de rentrer à un moment ou à un autre. Quoique j'eusse la certitude qu'il aurait préféré mourir que de toucher à un cheveu de notre enfant, j'avais cédé à la panique et m'étais précipitée à la maison. De loin, j'avais aperçu notre voiture garée dans la rue et m'étais mise à courir de plus belle.

J'avais trouvé Franz dans la chambre de Nicole, en caleçon, debout devant la table à langer. En me voyant faire irruption dans la pièce, défaite et à bout de souffle, il s'était retourné, le regard empreint d'une tristesse insondable. Sans un mot, il avait baissé les yeux et pris Nicole dans ses bras pour la recoucher. « *Elle s'est mise à pleurer pendant que j'étais sous la douche,* m'avait-il expliqué. *Je me suis dit qu'il fallait la changer.* »

Le pot de crème hydratante était resté ouvert. En y découvrant l'empreinte des doigts de Franz, la brûlure de mon ventre s'était instantanément ravivée.

« *Veux-tu que j'aille prendre un bain ?* avais-je bredouillé.

« *Non, pas aujourd'hui. Je suis trop fatigué.* »

« *Mais cela fait déjà deux semaines que nous n'avons pas...*

« *Laisse, Siggi, s'il te plaît,* avait-il répondu avec un sourire amer. *Je suis vraiment sur les rotules. Peut-être samedi prochain.* »

Cette nuit-là, je n'avais pas fermé l'œil, m'efforçant de me convaincre que Franz s'était bien contenté de lui mettre de la crème pour prévenir toute irritation. Le lendemain, Nicole s'était réveillée à l'heure habituelle. En m'apercevant, elle avait souri et tendu ses petits bras potelés vers moi. Les mains tremblantes, j'avais détaché sa couche, m'attendant à la trouver pleine de sang. Mais elle était juste humide. Franz l'aimait, il ne lui avait pas fait de mal... Puis la peur avait cédé la place à la rage : fallait-il donc que je mette des couches, moi aussi ? Fallait-il que je m'épile le sexe ?

La voix d'Anke m'arracha à mes souvenirs :

— Nicole n'est plus un bébé. Elle est capable d'aller seule aux toilettes et de se rendormir ensuite.

Ma sœur avait raison, bien sûr, mais j'éprouvais la même angoisse qu'à l'époque. Mais aujourd'hui la menace n'avait pas de visage...

Au gré de la conversation, Anke en vint à évoquer M. Genardy. Notre mère lui avait déjà tout raconté et elle me confirma que je devais me féliciter que les choses se soient arrangées aussi vite. Néanmoins, elle trouvait bizarre qu'il veuille achever lui-même de remettre l'appartement à neuf.

— Les types comme lui ne sont en général pas très doués pour les travaux manuels, dit-elle. C'est à croire qu'il est vraiment pressé.

Moi aussi, j'étais pressée ; de nouveau assaillie par les images du passé, je ne parvenais plus à rester en place. Cela grattait tant quand les poils repoussaient... *On ne se gratte pas à cet endroit ! Ça ne se fait pas ! Il suffit de se raser encore une fois. D'ailleurs, c'est ainsi qu'il veut que ce soit, le plus glabre possible, le plus ressemblant possible... Peu importe qu'on soit morte de honte chez le gynécologue, on est prêt à tout pour la sécurité de son enfant. Et puis on l'aime, son mari, on ne veut pas qu'il soit malheureux. Sinon, il risque de reporter sa frustration sur l'enfant...*

Depuis cette époque, je ne m'étais plus jamais servie d'un rasoir. Pour les jambes et les aisselles, j'utilisais une crème dépilatoire. Mais la peur ne m'avait pas quittée. À mes yeux, désormais, chaque homme était un ennemi potentiel. Sauf Norbert. Mais il est vrai que ce n'était pas un homme. Juste mon beau-frère. Et Günther, à propos ? Indéniablement, Günther était un homme à part entière. Mais alors qu'y avait-il de différent chez lui ? Ce n'était tout de même pas écrit sur leur front.

Et voilà que les démangeaisons me reprenaient.

— Tu as le feu aux fesses, ou quoi ? se moqua Anke. À mon avis, tu ferais bien d'investir l'argent de ce M. Genardy dans des séances de yoga. Tu sais, si ça se trouve, on va recaser maman avec lui. J'avoue que ça ne me déplairait pas. Je l'aurais un peu moins sur le dos !

J'avais l'impression d'être assise sur des charbons ardents. C'était insupportable.

— Mais enfin qu'est-ce qui se passe ? reprit ma sœur. Tu fais une allergie ? Je sais ce que c'est : ça m'est arrivé une fois à cause d'un savon liquide. La seule chose qui soulage, c'est de rincer à l'eau. Tu ferais sans doute mieux de rentrer.

Elle se leva et me raccompagna à la porte. Sitôt

dehors, je me mis à courir, tout en me grattant à travers la poche de mon manteau. Au carrefour, il me fallut attendre que le feu passe au rouge ; la circulation était encore trop dense pour que je puisse traverser. Tandis que je patientais, les démangeaisons disparurent, aussi soudainement qu'elles étaient venues.

Enfin apaisée, j'effectuai le reste du chemin d'un pas tranquille. Il faisait bon, le ciel était dégagé. Puis je passai voir Nicole dans sa chambre. Elle dormait comme un loir, les draps repoussés jusqu'aux chevilles. Son haut de pyjama lui était remonté sous les bras. Lorsque je voulus la couvrir, elle fit mine de me repousser et murmura :

— Laisse-moi, espèce de dégoûtant. Je vais le dire à ma mère !

Elle devait faire un cauchemar. Avec précaution, je pris son pull pour le retirer de son oreiller. Il était tout humide et collant. La joue et le menton de Nicole aussi. Elle avait dû baver dans son sommeil. Je lui essuyai le visage et elle poussa un léger soupir.

7

Le jeudi, à la pause déjeuner, j'appelai Günther. J'avais l'intention de lui parler de mon nouveau locataire mais je n'en eus pas le loisir. Après avoir tenu deux jours, Hedwig n'était de nouveau pas venue travailler. Avec une tête d'enterrement, le chef de rayon nous avait informés dans la matinée qu'elle serait absente pour une période indéterminée, sans nous donner plus de précisions. C'est Günther qui m'en apprit la raison : le matin même, vers 6 heures, on avait retrouvé Nadine. Dans un jardin, aux portes de la ville. Morte.

Günther n'en savait pas plus. Un de ses collègues venait de l'en informer et il s'apprêtait à se rendre à la rédaction. Il promit de passer me voir dans la soirée à condition de terminer à une heure raisonnable. Je songeai à téléphoner à Hedwig, mais ce n'était sans doute pas le moment. De toute façon, je n'aurais pas su quoi lui dire. L'après-midi fut interminable. À plusieurs reprises, je me dis que j'avais dû rêver, qu'on avait bien retrouvé la petite, mais qu'elle était saine et sauve, juste un peu sale et affamée.

À un moment, une dame d'un certain âge accompagnée d'une fillette de onze ou douze ans s'approcha de mon comptoir. Elle portait un vieux manteau gris et ses cheveux blancs étaient coupés court comme ceux de la belle-mère d'Hedwig. Soudain, je pris conscience avec horreur que je ne la croiserais plus jamais avec Nadine dans ces rayons.

Il était 22 heures passées lorsque je rentrai à la maison. Nicole était couchée mais elle ne dormait pas. Elle m'avait fait un drame le matin même parce qu'elle n'avait pas pu mettre son nouveau pull. La veille, avant de me coucher, j'avais nettoyé la tache mais il n'avait pas eu le temps de sécher. Manifestement, ma fille m'en voulait toujours. Elle avait dîné chez Anke. À 21 heures, Norbert l'avait raccompagnée en voiture et mise au lit.

— Pourquoi as-tu fermé ta porte à clé? me lança-t-elle de sa chambre, dès que j'eus franchi le seuil de la porte. Je voulais t'attendre sur le canapé et j'ai pas pu entrer. C'est pas gentil.

Du temps de Mme Humperts, cela n'aurait pas pu arriver, mais j'étais trop fatiguée pour me lancer dans une grande explication.

— Allez, endors-toi maintenant, dis-je. Il est très tard.

— Mais j'arrive pas à dormir, geignit-elle. J'arrête pas de faire des cauchemars.

Elle insista pour que je m'assoie à son chevet. Puis elle me raconta que, la nuit dernière, elle avait rêvé qu'un des frères de Denise était entré dans sa chambre et lui avait déposé un énorme ver de terre sur la joue, qui s'était mis à lui cracher dessus.

— En plein sur la figure, tu te rends compte! s'exclama-t-elle. Et alors je me suis réveillée et j'ai vu qu'il y avait vraiment quelqu'un. Il faisait noir et j'avais très peur. Il m'a touché la bouche, comme ça.

Joignant le geste à la parole, elle se passa la main sur les lèvres.

— C'est lui qui a craché sur mon pull, pas moi ! D'abord, je ne bave jamais pendant la nuit.

— C'est moi qui suis venue te voir, lui expliquai-je. Je t'ai essuyé le visage et j'ai remis ta couverture. Bon, à présent, il faut que tu dormes, sinon tu n'arriveras jamais à te lever demain.

— Je dois faire pipi. Et puis j'ai soif. Tu m'apportes quelque chose à boire ?

J'allai lui chercher un verre de lait et elle se calma enfin. À bout de nerfs, je m'allongeai sur le canapé. Le silence était total. Je ne savais pas si M. Genardy était là ou non. Avait-il déjà déménagé son lit ?

Günther arriva peu après 23 heures. Je préparai du café et nous nous installâmes dans la cuisine. Il ne savait pas grand-chose de plus. On lui avait seulement demandé de relire l'article d'un jeune journaliste, Hans Werner Dettov, un free-lance qui comptait sur ce genre de scoop pour se faire engager comme salarié. Günther ignorait comment il avait eu l'information aussi vite.

— Il devait être branché sur la radio de la police, dit-il. La nouvelle n'est officielle que depuis cet après-midi.

Un homme était tombé par hasard sur la dépouille de Nadine en promenant son chien. D'habitude, il prenait un autre chemin et, sans le flair de son animal, il n'aurait rien remarqué. Pour l'heure, la police n'avait pas donné de détails, se contentant d'indiquer qu'il s'agissait peut-être d'un crime sexuel.

— Comment ça « peut-être » ? m'étonnai-je.

— Aucune idée. D'après Dettov, la petite n'avait plus sa culotte. Et puis ils ont remarqué quelque chose de bizarre, mais il a refusé de me dire quoi. On lui a recommandé la plus grande discrétion pour les besoins de l'enquête.

Günther semblait très abattu. Tout en sirotant son café et en fumant une cigarette, il dessinait des formes sur la table avec sa cuiller. Il devait penser à sa propre fille.

— Tu la connaissais bien ? s'enquit-il soudain.

Je secouai la tête.

— Mais sa mère, oui, n'est-ce pas ?

J'acquiesçai en silence.

— Bah, c'est des bêtises tout ça. La chronologie ne colle pas. La petite n'est pas morte dimanche. On a dû la tuer avant que tu fasses ton rêve... La pauvre, c'est horrible.

Il avait vu des photos du cadavre. Des gros plans affreux qui ne seraient d'ailleurs jamais publiés. À minuit, il repartit, sans que j'aie pu lui parler de M. Genardy. Mais cela me semblait maintenant tellement secondaire, comme mes cent cinquante marks de plus par mois ou la solution que j'avais trouvée pour faire garder Nicole. Quant à mes angoisses, elles n'étaient fondées sur aucun élément concret. Rien à voir avec Hedwig... Mon Dieu, tout cet amour, tous ces espoirs anéantis d'un coup ! « *Si c'est une de ces bêtes féroces qui vous l'enlève, cela devient insoutenable...* »

Je restai éveillée jusqu'à 3 heures du matin, hantée par la vision de la pendule. À plusieurs reprises, j'entendis des pas au-dessus de ma tête. Puis mon locataire ouvrit la porte de son appartement. Je sursautai et dressai l'oreille. L'escalier étant en marbre, Franz avait pris l'habitude de l'emprunter en chaussettes lorsque j'étais déjà couchée et qu'il venait me rejoindre. Puis il se glissait dans le lit conjugal et se serrait contre moi. Il lui arrivait aussi d'insinuer une main entre mes cuisses tout en se caressant de l'autre.

Lève-toi, Sigrid ! Ne fais pas comme autrefois. Ne fais pas semblant de dormir. Tu n'auras qu'à prétendre que tu devais aller aux toilettes. Allez, lève-toi ! Va voir ce qui se passe.

À ce jour, Nicole avait toujours dormi bien couverte, toujours ! Elle n'avait jamais bavé dans son sommeil, jamais !

Le simple fait de repousser mes draps me paraissait un effort insurmontable. Mes bras étaient gourds. Au bout d'un long moment, je finis quand même par y parvenir, enfilai ma robe de chambre et sortis dans l'entrée. Rien. Tout était calme. J'avais dû me tromper. Ou bien alors, il avait refermé la porte à l'instant précis où j'ouvrais la mienne.

Arrête, Sigrid, tu perds la boule. Il est resté là-haut. Tu ne l'aimes pas, avoue-le ! Pourtant il n'y a aucune raison. C'est un monsieur très courtois. Ce n'est pas sa faute s'il te rappelle Franz.

Le lendemain matin, je me réveillai épuisée. Par deux fois, j'appelai Nicole sans obtenir de réponse, et je dus aller la secouer pour qu'elle accepte de se lever. Après avoir longtemps tourné autour du pot, je réussis enfin à lui poser la question qui me taraudait depuis la veille :

— Tu te souviens quand tu as rêvé du frère de Denise ? Est-il possible que M. Genardy se soit trouvé dans ta chambre ?

Elle me regarda d'un air effaré.

— Mais je croyais que c'était toi qui étais venue me voir ?

— Tu as raison. Oublie, ce n'est pas important.

Je lui donnai un peu de café, ce qui la tira de sa somnolence. Suffisamment, en tout cas, pour qu'elle recommence à geindre. S'étant mise en quête de sa serviette de piscine, un cadeau de Mme Humperts auquel elle tenait beaucoup, elle finit par la retrouver dans son sac, chiffonnée et couverte de taches d'humidité.

— Quand même, maman ! s'exclama-t-elle. Je ne peux pas penser à tout, non plus !

Elle inversait les rôles ; c'est moi qui aurais dû lui parler de la sorte. L'ayant envoyée dans la buanderie chercher sa culotte du vendredi, je la vis revenir les mains vides.

— Tu l'as oubliée aussi, on dirait ! lança-t-elle. En tout cas, elle n'est pas sur le séchoir.

Je me souvenais pourtant fort bien de l'avoir sortie de la machine et étendue avec le reste. Pour en avoir le cœur net, je descendis à mon tour. Nicole avait raison : il n'y avait que celles du mardi, du mercredi et du jeudi. J'en pris une au hasard et remontai.

— Mais on est vendredi, pleurnicha Nicole. Je peux pas en mettre une autre.

Pour la première fois depuis sa naissance, je perdis mon sang-froid et explosai :

— Qu'est-ce que ça peut faire ! Tu n'as qu'à en prendre une vieille dans ta chambre si celle-ci ne te plaît pas !

Elle tressaillit et me regarda avec des yeux ronds.

— T'es méchante, lâcha-t-elle avant d'éclater en sanglots et de quitter la pièce.

Elle ne desserra plus les lèvres jusqu'à son départ pour l'école. De mon côté, j'eus mauvaise conscience pendant tout le trajet. À la gare de Horrem, j'achetai le journal. J'avais le cerveau si embrumé que j'étais incapable de penser à quoi que ce soit.

8

Décidément, ma vie tout entière n'était qu'un champ de ruines. À trente-quatre ans, j'élevais seule ma fille, ma maison était grevée par une hypothèque de quelque cent trente mille marks, et je n'avais même pas de compagnon, juste un amant que je connaissais à peine et avec qui je couchais de temps à autre. Alors que j'avais pris la ferme résolution, à la mort de mon mari, de ne plus jamais faire l'amour avec qui que ce soit. Mais il est vrai que nous ne faisions pas l'amour, puisque Günther se contentait de me prendre sur le canapé ou par terre. Voire sur le capot de la voiture, comme la première fois... J'en arrivais presque à croire que c'était précisément cela que j'avais toujours désiré : un homme qui me traite sans ménagement et n'obéisse qu'à ses propres pulsions. Si tel était le cas, le moins qu'on puisse dire est qu'il m'avait toutefois fallu prendre mon mal en patience.

Le dimanche où Nicole et moi l'avions rencontré à la piscine, Günther nous avait ensuite ramenées chez nous. Ne voulant pas le laisser repartir comme ça, j'avais songé à lui proposer de rester déjeuner. Mais à la dernière minute, je m'étais souvenue qu'il n'y avait pas assez à manger pour trois.

— Cela fait combien de temps que vous vivez

seule ? m'avait-il alors demandé en plongeant son regard dans mon décolleté.

À la buvette, il m'avait déjà posé une série de questions très directes, et je lui avais appris que j'étais veuve.

— Cinq ans et demi.

— Je ne vous crois pas. Une femme comme vous...

Puis il m'avait invitée à dîner le samedi suivant, chez lui, sans autre forme de procès, ce qui ne laissait guère de doute sur ses intentions. À l'évidence, il appartenait à cette catégorie d'hommes qui vont droit au but. Bien que consciente de faire une folie, j'avais accepté. À peine sortie de sa voiture, j'avais ressenti un délicieux picotement dans le bas-ventre et m'étais remémoré les paroles d'Anke vantant les qualités d'amant de Norbert : « *Choquée, sœurette ? Pourtant, si tu savais ce que tu rates !* » Cette même Anke qui, pas plus tard que la veille, m'avait convaincue de porter mon nouveau maillot de bain, qui avait d'ailleurs, semblait-il, produit un certain effet sur Günther. « *Par pitié, Sigrid, ne recommence pas à faire des manières ! Bien sûr que tu peux le mettre. Sinon, j'aimerais que tu m'expliques pourquoi tu l'as acheté. Tu veux quoi, au juste ? Que je te dise que tu es encore capable de plaire ? Que tu en as le droit ? La séduction n'est pas un crime, tu sais. Et puis, il va falloir que tu comprennes que tu n'es pas condamnée à te morfondre jusqu'à la fin de tes jours !* »

Ravie d'apprendre la nouvelle de mon rendez-vous, Mme Humperts m'avait aussitôt proposé de garder Nicole, ajoutant que je ne devais pas me soucier de l'heure. Comme il fallait s'y attendre, ma nervosité était allée grandissant pendant la semaine. Ce Günther n'était-il pas un parfait inconnu ? D'un autre côté, il m'avait sauvée de la noyade...

Le samedi en question, j'avais passé la journée à me figurer nos ébats à venir. Je m'étais plu à imaginer Günther me faisant subir tous ses fantasmes sans se soucier de savoir si cela me plaisait ou non. Puis, pendant un bon quart d'heure, j'avais fouillé dans mes tiroirs à la recherche de sous-vêtements un tant soit peu sexy. Pourtant je savais bien que je n'en possédais pas. L'espace d'un instant, j'avais même envisagé d'en emprunter à Anke. Mais en fin de compte, j'avais eu honte et m'étais ravisée.

Günther était passé me prendre vers 20 heures. À ma grande surprise, il n'avait plus été question d'aller chez lui et nous avions échoué au restaurant chinois du coin. Néanmoins, la soirée s'était révélée fort agréable, et nous avions discuté à bâtons rompus de sujets d'intérêt commun, tels que le système fiscal qui privilégiait les couples mariés aux veufs et aux célibataires. Tout en grillant cigarette sur cigarette, Günther n'avait cessé de fuir mon regard et de tripoter fébrilement son briquet. Peu après 22 heures, il m'avait raccompagnée. En arrivant devant chez moi, je m'étais fait violence pour lui proposer de venir boire un dernier verre mais, contre toute attente, il avait refusé. « *Je regrette,* avait-il dit. *J'ai dû me montrer un peu pressant dimanche dernier. Ce n'est pas mon genre, je ne sais pas ce qui m'a pris.* »

Je me sentais si humiliée que j'aurais pu le gifler.

Par la suite, nous nous étions revus tous les quinze jours à la piscine. Bien qu'il eût adopté un comportement neutre, je persistais à penser que lui aussi avait une idée derrière la tête. On aurait dit qu'il était paralysé, qu'il ne parvenait pas à se décider à passer à l'action. Quant à moi, je ne savais plus sur quel pied danser. En revanche, j'appréciais beaucoup les attentions dont il m'entourait et la capacité d'écoute dont il faisait preuve à mon égard.

Même lorsqu'il était venu chez moi la première fois, il ne s'était rien passé. Il était resté tout l'après-midi et avait surtout joué avec Nicole. Mais je n'y avais vu aucun inconvénient ; cela m'avait paru aussi naturel que quand Norbert s'occupait de la petite Mara. Norbert qui n'hésitait pas à prendre son bain avec elle, qui la changeait, la badigeonnait de crème en lui tapotant les fesses ou en l'embrassant sur le ventre, tout en multipliant les remarques du genre : « *Tu verras, dans vingt ans, tu seras une bombe. Comme ta mère.* »

À la réflexion, peut-être avais-je vraiment un sixième sens, peut-être étais-je réellement en mesure de savoir s'ils étaient normaux ou pas. Et en ce qui concernait Günther, j'étais tout à fait rassurée. Il suffisait de voir la façon dont il touchait Nicole, la manière dont il la regardait, si différente des coups d'œil dont il me gratifiait.

Et puis un soir, quelques semaines plus tard, il était venu me chercher au travail, à l'improviste. Peu loquace, il m'avait ouvert la portière et avait démarré sans tarder. Comme je pensais qu'il voulait me raccompagner chez moi, je m'étais étonnée de le voir emprunter une route différente. Aussitôt, les picotements avaient resurgi.

Après s'être arrêté à la lisère du bois, il avait coupé le moteur et m'avait lancé sa fameuse phrase : « *J'espère que je ne suis pas en train de me faire passer la corde au cou.* » Puis il avait déboutonné mon chemisier et abaissé les bretelles de mon soutien-gorge. Sans la moindre délicatesse. Exactement comme je l'avais prévu. Au bout d'un moment, il m'avait ordonné de descendre. Nous étions au mois de février; il faisait très froid et la nuit était déjà tombée. Sans doute avait-il voulu me choquer par ses manières abruptes, me faire comprendre qu'il n'y avait rien à attendre de lui. Mais je n'étais pas dupe.

J'avais souvent pensé à discuter de tout cela avec Hedwig. Si j'avais dû m'en ouvrir à quelqu'un, ç'aurait été à elle. J'aurais ainsi pu lui raconter comment cela s'était passé avec Franz. Lui dire à quel point j'avais eu peur. Peur de lui, peur pour lui, aussi, parce que je l'aimais toujours, malgré le dégoût que m'inspirait sa perversion, et que j'aurais souhaité le rendre heureux. Peur pour Nicole, enfin, bien sûr... J'aurais pu confier à Hedwig que, sans jamais me l'avouer, je n'avais cessé de vivre dans la terreur que Franz puisse s'en prendre à notre enfant. Que j'aurais tant désiré être avec un homme pour qui une femme est une femme et un enfant, un enfant.

Que cette angoisse ne m'avait jamais quittée, pendant toutes ces années, et que je ne m'en étais débarrassée que là, dans cette forêt, renversée sur le capot d'une voiture par un homme qui ne s'était même pas donné la peine de me retirer ma jupe avant de me pénétrer. En cette glaciale soirée de février où je ne savais plus si c'était de froid ou de désir que je tremblais. Et que j'avais trouvé ça très agréable, divin même. Que je m'étais dit qu'enfin tout était redevenu normal. Comme dans un conte de fées où le crapaud se serait transformé en prince charmant à la faveur d'une étreinte.

Mais je n'avais pas eu le courage de parler à

Hedwig. Et à présent il était trop tard ; je me retrouvais avec une collègue de travail dont on avait violé et assassiné la petite fille... Une collègue qu'au départ je m'étais évertuée à haïr parce qu'elle se montrait trop gentille à mon égard. Tout cela à cause de mon cauchemar qui, lorsqu'il survenait, se traduisait immanquablement par la mort d'un de mes proches. Ce même cauchemar qui venait de refaire irruption dans ma vie, mettant en cause le fragile équilibre que je m'étais bâti.

Entre-temps, j'avais aussi un nouveau locataire, un monsieur fort poli, généreux et discret. Un monsieur qui était même disposé à payer cent cinquante marks de plus que Mme Humperts et chez qui seuls le costume noir et les boutons de manchette me dérangeaient parce qu'il me rappelaient Franz. Le problème étant que, depuis, je ne parvenais plus à me débarrasser du souvenir de mon ex-mari...

Prise d'une impulsion subite, je descendis du train plusieurs arrêts avant le mien et me mis à arpenter les rues de la ville. J'avais cent cinquante marks en poche. Peut-être cela suffirait-il à acheter l'obéissance de Nicole afin qu'elle échappe au sort de Nadine. « *Elle en veut toujours plus*, m'avait dit Hedwig. *Pas étonnant, avec tout cet étalage. Tu devrais voir la cour de récréation de son école. On se croirait dans un défilé de mode. Il y a des enfants de huit ans qui se baladent avec des montres ou des baladeurs. Tu te rends compte ? Je me demande vraiment comment font leurs parents.* » Sans doute n'avaient-ils pas le choix, songeai-je en contemplant les vitrines. De nos jours, ce devait être le prix à payer pour avoir la paix.

La veille, Nicole m'avait agressée pendant toute la

soirée. Elle avait eu une mauvaise note en natation ce qui, bien entendu, était ma faute car elle avait regardé la télévision trop tard. De plus, elle m'en voulait d'avoir fermé la porte du salon à clé. Après ses devoirs, ma mère avait exigé qu'elle rapporte son cartable à la maison avant de se rendre chez les Kolling. Elle avait insisté pour l'accompagner afin d'être sûre qu'elle s'exécute.

« *Elle m'a fait une crise parce qu'on pouvait pas accéder au salon*, s'était plainte Nicole. *D'après elle, ma chambre était un vrai capharnaüm et elle m'a obligée à la ranger avant d'aller voir Denise. Elle a ouvert tous mes placards les uns après les autres. Ça a duré très longtemps. Si M. Genardy n'était pas venu, elle ne m'aurait sûrement pas laissée repartir. Il lui a dit qu'elle était trop sévère avec moi. Ce qui ne l'a pas empêchée de se remettre à râler à cause de la porte fermée en disant que tu étais décidément quelqu'un de bizarre et qu'il était temps de remettre un peu d'ordre dans cette maison. En tout cas, moi je vais pas à Cologne demain. Tante Anke et oncle Norbert veulent m'emmener mais elle y va aussi, alors c'est hors de question.* »

Ainsi donc, j'étais quelqu'un de bizarre... Mais d'ailleurs, n'avais-je pas déjà été une enfant impossible ?

Ce matin, avant de partir, j'avais envoyé Nicole chez les Kolling, tout en sachant qu'elle n'y resterait pas, ne serait-ce qu'à cause des petits frères. Et puis chez nous, il y avait beaucoup plus de place. Et puis chez nous, il y avait M. Genardy, ce si gentil M. Genardy qui n'hésitait pas à défendre les enfants face à leurs grands-mères acariâtres. Contrairement à moi qui étais incapable de m'imposer...

9

En enfilant ma blouse de travail, je me vis soudain entourée de tous mes morts : mon grand-père, mon père, ma camarade de classe, Franz... Assis sur le rebord de la baignoire, ce dernier était en train de faire couler l'eau. « *Les petites filles adorent prendre leur bain,* murmurait-il en brandissant la brosse. *Allez, détends-toi, Siggi, je vais te laver un peu devant. Mais ne t'inquiète pas, je ne te ferai pas mal.* »

Mon malaise ne me quitta pas de la journée, jusqu'à l'arrivée de Günther. Nicole était allongée par terre, le journal ouvert devant elle à la page où était reproduite la photo de Nadine Otten. À côté, un autre cliché représentait un jardinet plein de mauvaises herbes.

Quelques minutes plus tôt, je m'étais mise dans une rage folle en la voyant affalée sur le canapé, les yeux rivés sur la télévision qui diffusait pour la énième fois le même spot publicitaire : « 6000 marks par mois pendant toute votre vie ou un million d'un coup. Avez-vous pensé à acheter votre billet ? » *Eh bien non ! De toute façon, nous n'en avons pas besoin, puisque nous avons un nouveau locataire pour le moins généreux. Mais quoi qu'il en soit, la porte restera fermée. Jusqu'à nouvel ordre, c'est moi qui décide !*

— Tiens, tu sais lire, il me semble ! avais-je hurlé

en lui collant l'article entre les mains. Alors regarde ce qui arrive aux enfants qui n'écoutent pas leurs parents. Je ne veux pas que tu restes seule à la maison. Combien de fois faudra-t-il que je te le répète ?

— Ah bon, et je peux savoir pourquoi ? avait-elle rétorqué sur un ton de défi. Je suis chez moi, non ? Et puis d'abord, je ne suis pas seule, M. Genardy est là.

Certes, et cela faisait maintenant près d'une semaine. Désormais, il m'arrivait d'ailleurs de l'entendre ; apparemment, même lui devait parfois aller aux toilettes, même lui se déplaçait parfois comme un être humain normal...

Nicole m'avait raconté que, ce matin-là, Denise et elle avaient joué à la marelle devant le garage. Le portail était ouvert et M. Genardy s'affairait dans sa voiture. Une fois encore, il en nettoyait l'habitacle, mais cette fois-ci il s'était équipé d'un petit aspirateur à main. Il devait vraiment y tenir, à sa vieille guimbarde, vu le soin qu'il en prenait. Pendant ce temps, M. Hofmeister s'occupait de son jardin tandis que sa femme balayait le trottoir devant sa porte. Tout était paisible. Le tableau idyllique d'une petite ville de banlieue, en somme...

Mais soudain, Denise avait trébuché et s'était ouvert le genou sur le béton. Fidèle à sa réputation, M. Genardy s'était empressé de lui venir en aide. Après être allé chercher la trousse de secours dans son coffre, il avait fait asseoir la petite sur le siège du passager, s'était accroupi à côté d'elle et l'avait soignée. « *Denise avait aussi une autre éraflure à la jambe qu'elle s'était faite il y a quelques jours*, avait précisé Nicole, dans le feu de son récit. *M. Genardy a insisté pour lui mettre un deuxième pansement. Pourtant ça saignait plus depuis longtemps. Il lui a dit que, si elle avait vraiment trop mal, il pouvait lui donner un médicament. Elle n'aurait qu'à s'allonger un peu et ça irait tout de suite mieux. Mais elle, elle est rentrée chez elle comme une flèche, sans m'adresser la parole. Comme si elle m'en voulait. Alors que c'est pas ma faute si elle est tombée ! Elle a même pas dit merci à M. Genardy. C'est pas poli, hein, maman ?* »

En effet, ce n'était pas très poli, surtout vis-à-vis d'un monsieur aussi gentil. Ah, si seulement il ne m'avait pas rappelé la face obscure de mon mariage ! À l'époque, tout le monde m'avait dit que Franz adorait les enfants, qu'il faisait preuve d'une patience infinie avec ses nombreuses nièces. Et il avait toujours sur lui un peu de monnaie pour leur acheter une glace.

« *M. Genardy a dit que je devais pas être triste, que Denise était juste un peu sous le choc*, reprit Nicole. *Quand le marchand de glaces est passé, il m'en a offert une. Et puis, il a promis qu'il me ferait bientôt un cadeau qui me ferait vraiment plaisir. Alors je lui ai parlé du cheval pour la poupée Barbie.* »

Comme les choses changeaient. Mardi dernier, elle n'avait même pas accepté qu'il lui offre une limonade... Quant à moi, tout ce que je trouvais à faire, c'était lui fourrer un article horrible entre les mains pour lui faire peur. Ce n'était évidemment pas la bonne méthode ; j'aurais bien mieux fait d'en parler avec elle, de lui expliquer qu'il ne s'agissait pas toujours d'inconnus, loin de là, que c'étaient souvent des voisins ou des gens de la famille.

Mais vu mon état, c'était au-dessus de mes forces. J'avais l'impression que ma personnalité avait éclaté en trois morceaux : j'étais à la fois une petite fille craintive sans cesse au bord des larmes, une mère de famille étouffée par ses souvenirs et dénuée de toute autorité, et une femme qui vivait dans l'attente de se faire culbuter par son amant.

Ce soir-là, Günther m'apparut comme un parfait étranger. À peine arrivé, il alluma une cigarette et se mit à observer Nicole qui lisait avec son doigt tout en ânonnant le texte à mi-voix. Puis il me posa une question que je ne compris pas. Je n'entendis que la réponse de Nicole :

— Laisse tomber. Elle est de mauvais poil aujourd'hui.

Ce n'était pas vrai. Je n'étais pas de mauvaise humeur. Juste incapable de réfléchir normalement. En début de matinée, le chef de rayon m'avait demandé de faire une quête auprès de mes collègues en vue de l'enterrement de Nadine. Aussitôt, je m'étais imaginé un petit cercueil d'enfant, tout blanc, encadré par Franz et par ma belle-mère, trônant au beau milieu de la salle de repos. « *Voilà ce qui arrive quand un homme est à bout...* » J'avais failli m'enfuir en courant.

En y repensant, je sentis la panique monter en moi. Et pourtant il n'y avait aucune raison, aucune, en tout cas, qui me concernât directement. C'était la fille d'Hedwig qui était morte, pas la mienne. Günther affichait son calme habituel. De nouveau il me demanda quelque chose et de nouveau Nicole répondit à ma place :

— Non, c'est un homme. Il est très gentil. Il m'a déjà payé deux glaces ! Et il a dit qu'il allait m'offrir le cheval qui va avec ma Barbie. Quand il aura tout arrangé dans l'appartement, il me fera visiter. J'aurais peut-être même le droit de prendre un bain chez lui. Il s'appelle Genardy.

Eh oui ! Il s'appelait Genardy, il était charmant,

cultivé et aimait beaucoup les enfants ! De surcroît, c'était un locataire idéal. En l'espace de quelques jours, ma fille l'avait promu au rang d'homme le plus gentil de la terre, il avait fait retomber ma mère en adolescence et je lui avais remis les clés de chez moi...

Mon Dieu, comment allais-je dorénavant pouvoir regarder Hedwig en face ? Violée puis étranglée, une petite fille de onze ans ! La pauvre, qu'avait-elle dû ressentir en le voyant se jeter sur elle ? Et moi, pourquoi diable n'avais-je pas laissé à l'époque Franz vivre pleinement ses fantasmes ? Il ne faisait de mal à personne. Si l'on s'en tenait aux faits, il s'était contenté de me caresser avant de me faire l'amour sur le lit ou dans le fauteuil. Ce n'étaient que des préliminaires, selon le terme consacré. Certes, il s'était parfois montré un peu maladroit, mais cela arrivait à tout le monde. Pourquoi n'avais-je donc pas été capable de prétendre que, moi aussi, cela m'excitait ? Mais c'était comme ça : avec moi, pour qu'il y ait du répondant, il fallait m'emmener dans une forêt obscure et me brutaliser. Alors là, oui, je me mettais à crier, et ce n'était pas de douleur !

Günther leva la tête vers le plafond et souffla sa fumée.

— Eh bien, fit-il, c'est allé plutôt vite. Pourquoi ne m'en as-tu rien dit ? Quand a-t-il emménagé ?

Je sursautai et quittai ma peau de mère de famille pour celle de femme.

— Lundi, répondis-je. Dès lundi. Je ne m'en suis même pas rendu compte.

— Ah, lâcha Günther.

Je me mis à préparer le dîner et il me rejoignit dans la cuisine où il se servit une tasse de café. Tout en mettant la table, je lui narrai les événements par le menu, depuis l'irruption de M. Genardy en cet après-midi du dimanche jusqu'à notre conversation de mercredi, alors que je faisais les carreaux. J'ajoutai qu'ensuite, je ne l'avais plus revu, ni lui ni sa drôle de voiture qu'il rentrait depuis dans le garage et que c'était Nicole qui, désormais, m'informait de ses allées et venues. D'ailleurs, il devait être là en ce moment même, tapi dans un coin de son appartement. *Mais non, Sigrid,* me repris-je intérieurement. *Tu sais bien qu'il est assis sur sa chaise, à côté de la porte, en train de guetter ! Il l'a à peine entrebâillée, juste assez pour nous entendre. Ça ne doit pas lui plaire qu'il y ait un homme chez toi. Seule, tu ne lui fais pas peur mais là, c'est une autre paire de manches.*

Günther m'écouta d'un air entendu. À deux ou trois reprises, je le vis froncer les sourcils.

— Un haut fonctionnaire, je vois... ça ne m'étonne pas qu'il plaise à ta mère, déclara-t-il sur un ton ironique. Si ça se trouve, elle aussi lui a tapé dans l'œil. Ce qui expliquerait pourquoi il s'est tant dépêché de s'installer.

Il marqua un temps d'arrêt puis me demanda :

— Tu es allée voir en haut ?

— Non, pourquoi ?

— Pourquoi ? Parce que c'est ta maison ! Parce que cela pourrait t'intéresser de savoir ce qu'il fabrique. C'est très correct de ta part de l'avoir laissé prendre possession des lieux avant le début du mois afin qu'il puisse lancer les travaux. Mais depuis, ce devrait être chose faite et il devrait rester tranquillement chez son fils à jouer avec ses petits-enfants en attendant que ce soit fini.

— C'est vrai, mais il m'a dit qu'il voulait terminer lui-même.

Günther esquissa un sourire et leva les yeux au ciel.

— Allons, tu as déjà entendu parler d'une entreprise qui acceptait un chantier pour le laisser en plan, toi ? Et puis, tu l'as entendu passer l'aspirateur ou tu l'as vu vider des poubelles ?

— Je rentre très tard, tu sais.

— À mon avis, il va falloir t'y habituer, à fermer les portes à clé, conclut Günther sans cesser de sourire.

Peut-être, mais le problème, c'était que la clé de la chambre de Nicole était introuvable, tout comme celle de la buanderie. Sans parler de la troisième clé d'en haut... Pourtant j'étais à peu près sûre de les avoir rangées à leur place. *Seigneur, aidez-moi ! Elles ne peuvent pas être ailleurs que dans cette fichue armoire.* Celle-ci regorgeait de papiers, de vaisselle et d'habits. En renonçant à ma chambre à coucher, j'avais dû y entreposer toute ma garde-robe. Et depuis, j'avais continué d'y ajouter des affaires. À présent, je n'avais plus d'autre choix que de vider l'armoire, d'en inspecter chaque tiroir, chaque recoin, chaque vêtement, y compris ceux que je ne mettais plus.

Après le repas, Nicole s'installa devant la télévision. Günther et moi restâmes dans la cuisine et je recommençai à lui parler de M. Genardy, m'appliquant à n'évoquer que les points positifs. Je lui confirmai que c'était un monsieur fort sympathique et compréhensif, ajoutant que, grâce aux rentrées d'argent supplémentaires, je serais sans doute en mesure de reprendre le téléphone. Il est vrai que j'avais à priori exclu d'avoir un homme chez moi, mais en fin de compte, cela me convenait tout à fait.

Soudain envahie par une immense fatigue, je décidai de laisser la vaisselle en plan.

— Moi, je veux bien, mais la situation n'a pas l'air de te satisfaire tant que cela, constata Günther.

Il n'avait pas tort. Mais pour l'heure, c'était surtout la nôtre, de situation, qui ne me satisfaisait pas : j'aurais tellement aimé qu'il passe la nuit avec moi ; sa présence était si rassurante.

10

Je me sentais encore plus désemparée que le samedi précédent. Ce n'était pas à proprement parler de la peur que j'éprouvais, mais plutôt une sensation de vertige : mes pensées s'entrechoquaient à une vitesse telle qu'il me semblait qu'elles ne m'appartenaient plus. Franz dans ce curieux jardin avec Nicole... les mauvaises herbes, les lapins qui couraient partout... des fillettes violées et assassinées... et puis ces bruits de pas au-dessus de ma tête à 3 heures du matin.

Que fabriquait-il donc en plein milieu de la nuit, alors qu'en soirée on ne l'entendait jamais ? Mon locataire était-il un vampire ? Pendant tout un temps, Anke avait lu des romans de gare où il n'était question que de loups-garous, de monstres ou de vampires. Elle les dévorait les uns après les autres. Des histoires horribles. Peut-être fallait-il que je monte voir s'il n'avait pas un cercueil chez lui...

En essayant de mettre de l'ordre dans mon chaos intérieur, je ne parvins qu'à l'aggraver. Et plus je m'y enlisais, plus Günther se rembrunissait. Il avait l'air de croire que je lui faisais la tête pour une raison quelconque. Nous parlâmes de choses et d'autres, notamment d'un film à l'affiche que Günther avait vu à Cologne avec ses enfants et qui, d'après lui, plairait beaucoup à Nicole. Puis il évoqua de nouveau M. Genardy, émettant l'hypothèse qu'il ait pu emmener lui-même ses sacs poubelle à la décharge.

Lorsque le journal télévisé débuta, il passa au salon. Pour ma part, je restai dans la cuisine. J'étais épuisée, vidée. Au bout d'un moment, j'entendis Nicole qui remontait du sous-sol où elle était censée être allée se laver.

— C'est une plaisanterie, j'espère, l'apostropha Günther. Je n'ai jamais vu personne prendre une douche aussi rapide.

Sans sa remarque, je ne me serais aperçue de rien.

— J'en ai marre des douches, gémit Nicole. J'ai tellement envie d'un bon bain. Je ne pourrais pas venir en prendre un chez toi ?

— D'habitude, on invite plutôt les jeunes filles à boire un verre. Ou alors au cinéma. D'ailleurs, j'avais l'intention de t'y emmener demain. Mais si tu préfères prendre un bain, je n'y vois aucun inconvénient.

— Alors c'est promis ? s'écria-t-elle en lui sautant au cou. En plus, il me reste encore un peu du bain moussant que Mme Humperts m'avait donné. Je ne sais pas combien de temps ça se garde.

— Tu devrais tout de même demander la permission à ta mère.

Je n'étais pas d'accord ; le simple fait de l'imaginer dans une baignoire me faisait froid dans le dos. Mais je dus me montrer un peu sèche. Furieuse, Nicole disparut dans sa chambre.

— Bravo, fit Günther après avoir observé un long silence. Maintenant, vous êtes deux à être de mauvaise humeur. Tu sais, Sigrid, si tu préfères être seule, je peux m'en aller. Je ne t'en voudrais pas.

— Non, je n'ai aucune envie d'être seule. Je veux

que tu restes avec moi. Je veux que nous allions en bas prendre une douche ensemble.

— Très bien, fit-il en fronçant les sourcils. Les désirs de madame sont des ordres… Allez, dis-moi ce qui ne va pas. S'il y a une chose que je ne supporte pas, c'est qu'on me fasse la tête sans que je sache pourquoi.

Comme je restais silencieuse, il reprit :

— Tu n'as pas confiance en moi ? Tu me connais, quand même, depuis le temps. Tu trouves que j'ai l'air d'un pédophile ? Crois-moi, je voulais juste lui faire plaisir. Enfin, ma fille a le même âge qu'elle ! Figure-toi que ça m'arrive même encore de prendre mon bain avec elle.

— Je n'ai aucune idée de ce à quoi ressemble un pédophile.

— C'est donc bien ça qui te tourmente. Tu te sens concernée par l'histoire de ta collègue, n'est-ce pas ? Je te comprends : quand on connaît la personne en question, c'est toujours autre chose que lorsqu'il s'agit d'une victime anonyme. Cela dit, même dans ce cas-là, c'est répugnant, surtout quand on a soi-même des enfants. Du moins c'est ainsi que je le ressens. Ça te rassurera peut-être d'apprendre que la police est sur une piste solide. Dettov m'a appelé aujourd'hui. Selon lui, ils vont bientôt procéder à une interpellation.

— Qui est-ce ?

Günther haussa les épaules.

— Aucune idée. On devrait en savoir plus lundi.

— Et ensuite on classera l'affaire.

— Mais enfin, qu'est-ce que tu espères ? soupira Günther. Tu veux qu'on le lapide, qu'on le découpe en morceaux ou qu'on l'immole par le feu? Après l'avoir castré, sans anesthésie, cela va de soi!

Puis il poursuivit sur un ton quelque peu sentencieux :

— Nous vivons dans un pays civilisé, Sigrid. Chez nous, on ne coupe pas la main des voleurs de poules. Même les meurtriers ont droit à un procès équitable.

— Et si la police se trompe, murmurai-je. Si ce n'est pas lui?

— Alors l'enquête se poursuivra. Ne me dis pas que tu as encore rêvé de la pendule?

Je secouai la tête.

— Dans ce cas, que se passe-t-il? Tu t'en veux? Tu penses que tu aurais pu éviter cela? Ça n'a pas de sens, Sigrid. Si tu savais le nombre de voyants qui se manifestent dès que quelqu'un disparaît! Demande à la police ce qu'elle en pense. Pour ma part, je préfère me cantonner à la réalité.

— Je ne suis pas voyante. Si je l'étais, Franz ne serait pas mort. Ni mon père, ni la petite fille de ma classe.

— À condition toutefois qu'on t'ait écoutée, ce dont je doute. Ma femme aussi croyait à toutes ces bêtises. Si elle avait le malheur de lire dans son horoscope que sa journée allait être mauvaise, elle ne mettait pas le nez dehors. Mais très vite, cela ne lui a plus suffi. Durant l'année qui a précédé notre séparation, elle a dépensé une fortune en consultant une voyante. De mon côté, j'avais le sentiment que tout allait bien, qu'on se disputait juste de temps en temps pour des broutilles, comme tout le monde. En tout cas, je ne voyais pas de problème fondamental. Mais elle s'est laissé complètement embobiner. Cette dingue a réussi à la persuader qu'elle était malheureuse. Plus rien n'avait de prise sur elle. Je pouvais faire ce que je voulais, j'étais toujours à côté de la plaque. Je peux te dire que quand tu m'as parlé de ton histoire de pendule, ça m'a fait un choc.

11

Nous restâmes jusqu'à environ 22 heures sur le canapé à discuter. C'était la première fois que nous évoquions notre passé, nos sentiments, nos angoisses. Je lui parlai même de Franz et de ce magazine sur lequel j'étais tombée par hasard. De ses petites nièces qu'il aimait tant faire sauter sur ses genoux. De mes bains du samedi soir, de la brosse qui était censée servir à se frotter le dos... Au début, Günther se contenta de m'écouter, l'air incrédule. Puis il baissa les yeux et dit :

— Et malgré tout, tu veux prendre une douche avec moi ?

Peu après, nous descendîmes au sous-sol. La belle assurance de Günther s'était émoussée ; à l'évidence, lui aussi avait besoin de se remettre de ses émotions.

— Pourquoi ne m'as-tu jamais rien dit ? s'enquit-il tandis que nous nous déshabillions.

Voyant que je me taisais, il ajouta en souriant :

— En tout cas, ça explique pas mal de choses. Enfin, ça pourrait être pire : au moins, tu ne te fies pas aux horoscopes et autres foutaises du même acabit. Si tu t'en tiens à un cauchemar par-ci par-là, je devrais pouvoir le supporter. À propos, tu sais que tu as vu juste avec ton histoire de lapins ? Figure-toi que dans le jardin en question, il y avait des clapiers partout.

Puis il me tendit le flacon de gel douche et poursuivit :

— Tiens, si tu veux te venger, je n'ai rien contre.

Malgré l'exiguïté de l'espace, les choses s'enchaînèrent naturellement et nous passâmes un moment fort agréable.

— Au fait, quel âge a-t-il, ce M. Genardy ? me demanda Günther un peu plus tard.

Je lui répondis qu'il devait être proche de la soixantaine, comme ma mère.

— J'espère que toi, tu sauras lui résister ! Avoir un rival dans la place ne me plaît guère...

Nous éclatâmes de rire. Je me sentais détendue, soulagée. J'avais l'impression qu'on m'avait débarrassée d'un énorme fardeau.

Le dimanche, je me réveillai en pleine forme. Günther n'étant pas de service, nous avions prévu de passer la journée ensemble. Au déjeuner, il suggéra que nous allions faire un tour au zoo avant de nous promener sur les berges du Rhin. Le temps s'y prêtait, mais pas l'humeur de Nicole. Elle semblait toujours m'en vouloir pour cette histoire de bain. À moins qu'elle n'ait été jalouse de ma nouvelle intimité avec Günther.

Cela avait commencé dès le matin lorsqu'elle s'était heurtée à une porte close en voulant venir me voir. Jusque-là, elle n'avait pas remarqué que je m'enfermais la nuit, parce que je me levais toujours avant elle. De rage, elle s'était mise à marteler la porte du poing en hurlant :

— Pourquoi tu fais ça ? C'est méchant !

En apercevant Günther, elle avait lâché :

— C'est un hôtel maintenant, ici ?

J'aurais dû la remettre à sa place, mais elle avait filé dans la cuisine sans m'en laisser le temps. Après le petit déjeuner, Günther lui avait proposé de faire une partie d'échecs, mais elle avait refusé et rétorqué qu'il n'avait qu'à jouer avec moi. Puis elle s'était retirée dans sa chambre en claquant la porte. Günther m'avait déconseillé de la suivre :

— Laisse-la tranquille, Sigrid. Ça s'arrangera. Jusqu'à présent, je n'étais qu'un ami à ses yeux. Mais quand on voit un homme dans le lit de sa mère, ça change tout.

Dès la fin du repas, Nicole voulut aller chez Denise. Elle paraissait y tenir car il fallait qu'elle sache si sa copine était toujours en colère contre elle. À ma grande déception, nous dûmes donc faire une croix sur notre virée à Cologne ; bien que ce ne fût pas prévu, j'étais sûre de voir apparaître ma mère dans le courant de l'après-midi et je n'avais aucune envie d'essuyer un nouveau sermon.

En fin de compte, j'eus de la chance. Ma mère fit effectivement irruption vers 15 heures en compagnie de Mara mais pour une fois, elle m'épargna ses critiques. Il est vrai qu'elle avait désormais autre chose en tête. Mara arborait une robe estivale flambant neuve ; elle avait fière allure. Le temps était radieux et nous nous installâmes dehors.

Au bout d'un moment, la porte-fenêtre du balcon s'ouvrit. Le visage de ma mère s'éclaira aussitôt.

— Je n'aurais pas cru qu'il serait là aujourd'hui, me souffla-t-elle en rougissant. Cela dit, il doit être plus au calme ici que chez son fils.

Günther ricanait sous cape. Je me levai pour aller faire du café et il m'emboîta le pas.

— Tu ferais bien de prévoir une tasse de plus, me glissa-t-il. À mon avis, on risque d'avoir un invité supplémentaire. J'ai hâte de le rencontrer : seul un être exceptionnel saurait produire un tel effet sur ta mère !

Puis il se proposa de passer à la boulangerie, ma mère n'ayant rien apporté.

— Combien de parts ? demanda-t-il. Quatre, cinq, six ?

— Disons cinq.

Décidément, j'allais de surprise en surprise : il se comportait comme s'il faisait partie de la famille.

Quand je revins dans le jardin, M. Genardy avait déjà pris place.

— Quelle journée magnifique ! s'exclamait ma mère. Il ne nous reste plus qu'à espérer que cela dure. Vous vous rappelez l'année dernière ? Une vraie catastrophe. Comme je le disais encore tout à l'heure à ma fille...

Histoire de démontrer qu'elle avait aussi un avis sur l'actualité, elle enchaîna ensuite sur une série de commentaires concernant le coût de la réunification allemande et les élections aux États-Unis : « *J'ai toujours dit à ma fille que ce pays avait besoin d'un homme jeune !* » M. Genardy portait de nouveau son costume noir. Il avait mis une chemise vert clair sans cravate, et je notai que son col était usé. Je remarquai également qu'il n'avait pas d'alliance.

Lorsque Günther revint, les bras chargés de pâtisseries, ma mère s'empressa de servir notre hôte. La petite Mara n'ayant pas envie de goûter, j'allai lui chercher une couverture pour qu'elle puisse jouer par terre, ainsi que la poupée Barbie de Nicole. Sans tarder, elle se mit à la déshabiller et à la rhabiller, sous le regard attendri de mon locataire. Une fois de plus, celui-ci s'émerveilla de son calme, ajoutant que sa petite-fille à lui ne tenait pas en place. De son côté, ma mère le harcelait de questions. C'était comme si Günther et moi n'existions plus, mais j'avoue que cela m'arrangeait plutôt. Après s'être plaint des ouvriers qui avaient bâclé leur travail, M. Genardy s'excusa de ne pas avoir invité ma mère à boire un café lors de leur dernière rencontre :

— J'espère que vous ne m'en tiendrez pas rigueur, madame Roberts, mais l'appartement n'est vraiment pas présentable !

Avec un rictus navré, il regretta de ne pas encore avoir emporté les photos de ses petits-enfants. Ils les aurait volontiers montrées à ma mère; à n'en pas douter, elles lui auraient plu car elles étaient l'œuvre d'un professionnel, son fils, qui travaillait pour les pages puériculture des catalogues de vente par correspondance, métier ô combien difficile, qui exigeait une patience infinie avec les enfants... Subjuguée, ma mère buvait ses paroles.

Pour le reste, soupira mon locataire, il fallait reconnaître que ce déménagement constituait tout de même un profond bouleversement dans son existence. Après toutes ces années passées en compagnie de sa descendance au grand complet, il avait perdu l'habitude de vivre seul. Le week-end, il avait d'ailleurs souvent gardé ses petits-enfants afin de permettre à son fils et à sa femme d'avoir un peu de temps pour eux.

Tandis qu'il dégoisait, ma mère ne cessait de hocher la tête d'un air pénétré. C'était gênant. De surcroît, le discours de notre hôte sonnait faux et, peu à peu, je recommençai à me sentir oppressée. Nous étions là, tranquillement attablés, alors même que, quelque part au salon, traînait un journal où il était question d'une petite fille qui avait été assassinée et dont la mère, au comble du désespoir, croupissait seule chez elle.

En tout cas, je savais gré à Günther d'être resté. Avec son vieux jean, sa chemise à moitié ouverte et ses manches retroussées, il dégageait une impression de nonchalance et de force virile qui me rassurait. Après avoir dévoré deux parts de tarte, il s'était affalé dans son fauteuil et n'avait plus desserré les lèvres, ponctuant de temps à autre une phrase d'un sourire ironique ou d'un froncement de sourcils. Chaque fois que nos regards se croisaient, je repensais à la nuit dernière. Mon canapé s'était révélé un peu étroit pour deux. « *J'ai bien peur qu'il nous faille dormir l'un sur l'autre,* avait commenté Günther. *Quoique, vu mon état, on devrait pouvoir rester l'un dans l'autre.* »

Mes cinq ans et demi de fidélité à la mémoire de Franz m'apparaissaient suffisants. À présent, je ne lui devais plus rien ; j'étais en droit de vivre pleinement ma vie de femme.

12

Vers 16 heures, Nicole et Denise passèrent. A priori, elles étaient juste venues prendre la valise dans laquelle ma fille rangeait la plupart de ses jouets. Mais comme il restait un peu de gâteau au chocolat, elles allèrent à la cuisine se le partager. De la terrasse, nous les entendîmes tenir un conseil de guerre. Denise voulait retourner chez elle, mais pas Nicole. Ayant rappelé à son amie qu'elle lui avait cédé le plus gros morceau, elle remporta la mise.

Elles ressortirent et emmenèrent Mara faire de la balançoire au fond du jardin. Denise s'installa et la prit sur ses genoux en la maintenant fermement. Elle portait une robe courte et avait les jambes nues. Sur son genou gauche, il y avait un grand pansement. Une large éraflure lui barrait la cuisse. Nicole se mit à les pousser avec prudence. Tout était si paisible ; il ne manquait plus que les petits lapins...

À cette pensée, mon malaise resurgit aussitôt. Je revis la photo du journal, mais en couleurs cette fois-ci, et non en noir et blanc : la remise encombrée de vieilles planches au toit en tôle ondulée et le jardinet, tout autour, infesté de mauvaises herbes. Puis l'entrée de mon garage m'apparut, ainsi que la marelle tracée sur le sol et les deux jupettes qui volaient en rythme. À présent, celle de Denise se soulevait aussi mais de manière moins saccadée. Mara criait de joie. *Quand il fait très chaud, on laisse les enfants jouer tout nus. On leur installe une bassine remplie d'eau pour qu'ils puissent se rafraîchir...*

Si Norbert avait récemment remplacé le siège pour enfant de Nicole par une planche classique, la corde, elle, n'avait jamais été changée et était restée exposée aux intempéries depuis que Franz avait installé la balançoire... Il y eut un léger bruit de frottement et les deux enfants se retrouvèrent par terre. Mara se mit à hurler. Denise ayant amorti sa chute, elle ne pouvait toutefois pas s'être fait bien mal. Ma mère se précipita et faillit tomber à son tour. Dès qu'elle la prit dans ses bras, la petite se calma. Elle n'avait rien. Denise, quant à elle, était toujours allongée dans l'herbe et se frottait la cuisse. Elle saignait un peu.

— Ça va ? lui demanda M. Genardy.

Il s'accroupit à ses côtés et lui palpa la jambe. Puis il lui releva la jupe en murmurant quelques mots que je ne compris pas. Denise secoua la tête avec vigueur. Il la serra contre sa poitrine et se redressa. À en juger par le regard implorant qu'elle me lança, elle ne semblait guère apprécier. Günther, qui avait observé toute la scène d'un drôle d'air, s'avança et la lui prit des bras. Avec précaution, il l'aida à se mettre debout. Elle boitait légèrement.

— Je veux pas de pansement ! C'est pas la peine ! protesta Denise.

— Elle s'est déjà blessée hier au même endroit, intervint M. Genardy. Il vaudrait quand même mieux lui en mettre un.

— Pour quoi faire ? rétorqua Günther. Si elle n'a pas envie.

Mara avait recommencé à pleurnicher. L'incident

paraissait l'avoir fatiguée et ma mère, la mort dans l'âme, dut se résoudre à prendre congé.

— Bon, ça suffit maintenant ! la gronda-t-elle. Tu n'as rien du tout.

M. Genardy les raccompagna. Il serra chaleureusement la main de ma mère et caressa les cheveux de Mara. Puis il me remercia pour tout et remonta chez lui.

De retour dehors, je trouvai Denise assise sur une chaise, sa jambe étendue sur les genoux de Günther. Celui-ci était en train de désinfecter la plaie sous le regard fasciné de Nicole.

— Il faudrait t'appliquer un peu de glace pour que ça dégonfle, déclara-t-il. Tu pourrais m'en apporter, Sigrid, s'il te plaît ? Ne t'inquiète pas, ma chérie. Dans une heure, ce sera oublié. En tout cas, si quelqu'un te propose son aide et que tu n'es pas d'accord, ne te laisse pas faire. Tu n'as qu'à lui dire que tu peux te débrouiller toute seule. Tu sais, moi non plus je n'aime pas que n'importe qui me touche.

Comprenant son allusion, je levai les yeux vers l'étage. La porte-fenêtre du balcon était toujours ouverte.

À 19 heures, Günther reconduisit Denise chez elle. Nicole avait tenu à les accompagner. Pendant ce temps, je préparai le repas. Après le dîner, Nicole alla se coucher et nous nous installâmes dans le salon.

— Tu ne l'aimes pas, n'est-ce pas ? demandai-je à Günther.

— Pourquoi, c'est une obligation ? fit-il en haussant les épaules. Je trouve son adoration pour ses petits-enfants un peu excessive. D'autant plus qu'il n'a même pas une photo d'eux.

— Mais il ne s'est pas encore vraiment installé.

— Mouais... Il devait bien avoir son portefeuille sur lui. Le mien contient un tas de photos. Enfin, l'essentiel c'est qu'il paie bien et que vous ayez de bonnes relations.

13

Le lundi matin, je fus réveillée en sursaut par un bruit de verre brisé provenant de l'entrée. Il n'était pas encore 5 heures. Puis j'entendis M. Genardy ramasser les débris en étouffant une série de jurons et quitter la maison sans refermer la porte. Il alla dans le garage, revint et remonta dans son appartement avant de ressortir quelques instants plus tard.

N'ayant pas descendu les volets jusqu'au bout, je regardai dehors. Mon locataire portait encore son costume noir. Il devait tout de même en avoir d'autres ! Mais bien sûr, où avais-je la tête : il avait dû les laisser chez son fils... Je remarquai aussi qu'il tenait à la main sa sacoche ainsi qu'un grand sac en plastique dont je vis dépasser son bleu de travail et sa chemise à carreaux. Les apportait-il au pressing ou s'agissait-il de sa tenue de travail ? Se pouvait-il que M. Genardy ne soit en réalité qu'un simple ouvrier ?

En le voyant s'éloigner dans son épave, j'éprouvai un vif soulagement. Un peu comme à l'époque, les dimanches matin, lorsque je savais que j'allais profiter d'une semaine entière de tranquillité. Une semaine au cours de laquelle Franz rentrerait le soir épuisé et s'endormirait comme une masse.

Le week-end m'avait fait du bien, ce qui ne

m'empêcha pas de repenser à Hedwig et au mystérieux assassin de sa fille. D'après le journal, la police était loin de l'avoir identifié, contrairement à ce que m'avait dit Günther. En revanche, elle était à la recherche d'un témoin-clé qui s'était volatilisé.

À la pause déjeuner, le chef de rayon me demanda si je comptais me rendre à l'enterrement de Nadine. Il avait lieu jeudi matin à 10 heures et lui-même tenait à être présent. Si je le souhaitais, il pourrait m'emmener en voiture. Consciente qu'il me serait difficile d'échapper à cette épreuve, j'acceptai.

Le soir, je trouvai la maison plongée dans le silence. M. Genardy n'était pas là. Lorsque Nicole arriva, une demi-heure après moi, elle m'apprit qu'elle avait déjà dîné chez ma sœur. Tout en me regardant manger, elle me raconta sa journée. Après avoir achevé ses devoirs, elle était allée chez les Kolling, mais elle n'était pas restée très longtemps car la mère de Denise devait l'emmener chez le médecin. Apparemment, sa blessure s'était infectée.

Nicole m'informa par ailleurs que ma mère s'était proposé d'établir ses quartiers chez nous pendant la période où Anke serait à la maternité :

— Elle veut venir vers midi pour me faire à manger et rester jusqu'au soir. Avec Mara, bien sûr.

De mon point de vue, c'était là plutôt une heureuse surprise. Mais comme je m'en doutais, cette perspective n'enchantait guère ma fille :

— Je lui ai dit que c'était pas la peine : je peux aller chez Denise.

Prenant les devants, elle s'en était déjà assurée auprès des Kolling. Ces derniers ne roulant pas non plus sur l'or, il me faudrait cependant les dédommager. Nicole serait en effet amenée à prendre la plupart de ses repas chez eux.

À 20 heures, elle alla se coucher. Pour ma part, je décidai de m'occuper du linge. Après avoir mis une machine en route, je m'attaquai au pull à tête de cheval. À l'endroit où je l'avais rincé, une tache blanchâtre s'était formée et j'eus beaucoup de mal à la faire partir. Ce ne pouvait être que du dentifrice ; ma fille avait encore dû se laver les dents n'importe comment.

C'est alors que je me souvins de ce jour où Franz avait taché son pantalon. C'était à l'anniversaire de son frère. Il avait passé l'après-midi à câliner sa petite nièce, à l'époque âgée de trois ans, et à la faire sauter sur ses genoux. En rentrant le soir, il s'était empressé de s'asseoir dans le fauteuil de notre chambre, face au miroir, et m'avait prise à mon tour sur ses genoux. Il ne s'était même pas déboutonné mais cela avait suffi. Pendant des mois, je n'avais plus osé regarder la dame de la teinturerie en face...

La machine terminée, j'entrepris de mettre les vêtements à sécher et tombai sur la culotte du jeudi de Nicole. Ou plutôt non, ce ne pouvait pas être la sienne : elle était dans son armoire, j'en étais certaine, je l'avais lavée la semaine précédente. J'eus un coup au cœur. Et si c'était celle de la fille d'Hedwig ? Non, ça n'avait aucun sens : par quel miracle aurait-elle pu réapparaître dans nos affaires ? Nicole avait dû se tromper en s'habillant ce matin. Quoi qu'il en soit, il devait y avoir une explication rationnelle. Comme pour le pull, d'ailleurs.

La culotte du vendredi, en revanche, manquait à l'appel. Peut-être s'était-elle égarée dans le panier de linge sale de Mme Kolling ou sous le lit de Nicole, là où elle avait la fâcheuse habitude de laisser traîner ses affaires.

Dès 22 h 30, je me mis au lit. Mes yeux se fermaient de fatigue. Le lendemain matin, je m'aperçus que j'avais oublié de fermer ma porte à clé.

14

La journée du mardi se déroula dans une relative quiétude. J'en profitai car cela ne m'était plus arrivé depuis longtemps. Seules les allées et venues de M. Genardy me tracassèrent un peu. Décidément, il partait fort tôt le matin. Au point que la première semaine, je ne m'en étais même pas rendu compte.

Aller à Cologne en voiture prenait environ une heure. Certes, la durée exacte du trajet dépendait de la circulation et de l'endroit précis où l'on se rendait, mais à ma connaissance, les fonctionnaires ne débutaient pas leur travail avant 8 h 30 ou 9 heures. Le soir venu, je descendis jeter un œil dans le garage dont j'avais conservé une clé. La voiture de mon locataire n'était pas là. Sans doute avait-il cette fois-ci enfin terminé ses travaux et était-il retourné chez son fils en attendant qu'on lui livre ses meubles.

Le mercredi, Nicole prit le chemin de l'école à l'heure habituelle. Quant à moi, je restai en robe de chambre. J'étais en congé et j'avais l'intention de traîner un peu avant de vaquer à mes occupations. En regardant sous le lit de Nicole, je tombai sur deux chaussettes dépareillées et un cahier. Mais il n'y avait aucune trace de culotte. J'en déduisis donc qu'elle se trouvait chez Mme Kolling.

En sortant de ma douche, je passai un bon quart

d'heure devant le miroir. Après-shampoing, fond de teint, rouge à lèvres... le résultat me parut plutôt convaincant. Une fois habillée, je me rendis en ville pour faire quelques courses. Je me sentais légère, insouciante, comme si l'on m'avait déchargée d'un coup de toutes mes obligations. Il me fallut néanmoins lutter pour ne pas penser à Hedwig. De toute façon, il n'y avait plus rien à faire pour elle. Ce qui était arrivé à Nadine était terrible, affreux, monstrueux même, mais je l'avais à peine connue.

Vers 11 heures, je sonnai chez Anke. J'avais acheté un petit cadeau pour le bébé.

— Il ne fallait pas, dit ma sœur en m'accueillant. Si je t'ai proposé de m'occuper de Nicole, ce n'est pas pour me sucrer au passage ! Et puis ça me fait au moins quelqu'un avec qui je peux parler d'autre chose que de ton M. Genardy.

Anke n'en revenait pas que notre mère se soit à ce point entichée de lui :

— Elle a complètement pété les plombs. D'ailleurs, ça commence à me taper sur le système. Avant-hier, elle a passé deux heures à se demander comment ce pauvre monsieur faisait pour se débrouiller sans femme. Si j'ai bien compris, sa chemise de dimanche était plutôt usée. Elle en est même arrivée à s'inquiéter que sa carrière n'en pâtisse ! Non, mais je te jure ! Ah, et puis elle m'a bassinée avec son fils, aussi, un photographe-vedette, à ce qu'il paraît. Je suppose qu'elle s'imagine déjà Mara en couverture du catalogue de La Redoute. Mais là, j'aurai quand même mon mot à dire. En tout cas, à ta place, je ferais attention, sinon elle risque de prendre racine chez toi.

S'interrompant, Anke grimaça et se massa le bas du dos.

— J'ai mal aux reins depuis deux ou trois jours, reprit-elle. Il ne manquait plus que ça. Pourtant, j'en ai encore pour un bout de temps.

Après avoir pris congé de ma sœur, j'allai voir Mme Kolling. Celle-ci avait déjà réfléchi à la question et m'annonça que cinquante marks suffiraient amplement à couvrir ses dépenses de la semaine où elle garderait Nicole. À l'entendre, on aurait cru qu'il s'agissait d'une somme dérisoire ! J'étais loin de partager son point de vue, mais je n'eus pas le cœur de négocier.

Malgré cette charge imprévue, je persistais à vouloir reprendre le téléphone. Avec mes cent cinquante marks supplémentaires, je devais parvenir à m'en sortir : quarante pour le pull de Nicole, cinquante pour Mme Kolling et soixante-cinq pour l'installation de la ligne. On y était presque.

— Le problème, c'est que je ne peux pas les enfermer, déclara Mme Kolling. Et je me vois mal les suivre à la trace pour m'assurer qu'elles vont bien au parc. Denise m'a dit que vous leur aviez défendu d'aller chez vous ? Elles ont fait une bêtise ou quoi ?

— Non, c'est à cause de ces histoires de... d'enlèvements d'enfants, bredouillai-je. Vous comprenez, je préfère éviter que...

— Mais il ne peut rien se passer. Elles sont deux. Et puis elles sont très raisonnables.

« Raisonnables. » Hedwig avait employé le même mot pour qualifier sa fille...

— Au fait, dis-je, j'ai dû récupérer une culotte de Denise. Elle n'était pas tout à fait sèche. Je demanderai à Nicole de vous la rendre.

— Ah bon, je ne m'étais pas aperçue qu'il en manquait une.

— Vous devez en avoir une à elle. Celle du vendredi.

— C'est possible, je la lui donnerai quand je l'aurai lavée.

En me rendant à la banque, j'eus une grosse déception : le loyer n'avait pas encore été crédité sur mon compte. Mme Humperts avait toujours effectué ses virements quelques jours avant la fin du mois, mais j'avais omis de préciser à M. Genardy que je souhaitais qu'il en fasse de même. Dieu merci, mon salaire, lui, avait déjà été versé. Les intérêts hypothécaires m'étant débités dès le premier jour du mois, je décidai néanmoins, par précaution, de ne retirer qu'une partie de la somme que je m'allouais pour mes dépenses courantes.

L'après-midi, Günther passa me voir. Nous étions seuls. Nicole avait déjeuné en vitesse, expédié ses devoirs et disparu chez Denise. Je n'avais même pas eu le temps de lui donner la culotte de sa copine.

— Bien, fit Günther en retroussant ses manches. Je crois qu'il est grand temps que je m'occupe du jardin. Sinon, nous allons bientôt pouvoir faire du foin.

En l'entendant dire « nous », je fus parcourue d'un frisson de contentement ; ce n'était qu'un détail, mais à mes yeux, il confirmait que notre relation évoluait dans le bon sens. Günther alla chercher la tondeuse à la cave et se mit au travail. Une fois qu'il eut terminé, il nous prépara du café.

— Ça y est, ils l'ont attrapé, lâcha-t-il soudain en me tendant le journal du jour.

Je me plongeai dans la lecture de l'article. Un jeune étudiant avait été arrêté et déféré devant le juge d'instruction. Son identité n'était pas dévoilée, mais Günther en savait un peu plus. Un témoin — une femme vivant seule — avait confié aux enquêteurs avoir souvent vu la fille d'Hedwig devant l'animalerie située au rez-de-chaussée de son immeuble, immeuble dans lequel habitait aussi le suspect. Mis à part ce dernier, tous les voisins avaient confirmé ses dires.

— Il a commis une erreur, commenta Günther. S'il n'avait pas menti, on ne l'aurait peut-être jamais soupçonné.

Après la découverte du corps, on avait de nouveau interrogé ces personnes, à l'exception d'un monsieur d'un certain âge qui, entre-temps, était parti chez sa fille dans le nord du pays. Mais de toute façon, son témoignage n'était pas déterminant. La police était en effet tombée sur une série d'indices en perquisitionnant chez l'étudiant, et celui-ci avait fini par avouer qu'il avait dispensé deux ou trois cours de soutien scolaire à Nadine Otten, activité qu'il exerçait régulièrement afin de financer ses études. La petite n'étant pas en mesure de le payer, cela n'avait toutefois pas duré longtemps, et il prétendait ne plus jamais l'avoir revue par la suite.

— Tu es au courant qu'on a retrouvé des comprimés sur elle ? me demanda Günther. Eh bien, il s'agit d'une quelconque saloperie qui prolifère dans les boîtes de nuit et dans les cours de récréation. C'est paraît-il moins cher que l'héroïne, mais aussi fort. On peut se procurer les ingrédients n'importe où et il suffit d'avoir quelques notions de chimie pour fabriquer le produit final.

Il tira une longue bouffée sur sa cigarette et m'observa.

— Tu ne comprends pas ? reprit-il. Le soi-disant étudiant était en fait une saleté de dealer qui utilisait des écoliers, dont Nadine Otten, pour introduire sa came dans les établissements scolaires. Au bout d'un moment, il a dû considérer qu'elle représentait un risque pour lui et l'a éliminée. Ta collègue a bien dû s'apercevoir qu'elle avait soudain de l'argent sur elle, non ? D'après les résultats de l'enquête, elle livrait la marchandise au moins deux fois par semaine. Lorsqu'on l'a retrouvée, elle avait cinquante marks dans la poche de son anorak.

— Mais elle ne l'avait pas pris, rétorquai-je. Il était resté chez Hedwig.

— Bien sûr, d'ailleurs ça confirme le trafic : elle portait un blouson flambant neuf, et pas des moins chers, qui plus est. Un nouveau blouson, un nouveau jean et un nouveau pull.

— Le pantalon, en tout cas, c'est Hedwig qui le lui avait acheté.

— Peu importe.

Günther marqua une nouvelle pause, puis me sourit d'un air embarrassé.

— Est-ce que je pourrais te demander un service ? s'enquit-il.

Je hochai la tête.

— Attends, tu ne sais même pas de quoi il s'agit. Alors voilà : ce Dettov est vraiment un type sympa. Et c'est un excellent journaliste. Figure-toi qu'il aimerait faire un papier sur le contexte social de cette histoire. Tu vois le genre : les femmes livrées à elles-mêmes, abandonnées par leurs maris et par les pouvoirs publics, qui élèvent seules leurs enfants. Enfin ce genre de choses, quoi. Comme c'est quelqu'un de bien, il ne veut surtout pas la brusquer et...

Bien qu'ayant compris où il voulait en venir, je le laissai poursuivre. Pour une fois, c'était mon tour de le faire mijoter.

— Tu connais bien la mère, reprit-il, de plus en plus gêné. Pourrais-tu lui demander si elle serait disposée à le rencontrer ? Si ça vient de toi, je pense qu'elle devrait accepter.

— Pas de problème, promis-je.

Tout en prononçant ces mots, je me remémorai Hedwig, telle qu'elle était lorsque nous nous étions rencontrées : déterminée, pleine d'entrain et de gaieté. Cette Hedwig-là n'existait plus...

15

Le jeudi matin, j'achetai des fleurs près de la gare de Cologne et me rendis au magasin. La dernière fois que j'avais porté mon tailleur noir, c'était à l'enterrement de Franz. Aujourd'hui, je flottais un peu dedans, mais cela n'avait guère d'importance.

Dès mon arrivée, le chef de rayon, lui aussi vêtu de sombre, me précisa qu'il ne voulait pas partir trop tôt afin que nous ne soyons pas obligés d'attendre au funérarium.

— Cela ne vous dérange pas de la remettre vous-même à Mme Otten ? hasarda-t-il en me tendant l'enveloppe contenant la somme que nous avions collectée. Ça me met mal à l'aise.

Je la fourrai dans mon sac, avec l'intention de la donner à Hedwig dès que nous serions seules.

En la voyant, je n'eus cependant plus aucune envie de me retrouver seule avec elle. Je faillis ne pas la reconnaître. Pendant ces quelques jours, elle avait dû perdre une dizaine de kilos. Elle avait le regard vide, les joues caves et le visage terreux, marqué de plaques rouges. Un homme que je pris d'abord pour son frère la tenait par le bras.

Plusieurs rangées de chaises étaient disposées dans la salle, de part et d'autre du cercueil. Mais comme Hedwig restait dehors, personne n'osait entrer. Je fus étonnée de constater qu'il n'y avait aucun enfant dans l'assemblée. À l'époque, lorsque ma petite camarade avait eu son accident, la classe entière s'était déplacée au cimetière. Et nous avions pleuré à chaudes larmes.

Tout paraissait si triste : la décoration des lieux, les bougies, les couronnes... Les beaux-parents d'Hedwig étaient venus; ils avaient l'air bouleversés. Son ex-mari, en revanche, ne semblait pas avoir jugé bon de faire le déplacement. Ce n'est que plus tard que j'appris qu'il était en cure de désintoxication. De la famille d'Hedwig, seule sa mère était présente. Son père était décédé quelques années auparavant. Quant à son frère, il avait récemment trouvé la mort dans un accident de moto. L'homme qui se tenait à ses côtés était en fait un policier.

Alors que je m'avançais pour déposer mon bouquet, Hedwig m'aperçut et se précipita à mon cou en sanglotant. Son accompagnateur la détacha de moi avec douceur et l'attira contre lui. Puis il m'adressa un signe de tête indiquant qu'il maîtrisait la situation. J'étais pétrifiée. Mon patron s'approcha, me prit mes fleurs des mains et alla les mettre avec les siennes au milieu des autres.

J'avais l'impression d'être revenue six ans en arrière : comme à l'enterrement de Franz, je n'arrivais plus à me détourner du cercueil. Soudain, je crus y voir Nadine, allongée sur la surface molletonnée, les yeux écarquillés, qui m'implorait du regard. Un regard qui me fit aussitôt penser à celui de Denise, dimanche dernier, après sa chute de la balançoire, tandis que M. Genardy la relevait. Puis les visions se succédèrent à toute allure : Nicole, dans le cercueil, un ver de terre sur la joue, en train d'appeler au secours; moi, fuyant le long de la voie ferrée, impuissante; Franz penché sur la table à langer, un sourire cruel au coin des lèvres; le carrefour, près de chez moi, les crissements de pneus, les insultes; et toujours ce cri, suraigu, déchirant, qui n'en finissait plus...

— Allons, madame Pelzer, reprenez-vous.

Si le chef de rayon n'avait pas été là pour me soutenir, je me serais sans doute évanouie. Le contact de ses bras autour de ma taille me fit redescendre sur terre et, peu à peu, les paroles du prêtre me parvinrent. La volonté de Dieu? Foutaises! Ce drame était le produit d'un esprit malade, point final!

Oh, Seigneur, cela m'avait fait si mal quand il m'avait pénétrée la première fois! La douleur avait persisté toute la nuit. Nuit de noces, sang sur les draps, douleur... « *Assez, petite garce. Tais-toi!* » Non, ce n'était pas Franz qui avait prononcé ces mots. C'était l'autre. Je le savais. La pauvre fillette, là, dans son cercueil, m'avait tout raconté : un coup de poing dans la figure, la sensation de suffoquer, et puis plus rien...

À cet instant, j'eus le sentiment que quelqu'un m'observait. La brûlure de son regard irradiait dans tout mon corps. Mais ce ne pouvait pas être Franz. Franz était mort, il avait foncé dans un arbre. Peut-être exprès, d'ailleurs, pour éviter qu'un enfant finisse un jour dans un cercueil par sa faute. C'était un inconnu dont les yeux me transperçaient. Un homme persuadé d'être intouchable. Un innocent était sous les verrous à sa place; désormais, il ne risquait plus rien, il pouvait continuer, se chercher un nouveau jouet. À moins qu'il en ait déjà retrouvé un. Voire plusieurs...

Pourquoi cet étudiant l'aurait-il violée ? S'il craignait qu'elle ne le trahisse, l'étrangler aurait amplement suffi. Le monstre rôdait dans les parages, j'en avais la conviction. Mais lui aussi avait peur, presque autant que moi. Peur de son oncle. C'était un enfant, enfermé dans le château de son oncle. Prisonnier d'un univers de démence.

16

Nous nous retrouvâmes tous chez Hedwig, assis autour d'une table. Une maigre collation avait été servie. Quant à moi, j'étais toujours ailleurs, penchée sur le cercueil, en train d'écouter le récit de la fillette. Selon elle, la Mort portait une cape noire, avec une capuche...

Au bout d'une demi-heure, le chef de rayon annonça qu'il devait partir. Il se pencha vers moi et je compris vaguement qu'il me disait de prendre mon après-midi car je n'étais pas en état de travailler. Il me suggéra de rentrer en taxi. Sinon, je risquais de rater mon arrêt de bus. Mais n'avais-je pas déjà tout raté dans ma vie, de toute façon ?

J'acquiesçai mollement pour ne pas le contrarier. Faute de pouvoir me payer un taxi, je rentrerais à pied. Je marchais toujours très vite. S'il le fallait, j'étais même capable de courir, voire d'escalader une échelle et de passer par le balcon... S'il le fallait, j'étais capable d'un tas de choses. Y compris d'aller travailler. Il suffisait de prendre mon grand couteau et de trancher le fromage. Ou une gorge. Ce n'était guère plus difficile...

Le policier promit de veiller sur moi. Il était très attentionné. Puis Hedwig me fit signe de la suivre. Elle tenait à me montrer la chambre de sa fille. En traversant le couloir, je me rappelai que je devais lui remettre l'enveloppe et aussi lui demander si elle serait disposée à rencontrer Hans Werner Dettov. Un type sympa, qui ne voulait pas la brusquer. D'ailleurs, personne ne voulait brusquer personne. À part peut-être M. Genardy...

— Il n'y a qu'à toi que je puisse dire ça, Sigrid, souffla Hedwig en s'asseyant sur le lit de Nadine. Toi seule peux me comprendre. Chaque nuit, elle vient me voir pour me demander pourquoi je n'étais pas là quand il l'a agressée. C'est horrible ! Je me sens si coupable.

Ne sachant que répondre, je la serrai contre moi et l'aidai à retourner au salon où, une fois de plus, le policier prit le relais. Entre-temps, la mère d'Hedwig m'avait appris qu'il appartenait à la brigade criminelle. Mais elle avait précisé qu'il était là à titre privé. Bien qu'ayant été déchargé de l'enquête, il venait souvent rendre visite à sa fille. C'était lui qui avait fait en sorte qu'il n'y ait pas d'enfants à l'enterrement. Hedwig ne supportait plus les enfants. D'après lui, on ne pouvait pas grand-chose pour elle ; l'essentiel était de la garder à l'œil pour s'assurer qu'elle ne fasse pas de bêtises et qu'elle s'alimente un minimum.

C'était vraiment un homme charmant. Il insista pour me raccompagner jusque chez moi et, en chemin, me posa de nombreuses questions. Après m'avoir interrogée sur mes rapports avec Hedwig, il me demanda à quoi j'avais pensé au funérarium.

— Oh, à rien, répondis-je. Vous savez, j'ai une fille, moi aussi. Et moi aussi, je l'élève seule. Avant, tout allait bien : j'avais une locataire adorable qui s'occupait d'elle. Mais elle m'a quittée il y a quelques jours et maintenant j'ai peur.

— Je comprends, fit-il.

— Je ne pense pas que vous puissiez comprendre. Moi-même, d'ailleurs, ça me laisse perplexe. Ma situation n'est pas comparable avec celle d'Hedwig : je suis bien entourée et je n'ai aucune raison de m'inquiéter. Pourtant je ne parviens pas à m'en empêcher. Pour tout vous dire, je fais des rêves prémonitoires, et je crois que c'est cela qui m'angoisse. Je rêve d'une pendule qui s'arrête. Et chaque fois, trois jours plus tard, quelqu'un meurt. Ça dure depuis mon enfance.

J'avais cru qu'après avoir entendu cela, il me laisserait tranquille. Mais il ne broncha pas et se contenta de répéter :

— Je comprends.

— Vous êtes bien le seul, rétorquai-je, non sans une certaine irritation. Dans ce cas, vous pouvez peut-être m'expliquer comment il est possible que j'aie fait ce cauchemar il y a quinze jours sans que rien ne se passe.

— Vous oubliez Nadine.

— Je la connaissais à peine. Or, jusqu'à présent, il ne s'est agi que de personnes de mon entourage immédiat. Et puis, elle a été tuée le jeudi alors que cela aurait dû se passer le dimanche.

— Si j'en crois Hedwig, il y a aussi eu des gens qui vous étaient moins proches. Il faut que vous sachiez qu'elle s'en veut de s'être moquée de vous à ce sujet. Elle en est même venue à se demander si ce n'est pas à cause de cela que vous ne l'avez pas mise en garde.

— J'en avais l'intention, figurez-vous. Mais il était déjà trop tard.

— Vous arrive-t-il également d'avoir des visions

dont vous vous dites qu'elles pourraient avoir un sens ?

— Ça m'arrive, en effet.

Quoiqu'il n'y eût aucune moquerie dans ses propos, le fait de me dévoiler ainsi devant cet étranger commençait à me mettre mal à l'aise. Il hocha lentement la tête, puis reprit :

— Et tout à l'heure, au funérarium, vous en avez eu ?

— Oh, je vous vois venir. Mais rassurez-vous : je ne suis pas comme ces illuminés qui vont trouver la police pour lui donner des conseils. Je ne suis pas voyante, je ne prédis pas l'avenir. J'ai juste parfois du mal à garder mon sang-froid.

— Moi aussi. Mais dans ces moments-là, je ne me mets pas à parler tout seul et je ne cherche pas à frapper mes voisins.

Je ne comprenais plus rien à ce qu'il me racontait.

— Vous ne vous souvenez pas de ce que vous avez répondu à votre patron lorsqu'il vous a demandé de vous ressaisir ? s'enquit-il avec un large sourire.

— Mais je ne lui ai rien dit du tout !

— Si, madame Pelzer. Je vous assure. J'étais à côté. Vous avez dit à haute et intelligible voix : « *Assez, petite garce. Tais-toi !* » Et puis encore autre chose que je n'ai pas bien saisi. Il était question de votre fille et d'un homme qu'elle appelait tonton. Un homme qui voulait s'en prendre à elle et dont vous sembliez avoir une peur panique.

Troisième partie

1

Le policier s'appelait Beer. Wolfgang Beer. Il avait l'air très opiniâtre. Lorsque nous arrivâmes devant chez moi, il se gara et insista pour m'accompagner jusqu'à la porte.

— Allez, fit-il, accordez-moi encore un petit quart d'heure. Vous m'offrez un café ?

Il devait avoir la quarantaine, comme Günther. Mais il était un peu moins grand, plus enveloppé, et avait les cheveux clairsemés.

— Va pour le café.

La maison était silencieuse ; on se serait cru dans une morgue. À la réflexion, je n'étais pas mécontente qu'il se soit imposé. Sur la fin du trajet, je lui avais dit que Nicole appelait les hommes qu'elle connaissait par leur prénom et les autres par leur nom de famille. À ma connaissance, elle ne disait tonton à personne. J'avais également précisé qu'il n'y avait pas, dans mon entourage, d'homme qui me fasse peur. Si j'avais été tout à fait sincère, j'aurais dû ajouter qu'il n'y en avait plus, depuis que Franz était mort.

Quant à M. Genardy, il ne me faisait pas vraiment peur. Je le trouvais juste parfois un peu inquiétant. Mais il n'y était pour rien, c'était ma faute. D'ailleurs, cela n'arrivait que dans les moments où j'étais déjà très perturbée. Quoi qu'il en soit, je ne jugeai pas nécessaire d'aborder le sujet.

J'avais raconté à Wolfgang Beer que Günther, « mon ami », m'avait parlé des clapiers qui se trouvaient dans le jardin où l'on avait découvert le corps et que, depuis, je voyais des lapins partout. Une fois de plus, mon imagination me jouait des tours. J'avais hérité ce travers de ma grand-mère. C'était ma croix...

À peine eus-je ouvert la porte d'entrée que je recommençai à me sentir mal. Je me rendis à la cuisine d'un pas mal assuré et versai maladroitement de l'eau dans la cafetière.

— Je ne voudrais surtout pas que notre conversation vous mette mal à l'aise, me lança Wolfgang Beer depuis le salon. Sachez que je vous prends au sérieux et que ce que vous dites m'intéresse.

La cafetière se mit à gargouiller et j'observai le breuvage noirâtre s'écouler goutte à goutte.

— Pourquoi ne vous en tenez-vous vous pas à l'étudiant? demandai-je. Vous n'avez pas assez de charges contre lui, c'est ça?

— Ah, je vois. C'est votre ami qui a dû vous mettre ça dans la tête. La presse s'imagine toujours en savoir plus que tout le monde.

À l'évidence, il préférait éluder la question.

— Étiez-vous au courant que Nadine harcelait sa mère pour avoir un lapin? reprit-il. Comme vous vous en doutez, Hedwig s'en veut à mort de ne pas lui en avoir acheté un. À propos, ce serait bien si vous pouviez lui consacrer un peu de temps. Elle a besoin qu'on s'occupe d'elle, vous savez. Seriez-vous libre dimanche après-midi?

J'acquiesçai en silence.

— En tout cas moi, à sa place, j'aurais récupéré ces fameux comprimés, murmurai-je. Et aussi les cinquante marks.

— C'est vrai, moi aussi. D'un autre côté, j'ai cru comprendre que l'on n'agissait pas de manière très rationnelle sous l'emprise de la drogue.

— Il en avait pris ?

— Je l'ignore. Mais c'est probable.

Lorsque le café fut prêt, nous nous installâmes au salon. Tandis que je disposais les tasses, le lait et le sucre sur la table, j'entendis une voiture s'arrêter devant la maison. Pendant quelques instants, le moteur tourna au ralenti, puis la porte du garage s'ouvrit. Aussitôt, j'eus l'impression de manquer d'air. Comme si l'on m'avait mis un sac en plastique sur la tête.

— Votre ami ? s'enquit Wolfgang Beer.

— Non. Mon nouveau locataire.

Ainsi, il était revenu. Mais c'était son droit le plus strict. De même qu'il avait tout à fait le droit de déserter son appartement pendant trois jours, si ça le chantait. Cela ne me regardait pas.

— Voulez-vous que je vous le présente ? Il s'appelle Genardy. Josef Genardy.

Ce nom aurait dû susciter une réaction chez mon interlocuteur. Il aurait dû se lever d'un bond, se précipiter sur M. Genardy et lui passer les menottes. Du moins, c'était ce que j'avais espéré. Mais il n'en fit rien.

— Une autre fois, peut-être, répondit-il. En revanche, je serais ravi de rencontrer votre ami. Si ça se trouve, je le connais. Rappelez-moi son nom.

— Schrade. Günther Schrade.

— Non, ça ne me dit rien... Mais revenons-en à nos

moutons. Si vous me disiez ce que vous avez ressenti à l'enterrement ? J'ai bien compris qu'il n'y avait pas de tonton. Mais qu'avez-vous donc vu de si terrible ?

Un point pour toi, Wolfgang Beer : tu as un excellent sens de l'observation. Mais si tu veux ta médaille, il faut que tu ailles demander des comptes à M. Genardy. Allez, vas-y ! Sinon je crois que je vais définitivement perdre la raison. Ce type est comme Franz, j'en suis convaincue. Je le sens. Et mes intuitions ne me trompent jamais. D'ailleurs, c'est à peu près ma seule qualité... Voilà pourquoi l'homme en noir est venu. Pour m'annoncer l'arrivée de la mort. Tu comprends, Wolfgang Beer ? Il annonce la mort. J'ai introduit la Mort dans ma maison. Maintenant, monte vite et emmène-le !

— Vous n'avez aucune preuve contre l'étudiant, c'est ça ? m'enquis-je de nouveau, étonnée de ma propre audace. Si la police en est réduite à se fier à mes élucubrations, j'avoue que cela m'inquiète un peu. Vous avez l'air de croire que le vrai meurtrier m'est apparu tout à l'heure devant le cercueil ? Eh bien, je vais être obligée de vous décevoir : en fait, il était derrière moi mais je n'ai pas eu le courage de me retourner.

— C'est tout de même un bon début. Le problème, c'est qu'il n'y avait personne derrière vous. Continuez, je vous écoute.

— Je n'ai rien d'autre à dire.

Soudain, je repensai à la description que Nadine m'avait faite de la Mort. Elle portait une parka noire avec une capuche. Bon sang, mais bien sûr : Franz en possédait une, lui aussi ! Il la mettait toujours en hiver pour aller travailler... J'eus une brusque montée d'adrénaline. C'était lui ! Depuis le début, il n'était question que de lui ! Je me revis lors de son enterrement, déposant une pelletée de terre sur sa tombe. Puis une autre, et encore une autre... jusqu'à ce que son visage débonnaire disparaisse enfin de ma vue. Mais Franz n'était pas seul ; tant d'autres hommes d'apparence anodine étaient en réalité des monstres.

Wolfgang Beer ne me quittait pas des yeux. Il me scrutait comme un entomologiste.

— Depuis quand avez-vous ce genre de visions ?

Ainsi, je m'étais donc trompée : il n'y avait personne derrière moi. Néanmoins, je savais qu'il était là, tout près, à portée de main... *Mon Dieu ! Jamais je ne pourrai supporter cette pression. Je ne suis pas assez forte. En fait, je ne suis même pas vraiment une adulte. D'ailleurs, mon tailleur est beaucoup trop grand pour moi. Je suis un peu comme un enfant qui se serait barbouillé de rouge à lèvres pour imiter sa maman. Non, regardez : ce n'est pas du rouge à lèvres ! C'est une matière un peu visqueuse qui ressemble à l'écume d'un cheval. Cheval. Pull à tête de cheval... Le ver de terre m'a craché dessus ! Quelqu'un est venu dans ma chambre...*

— Depuis toujours, répondis-je enfin. Mais c'est devenu plus fréquent ces derniers temps. Mercredi soir, par exemple, je me trouvais chez ma sœur. Tout à coup, je me suis inquiétée parce que je n'avais pas prévenu ma fille que je sortais. Et alors...

De fil en aiguille, je lui racontai tout : ma relation avec Franz, mes souvenirs, mes angoisses... Il m'écouta avec la plus grande attention, sans toutefois prendre de notes comme on aurait pu s'y attendre de la part d'un policier.

— Très bien, soupira-t-il lorsque j'eus terminé. Évidemment, ça change tout. Je suis navré de vous avoir poussée dans vos retranchements. Mais je ne pouvais pas me douter que... Figurez-vous que je connais quelqu'un qui a parfois des sortes de... comment appelle-t-on cela, déjà ? Des bouffées délirantes, je crois. Alors j'ai cru que... Enfin, vous voyez ce que je veux dire.

Gêné, il vida sa tasse d'un trait et se leva. Je le raccompagnai jusqu'à sa voiture. Juste avant de démarrer, il me lança :

— Une dernière chose, avant que je n'oublie : si vous rendez visite à Hedwig ce week-end, il vaudrait mieux que vous y alliez seule. Je crains que ce ne soit pas une bonne idée d'emmener votre fille.

2

Je restai de longues minutes sur le trottoir, interdite. *Regarde ce que tu as fait, Franz ! À cause de toi, je vois le mal partout. Même les gens tout à fait inoffensifs me semblent suspects.* En retournant vers la maison, j'aperçus M. Genardy à sa fenêtre. Mais cette fois, sa présence, loin de m'inquiéter, me réconforta. Grâce à lui, j'avais l'illusion de ne pas être seule. C'était exactement ce dont j'avais besoin en ce moment, et je lui en fus reconnaissante. L'instant d'après, je tombai sur lui dans l'entrée.

— Excusez-moi, commença-t-il. Je ne voulais pas être indiscret. J'ignorais que vous aviez de la visite.

Tout en prononçant ces mots, il me dévisagea des pieds à la tête. Visiblement, il était décontenancé de me voir habillée tout en noir. Sans parler de ma mine qui devait être pour le moins sinistre.

— Vous êtes en deuil ? s'enquit-il avec un sourire plein de retenue.

— Oui, c'est la fille d'une de mes collègues. Elle avait onze ans. Violée et étranglée. On a retrouvé son corps il y a une semaine et elle a été enterrée aujourd'hui.

M. Genardy pâlit. Puis il se mit à secouer tête, comme s'il ne parvenait pas à y croire.

— Ce n'est pas possible, murmura-t-il.

Après avoir observé un nouveau silence, il ajouta :

— Dans ce cas, je vais m'abstenir de vous importuner avec des futilités.

— Je préfère encore les futilités aux questions idiotes.

— Je vous ai posé des questions idiotes ?

— Oh non, pas vous ! Une connaissance de ma collègue. Mais c'était peut-être de la déformation professionnelle. Il est policier. C'est lui qui m'a ramenée et...

N'ayant aucune envie de m'étendre sur le sujet, je laissai ma phrase en suspens. M. Genardy me faisait face, le regard empreint d'une profonde sollicitude. Comme mon père, lorsqu'il venait s'asseoir à mon chevet : « *Allez, Siggi, dis-moi ce qui s'est passé. Tu t'es encore disputée avec maman ?* » C'est alors que je lui dis tout. Absolument tout. L'homme en noir, la pendule, la voix de la petite Nadine au funérarium...

— Si nous passions au salon ? suggérai-je au bout d'un moment. Vous voulez du café ? Je crois qu'il m'en reste de tout à l'heure.

— Volontiers.

Puis il me laissa reprendre le fil de mon récit et m'écouta avec attention.

— Ma pauvre, mais ce doit être terrible d'avoir de telles visions, fit-il une fois que j'eus terminé. Vous devriez consulter un médecin.

Dès qu'il fut remonté dans son appartement, j'eus le sentiment d'avoir commis une grave erreur. Si je m'étais écoutée, je l'aurais rejoint sur-le-champ pour lui demander d'oublier toutes ces inepties. Je lui aurais juré qu'il n'y avait pas un mot de vrai dans ce que je venais de lui raconter, que je n'avais rien trouvé de mieux pour me rendre intéressante. Que je m'étais sentie brimée par ma mère, étant jeune, et que c'est pour cela que j'avais inventé ce rêve de toutes pièces. Que cela avait d'ailleurs fonctionné puisque j'avais réussi à l'impressionner.

Soudain, je perçus du bruit au-dessus de ma tête. M. Genardy faisait les cent pas. Manifestement, ma confession l'avait perturbé. Qu'allait-il donc penser de moi ? « Consulter un médecin »... Ça voulait tout dire : il me prenait pour une folle. Et avec une folle, il faut prendre des précautions. On ne sait jamais ce qui peut lui passer par la tête. Elle risque de vous confondre avec quelqu'un d'autre et de vous fracasser un vase sur la tête. « Consulter un médecin », c'était la meilleure !

Et de quoi allais-je bien pouvoir parler à Hedwig ? Étais-je seulement en état de l'écouter ? Sur un plan pratique, Dieu merci, cela ne posait pas de problème : Günther me déposerait à Cologne en allant travailler et je rentrerais par mes propres moyens. De toute façon, Nicole avait prévu d'aller chez les Kolling. Mais discuter avec elle, ça, c'était une autre paire de manches. Si elle s'avisait d'évoquer le souvenir de Nadine, je risquais fort de partir en courant.

Très vite, je n'y tins plus : ces bruits de pas et le malaise qu'ils traduisaient me tapaient sur le système ; on aurait dit le supplice de la goutte d'eau. Je me changeai et me rendis au cimetière. Là, j'implorai longuement le pardon de Franz, l'assurant que je le comprenais, que ce n'était pas sa faute, qu'il était difficile de lutter contre ses pulsions.

Je revins vers 18 heures, suivie de peu par Nicole. L'ayant entendue rentrer dans sa chambre sans passer par le salon, je me souvins que nous étions jeudi. Et le jeudi, je rentrais d'ordinaire fort tard. Elle ne pouvait donc pas savoir que j'étais là. Comme je m'apprêtais à manifester ma présence, je l'aperçus qui montait à l'étage. Elle frappa à la porte. Par réflexe, je refermai la mienne.

— Monsieur Genardy ?

Il n'y eut pas de réponse. Pas le moindre bruit. Il avait dû repartir sans que je m'en rende compte. Nicole dévala les escaliers et sortit. Je me précipitai à sa suite.

En m'entendant l'appeler, elle se retourna :

— Maman ? Je savais pas que tu étais déjà rentrée !

Dans une main, elle tenait sa poupée Barbie, dans l'autre, sa petite valise à jouets. Elle vint à ma rencontre et se planta devant moi, l'air étonné.

— Qu'est-ce que tu fais là ? demandai-je.

— Je suis juste passée prendre mes affaires, bredouilla-t-elle en fuyant mon regard. J'avais pas l'intention de rester, je t'assure. Je dois être de retour chez tante Anke à 19 heures pour le dîner. J'ai proposé à Denise de m'accompagner mais elle a pas voulu. Je sais pas ce qu'elle a, en ce moment. Elle est toute bizarre.

— Et qu'est-ce que tu lui voulais, à M. Genardy ?

— Il est pas là.

— Ce n'est pas ce que je t'ai demandé.

— Mamie m'a dit de voir s'il était revenu, soupira-t-elle. Je devais déjà le faire hier mais j'avais pas envie. Bon, je peux y aller, maintenant ?

Malgré ma colère, j'étais soulagée d'apprendre qu'elle n'était pas venue de sa propre initiative.

— Vas-y. Mais je veux que tu sois rentrée à sept heures et demie. On mangera ensemble.

— Mais mon cartable est resté chez tante Anke et elle m'attend pour dîner !

— Ne t'inquiète pas. Je passerai le prendre.

— D'accord. À tout à l'heure.

Sur ce, elle tourna les talons et s'éloigna en mimant un jeu de marelle sur le trottoir.

Une demi-heure plus tard, j'étais chez Anke. Ma mère était en train de faire la lecture à Mara : « *Maman ours, papa ours et petit ours vivaient dans une grande forêt...* » Dès que je la vis, je laissai libre cours à mon exaspération.

— J'aimerais que tu cesses d'envoyer ma fille espionner qui tu sais à ta place. Je te signale au passage que tu peux aussi me poser la question à moi. Pour ta gouverne, sache qu'il a fait une apparition vers 17 heures avant de retourner vaquer à ses occupations.

Feignant de n'avoir rien entendu, ma mère pointa le doigt sur le livre et interrogea Mara :

— Et ça, c'est qui ?

— Euh..., fit la petite en fourrant son pouce dans sa bouche.

Ma sœur, qui s'était jusqu'alors contentée d'afficher un sourire ironique, se rembrunit :

— Tu n'es pas allée travailler ?

Je secouai la tête.

— Alors, comment c'était ?

— Horrible.

Ne voulant pas m'attarder, je pris le cartable de Nicole et me dirigeai vers la porte. Anke me rejoignit en se tenant le ventre.

— Tu peux pas savoir ce que ça me tire, gémit-elle. Le docteur m'a dit que c'étaient les signes avant-coureurs du travail. Je ne sais pas trop quoi en penser.

— Tu ferais peut-être bien de préparer ton sac.

Tout allait pour le mieux dans le meilleur des mondes, songeai-je sur le chemin du retour : Nicole passait ses journées à jouer à la poupée Barbie, ma sœur allait bientôt accoucher et ma mère s'occupait de sa petite-fille préférée... Sauf erreur de ma part, ma tirade lui avait tout de même fait piquer un fard.

3

Le vendredi, j'appelai Günther. Je lui racontai l'enterrement et lui parlai de Wolfgang Beer, le policier qui avait si gentiment pris soin d'Hedwig avant de me raccompagner chez moi. En revanche, je ne lui livrai pas la teneur de notre conversation et m'abstins de mentionner ma rencontre avec M. Genardy.

Le lendemain soir, Günther vint me chercher au magasin. Après avoir dîné et couché Nicole, nous prîmes une douche ensemble. Puis nous nous couchâmes.

M. Genardy était en haut. En rentrant, nous l'avions trouvé une fois de plus en train de nettoyer sa voiture. Il nous avait salués avec une politesse excessive dans laquelle j'avais cru déceler une certaine défiance. Pour une raison qui m'échappait, il semblait inquiet, sur la défensive, et je n'avais pu m'empêcher de repenser à ma mère qui, pour surmonter ses propres angoisses, s'était montrée violente à mon endroit.

Günther passa la nuit avec moi. Au réveil, Nicole lui demanda d'un ton sec s'il comptait en faire une habitude.

— Ça te pose un problème ?

— Non, je m'en fiche, répliqua-t-elle en haussant les épaules.

Quelques minutes plus tard, tout était rentré dans l'ordre : ma fille et mon amant jouaient paisiblement ensemble aux échecs. Pour le déjeuner, j'avais acheté un filet de bœuf et du chou-fleur. Bien que la viande fût en promotion, cela n'était pas donné. Mais je n'étais plus à quelques marks près...

En début d'après-midi, ma mère fit son apparition. Elle était dans tous ses états. Pour une fois, elle avait assis Mara dans sa poussette pour aller plus vite. À peine arrivée, elle nous informa qu'Anke était à l'hôpital depuis plusieurs heures. D'après Norbert, qui venait de l'appeler, il risquait d'y en avoir encore pour un bon bout de temps.

— Vous vous rendez compte? Ils lui ont fait des piqûres pour stopper les contractions! vitupéra-t-elle. Très clairement, ils sont prêts à tout pour repousser ça à demain. Les naissances le dimanche, ça dérange leur petit confort, c'est bien connu. Et après, on s'étonne que les enfants aient des malformations!

Elle était écarlate, si excitée qu'elle en bafouillait. Si cela n'avait tenu qu'à elle, elle se serait précipitée à la maternité pour dire sa façon de penser aux médecins. Au besoin, elle aurait même été prête à faire accoucher sa fille elle-même.

— Auriez-vous l'amabilité de me déposer à l'hôpital? demanda-t-elle à Günther.

Sans attendre sa réponse, elle ajouta :

— Sigrid, je te confie Mara. Je ne peux pas l'emmener avec moi.

— C'est impossible, rétorquai-je. Günther doit me conduire à Chorweiler, chez Hedwig. Nous partons dans un quart d'heure.

L'espace d'un instant, je crus que ma mère était au

bord de l'apoplexie. Puis elle se ressaisit et éleva le ton de quelques décibels :

— Tu ne peux pas y aller un autre jour, non ? Pour Anke, c'est aujourd'hui ou jamais. Norbert est un faible. Il est incapable de leur faire entendre raison !

Un sourire amusé au coin des lèvres, Günther s'affala sur le canapé et alluma une cigarette.

— Eh bien soit, vas-y, si ça te chante, soupira ma mère. De toute façon, c'est plus ou moins sur votre chemin. Vous n'aurez qu'à me laisser là où ça vous arrange. Tu pourras dire à ta collègue que je suis vraiment navrée de ce qui est arrivé à sa fille.

— Et Mara ? Je ne peux pas la prendre avec moi. Je ne vais tout de même pas me pointer avec un enfant chez une femme qui vient de perdre le sien.

— Mais enfin, qu'est-ce que c'est que cette histoire ? Je constate qu'une fois de plus, tes amis passent avant ta famille. S'il s'agissait de moi, encore, ce ne serait pas grave, j'ai l'habitude. Mais ta sœur ! Elle ne t'a pas aidée, à l'époque, quand tu allais si mal ? Et aujourd'hui, qui s'occupe de Nicole à longueur de journée, hein ? Quant à toi, qu'as-tu fait pour elle ? Rien ! Jamais ! C'est vraiment trop te demander que de garder Mara pendant quelques heures ?

Alors qu'elle reprenait son souffle, nous entendîmes frapper à la porte. M. Genardy entra, s'efforçant visiblement de compenser le caractère embarrassant de la situation par une mine calme et sereine.

— Je suis désolé de vous déranger, dit-il d'une voix posée. J'ai surpris votre conversation. Bien malgré moi, vous vous en doutez. Puis-je vous proposer mon aide, madame Roberts ?

Après m'avoir lancé un bref coup d'œil, il la gratifia d'un large sourire.

— J'étais moi-même sur le point de partir, reprit-il. L'hôpital est sur mon chemin et je me ferais une joie de veiller sur la petite. Cela ne me dérange pas du tout. De plus, ma belle-fille serait ravie que je vienne avec elle.

Le soulagement de ma mère illumina toute la pièce. Elle joignit les mains avec componction, comme si elle s'apprêtait à prier.

— C'est vraiment adorable de votre part. Je ne sais comment vous remercier !

— Cela ne me dérange pas du tout, répéta M. Genardy.

4

Je passai les deux première heures seule avec Hedwig. Ayant de sérieux problèmes de santé qui nécessitaient un suivi médical permanent, sa mère était repartie la veille. Quant à Günther, il n'était pas monté sous prétexte qu'il n'en avait pas le temps. Mais en réalité, je le soupçonnais de n'avoir pas voulu s'exposer à une situation désagréable. Wolfgang Beer, de son côté, avait été appelé en urgence sur une affaire de stupéfiants.

— Ses collègues n'ont pas encore réussi à obtenir d'aveux, m'informa Hedwig. Cette ordure a beau nier, il finira par craquer. Du moins, c'est ce que prétend Wolfgang. Dans le cas contraire, ils devront se contenter des éléments matériels dont ils disposent.

Hedwig s'exprimait sur un ton monocorde, comme un robot. Ses gestes aussi étaient empreints d'une raideur artificielle. Parfois, au beau milieu de la conversation, elle se figeait et restait de longues minutes muette, immobile, à fixer un point indéterminé sur le mur. On aurait dit ma grand-mère, à la fin de sa vie. Puis elle se prenait la tête entre les mains et murmurait : « *Où j'en étais, déjà ?* »

— Quels sont ces éléments matériels ? demandai-je, histoire de dire quelque chose.

— Qu'as-tu fait de la petite ? s'enquit Hedwig, qui n'avait pas dû enregistrer ma question.

— Elle est chez une copine.

— Ah, d'accord, très bien... Nadine, elle, n'a jamais eu de copines. Si je l'avais mise à la crèche, elle s'en serait peut-être fait, mais ma belle-mère estimait que c'était inutilement cher. Et après, à l'école, ça n'a pas pris. Elle a toujours eu des rapports bizarres avec les autres enfants. Elle n'était pas très sociable.

Sans crier gare, Hedwig se leva et se dirigea vers la cuisine.

— Je suppose que tu veux du café ?

J'acquiesçai mais elle s'arrêta à la porte et ne bougea plus.

— Il faut que je te montre quelque chose, murmura-t-elle, les yeux perdus dans le vide. Wolfgang l'a déjà vu. Tu le connais, non, Wolfgang ? Il va venir bientôt, il me l'a promis. Vers six heures. Tu peux rester jusque-là ? Seigneur, je n'en peux plus d'être ici. Je ne pourrais pas venir m'installer chez toi ? Mme Humperts est partie, il me semble...

— Tu voulais me montrer quelque chose, répondis-je avec calme.

Allons, Sigrid, détends-toi. Va la voir. Prends-la dans tes bras, console-la. C'est au-dessus de tes forces, c'est ça ? Pourtant tu es une grande fille.

Je dus me faire violence, mais je finis par la rejoindre et la serrai contre moi. Décidément, j'étais sur la bonne voie...

Dire que ce jour allait être un anniversaire ! Anke était persuadée que c'était un garçon. D'après elle, on le distinguait fort bien à l'échographie. Pour ma part, je n'avais rien vu ; sans doute fallait-il avoir l'œil exercé, comme pour relever des indices. Ainsi donc, les enquêteurs étaient convaincus de détenir le coupable. Et s'il n'avouait pas, les charges matérielles suffiraient...

Indice : signe apparent qui indique avec probabilité ; preuve : ce qui sert à établir qu'une chose est vraie. J'avais consulté le dictionnaire. Néanmoins, j'aurais préféré qu'il y ait un témoin fiable, quelqu'un qui ait vu l'étudiant emmener la fillette sur le lieu du crime. À l'évidence, les policiers aussi auraient préféré que ce fût ainsi...

Et ma mère, que faisait-elle en ce moment ? Était-elle en train d'apprendre leur métier aux médecins, de s'en prendre aux infirmières ou aux sages-femmes ? Quoi qu'il en soit, je n'étais pas peu fière d'avoir su lui tenir tête. Un signe de plus que j'étais en plein progrès. *Continue comme ça, Sigrid !*

Ayant senti un spasme secouer le dos d'Hedwig, je lui tapotai l'épaule.

— Alors, qu'est-ce que tu voulais me montrer ?

Hedwig releva la tête et je constatai que mon chemisier était trempé.

— C'est bien, fis-je, pleure, laisse-toi aller.

— Il faut que je prenne mon médicament. Ensuite, je me sentirai mieux et je pourrai te faire voir. Je suis tombée dessus en inspectant ses affaires. Je n'arrête pas d'inspecter ses affaires. Tiens, vendredi, j'ai trouvé une épingle de cravate. Mais je n'en ai pas encore parlé à Wolfgang. Elle a l'air d'avoir de la valeur, il y a un poinçon dessus. Et puis une pierre précieuse. C'est une vraie, j'en suis sûre. Sans doute un diamant. Elle était dans la vieille pantoufle qui est accrochée à sa fenêtre. Ça doit être pour cela qu'ils ne l'ont pas vue. En tout cas, je suis embêtée : je ne sais pas quoi en faire.

— Donne-la à Wolfgang. C'est peut-être un indice important.

Hedwig fit un pas en arrière et écarquilla les yeux.

— Ça va pas, non ! Pour qu'on aille raconter que c'était une voleuse ! D'ici à ce qu'on prétende que c'est à cause de ça qu'il l'a étranglée ! C'est d'ailleurs déjà plus ou moins le cas, puisqu'il affirme ne jamais lui avoir donné d'argent ni de drogue. Les comprimés qu'elle avait sur elle, c'est soi-disant une de ses copines qui les avait oubliés chez lui. Nadine les aurait pris. Ce qui n'est, paraît-il, pas étonnant puisqu'elle fouinait partout dès qu'il avait le dos tourné. Il a même déclaré s'être méfié d'elle dès le début.

Hedwig mit un long moment à se calmer et je dus répéter plusieurs fois ma question avant qu'elle me réponde :

— Et à part ça, donc, qu'as-tu découvert ?

— Des cahiers. Wolfgang voulait les prendre pour les remettre à ses collègues. Mais je m'y suis opposée : je tenais à ce que tu les voies d'abord. Je les lui donnerai demain.

Elle revint se blottir dans mes bras et sanglota :

— Je suis si contente que tu sois venue. Au début, quand je ne savais pas encore, c'était dur, mais pas à ce point. Bien sûr, je redoutais le pire, mais j'avais encore de l'espoir. Maintenant, c'est fini... Mais tu dois savoir ce que c'est. Tu as connu ça avec Franz. Lui aussi, il était tout pour toi.

Nous allâmes ensemble à la cuisine où je la regardai remplir un verre d'eau et sortir du placard une petite boîte verte et blanche. Du Lexomil. Après avoir avalé plusieurs comprimés, elle fit chauffer de l'eau.

— Je n'ai que du café soluble, expliqua-t-elle. J'espère que ça ne te dérange pas ? Je me suis dit que ça ne valait pas la peine de faire des frais pour moi toute seule.

Ce jour-là, Mara portait un pantalon vert et un body blanc. Les mêmes couleurs que l'emballage des médicaments... En ce moment, elle devait être en train de jouer dans une chambre d'enfant. Ou à l'extérieur, dans un jardin. Peut-être avait-elle même eu le droit de manger une boule de glace ou de boire un peu de limonade.

Ah, les glaces et la limonade ! De vrais pièges à enfants ! Comme le gruyère pour les souris. Il suffit d'en prendre un tout petit peu et on s'endort paisiblement. Et ensuite, on ne remarque même plus les vers de terre qui vous passent sur les jambes, le ventre et la bouche en vous crachant dessus.

D'un geste lent, Hedwig prit des tasses dans le placard. Elle paraissait engourdie, anesthésiée.

— Tes comprimés, là, on peut les dissoudre dans l'eau ? Ou dans la limonade ? demandai-je.

Mais non : dans le lait, idiote ! Demande si on peut les dissoudre dans le lait ! Il y en a plein la cave. N'importe qui y a accès. Pour peu qu'on ait une seringue, on n'a même pas besoin d'ouvrir le paquet. Nicole boit beaucoup de lait. Jeudi dernier, tu lui en as apporté au lit. Et le lendemain, elle a eu du mal à se réveiller. Elle a eu une mauvaise note en natation, alors que d'après Günther, elle nage comme un poisson... Mais enfin, Sigrid, arrête de fantasmer ! Tout va bien. Elle s'était couchée tard, voilà tout.

— J'en sais rien, fit Hedwig en haussant les épaules. Je n'ai jamais essayé. Moi, je les avale.

De toute façon, ce n'est pas Nicole le problème. Elle

est en sécurité chez Denise. M. Kolling est un homme tout à fait normal. Les enfants le laissent indifférent. À ses yeux, ils sont juste un élément perturbateur. Tout ce qu'il veut, c'est avoir la paix. Qu'ils le laissent tranquille.

M. Genardy, en revanche, il les adore. Surtout les petites filles, comme Franz. Mais lui, c'était un brave type, alors que ton locataire...

— Qu'est-ce qui se passe si un enfant en prend ? m'enquis-je.

— T'es malade ! C'est réservé aux adultes ! se récria Hedwig. Ça pourrait le tuer !

Seigneur, aidez-moi. Faites qu'il n'arrive rien. J'aurais dû emmener Mara avec moi. Ça n'aurait pas dérangé Hedwig ; elle est tellement plus petite que Nadine. Et moi, j'aurais été rassurée, je ne me serais pas imaginé des choses... Calme-toi, Sigrid, ne te remets pas à délirer !

Hedwig mit du café dans les tasses et versa l'eau.

— On peut retourner au salon, si tu veux, suggéra-t-elle. C'est plus confortable.

À peine m'étais-je assise dans le canapé que mon malaise redoubla d'intensité. J'avais l'impression d'avoir la poitrine en feu, de me consumer de l'intérieur. Trop d'imagination... L'héritage de ma grand-mère... Ma croix...

Hedwig était allée chercher les fameux cahiers et en avait ouvert un.

— Regarde, là : un zéro pointé et en dessous, quelqu'un a imité ma signature. Mais c'est une écriture d'adulte. Wolfgang est bien d'accord. C'est le meurtrier qui a fait ça pour se gagner ses faveurs. Tu ne crois pas ?

Les médicaments faisaient leur effet : d'une voix

posée, Hedwig me répéta ce que je savais déjà par Günther. L'étudiant s'embourbait dans ses explications, ne reconnaissant que ce que la police était en mesure de prouver, notamment grâce aux témoignages de ses voisins.

— J'aurais peut-être dû lui offrir un lapin, lâcha-t-elle dans un soupir. Mais je me suis dit qu'elle ne s'en occuperait pas et que ça me retomberait dessus. Elle n'était même pas capable de ranger sa chambre.

Comme je gardais le silence, Hedwig poursuivit : l'étudiant prétendait avoir donné deux cours de maths à sa fille avant de se rendre compte qu'elle ne pouvait pas le payer. Et ensuite, il avait soi-disant réalisé qu'on lui avait dérobé de l'argent. Nadine n'étant pas sa seule élève, il avait toutefois mis un certain temps à la soupçonner.

— Parfois, je me demande ce qu'il a dans la tête, murmura Hedwig, songeuse. Il doit quand même savoir qu'il ne s'en sortira jamais avec ses mensonges. On a retrouvé un stylo à bille chez lui dont le bout avait été mâchonné. Nadine le faisait tout le temps quand elle séchait sur ses devoirs. En soi, ça ne suffit pas à constituer une preuve, bien entendu, mais les enquêteurs ont identifié l'empreinte de ses dents ; elle s'en était cassé une en glissant dans la baignoire. En plus, le Bic en question appartenait à un lot que je venais de lui acheter. Confronté à ces nouveaux indices, l'étudiant a fini par admettre l'avoir reçue une dernière fois la semaine de sa mort. Mais il a prétendu ne pas se souvenir du jour. À propos, tu sais que cette ordure n'en est pas à son coup d'essai ? Il a déjà abusé d'une fillette, il y a quelques années. Mais il a été acquitté parce qu'elle a déclaré au tribunal qu'elle était consentante et qu'elle lui avait fait croire qu'elle avait seize ans. En tout cas, cette fois-ci, il ne s'en tirera pas. Ils vont faire venir un graphologue pour voir si l'écriture est bien la sienne.

Bien que consciente que la soudaine sérénité d'Hedwig était artificielle, je la sentis déteindre sur moi et, petit à petit, mes tourments s'apaisèrent. Tout allait bien ; on avait arrêté l'assassin et il n'allait plus tarder à avouer.

5

Peu après 17 heures, le téléphone sonna. Il était dans le couloir. Hedwig se leva pour aller répondre, puis m'appela. C'était ma mère. Malgré son évident soulagement, elle ne put se retenir de m'accueillir par une pique bien sentie :

— Je me suis dit que ça t'intéresserait peut-être.

Anke avait accouché d'un garçon. Par césarienne.

— Norbert et moi allons rester jusqu'à ce qu'elle ait regagné sa chambre, ajouta-t-elle. Ça risque de durer encore un moment. Et toi, tu comptes rentrer quand ?

Elle était convenue avec M. Genardy que ce dernier déposerait Mara chez elle.

— Je ne pouvais pas prévoir que ce serait si long, poursuivit-elle. Il faudrait que tu sois chez toi entre sept et huit heures. Comme ça, tu pourras le tenir au courant.

— Tu n'as pas son numéro ?

— Non. Figure-toi que j'avais autre chose à penser tout à l'heure. Le mieux, c'est que tu appelles les renseignements. Moi, il faut que j'y retourne.

— As-tu un annuaire ? demandai-je à Hedwig après avoir raccroché.

Constatant qu'elle était de nouveau plongée dans la lecture des cahiers de sa fille, je me mis à chercher et ne tardai pas à le trouver. G. Ga. Ge. Gen. Gena. Genast... pas de Genardy ! Maintenant je comprenais pourquoi ma mère m'avait dit d'appeler les renseignements : il y avait sûrement un annuaire à l'hôpital et elle avait dû faire la même expérience que moi... J'étais paralysée. La perspective de m'entendre dire qu'il n'existait pas d'abonné au nom de Genardy me terrifiait.

Eh oui, Sigrid, te voiler la face, ça tu sais faire ! Mais lorsqu'il s'agit d'affronter la réalité, il n'y a plus personne !

Mon cœur s'emballait. Pas de Genardy, ni sous le prénom Josef, ni sous aucun autre... Et Mara était avec lui ! Avant de succomber totalement à la panique, je trouvai l'énergie de composer le numéro de Günther.

— C'est Sigrid. J'ai besoin de ton aide. Il n'est pas dans l'annuaire.

Après quelques instants d'hésitation, il comprit :

— Qui ça ? Genardy ?

— Oui.

Silence. Hedwig me regardait d'un air inquisiteur.

— Je sais, lâcha-t-il.

Puis il m'expliqua qu'il avait vérifié dès lundi dernier, ayant jugé étrange que M. Genardy n'ait pas de photos de sa famille sur lui. Il s'était par ailleurs renseigné sur son fils et avait appris qu'il n'existait pas de photographe connu du même nom.

Nouveau silence... Hedwig me dévisageait sans comprendre, le cahier ouvert sur ses genoux. Je distinguais les lignes noircies d'une écriture maladroite et émaillées d'observations inscrites en rouge. Et en bas de la page, également en rouge, la signature : Hedwig Otten. Un assassin l'avait imitée. Soudain, je crus voir une main d'homme passer sur la feuille. Ce n'était plus un cahier d'écolier mais un contrat de bail...

— Si ça se trouve, il est sur liste rouge, fit Günther sans grande conviction. N'oublie pas qu'il travaille à la poste, ça doit être un service gratuit pour lui. Ou alors il n'a pas le téléphone. C'est bien ton cas, après tout. Quant à son fils, rien ne l'empêche d'avoir pris un nom d'artiste. Mais au fait, qu'est-ce que tu lui veux ?

C'est la meilleure ! Comme si tu ne le savais pas ! Il a Mara, bon sang ! Tu étais présent quand il l'a emmenée ! Peut-être la police s'est-elle trompée, peut-être a-t-elle arrêté la mauvaise personne ! Peut-être est-ce pour ça qu'il me rappelle tant Franz ! Peut-être, peut-être, peut-être... D'ailleurs, n'a-t-il pas manifesté un drôle d'empressement à s'occuper de Mara ? Dès le premier jour, il lui a peloté les jambes...

Incapable de poursuivre la conversation, je me contentai de raccrocher sans un mot.

— Il y a quelque chose qui ne va pas ? s'enquit Hedwig.

— Je l'ignore.

Le mieux était sans doute d'appeler la police sur-le-champ et de demander à parler à Wolfgang Beer. *Écoutez-moi bien, monsieur Beer. Vous avez arrêté un innocent. L'étudiant n'est pour rien dans cette affaire. Il est possible qu'il ait utilisé la fillette et qu'il l'ait même rémunérée pour cela. Mais il ne l'a pas tuée. Si j'en suis convaincue, c'est parce que je connais le vrai meurtrier. J'ai encore eu des visions. Je l'ai vu poser sa main sur les cahiers d'école de Nadine. Il s'agit de mon locataire. Il faut que vous le fassiez rechercher tout de suite. Il a une vieille voiture verte immatriculée à Cologne. Et il a enlevé ma nièce de deux ans.*

Violée et étranglée... Subitement, je ne fus plus sûre de rien. Décrocher le téléphone me paraissait soudain au-dessus de mes forces.

Jusqu'à l'arrivée de Wolfgang Beer, vers 18 heures, je racontai à Hedwig les images qui me hantaient. Loin de se montrer sceptique, elle abonda dans mon sens, ajoutant que, dorénavant, sa fille venait lui rendre visite chaque nuit.

— Pourtant je ne rêve pas, j'en suis sûre, précisa-t-elle. Elle s'assoit au pied de mon lit et me parle, pendant des heures. Jeudi dernier, je lui ai même suggéré d'aller te voir. Elle m'a répondu que c'était déjà fait et que tu ne pouvais rien pour elle, que toi aussi tu avais besoin d'aide.

C'était de la folie. De la folie caractérisée. Nous avions toutes deux perdu la tête, mais nous étions convaincues de ce que nous disions.

De mon côté, je ne cessais de me représenter Mara. Son pantalon vert en lambeaux, ses petites jambes pleines de sang, son visage poupin tuméfié et déformé par la douleur. Violée et étranglée...

— Tu crois que je devrais en parler à Wolfgang Beer ? demandai-je.

— Je ne sais pas, répondit Hedwig en haussant les épaules. En tout cas, il t'écoutera.

Certes, mais pour autant, je ne le voyais pas se précipiter sur le téléphone pour donner l'alerte. Prêter une oreille attentive aux élucubrations d'une femme un peu paumée était une chose, mais de là à se couvrir de ridicule...

Wolfgang Beer avait les yeux cernés. Il semblait fort las.

— Alors, comment te sens-tu ? l'entendis-je demander à Hedwig dans le couloir.

— Moi, ça va. C'est plutôt Sigrid qui m'inquiète.

Elle l'invita à s'asseoir et disparut dans la cuisine pour lui chercher une tasse.

— Vous avez eu de nouvelles visions, c'est ça ? fit-il après m'avoir saluée.

Il m'avait posé cette question à la manière d'un médecin se penchant sur un cas clinique. Mais à présent, je n'éprouvais plus le besoin de lui parler de Mara. Le professionnel qu'il était n'aurait pas manqué de me rétorquer : « *Ce sont des accusations très graves que vous portez là. Avez-vous des preuves de ce que vous avancez ?* » Aussi me contentai-je de secouer la tête.

N'y tenant plus, je ne tardai pas à prendre congé. Wolfgang Beer se proposa de me reconduire. Quoique peu désireuse de subir ses questions, je finis par accepter. Hedwig insista pour nous accompagner et j'en fus soulagée. Pourquoi diable ce flic s'intéressait-il tant à mes visions ? Dès lors que ses collègues paraissaient sûrs de leur fait, cela n'avait aucun sens.

Contre toute attente, Hedwig et Wolfgang Beer ne repartirent pas aussitôt. Je les laissai s'installer au salon et montai à l'étage. Mais M. Genardy n'était pas encore revenu.

Mes deux visiteurs se tenaient par la main. Manifestement, le courant passait bien entre eux. Drôle de couple, songeai-je, un policier et la mère d'une petite fille assassinée. Sans ce drame, ils ne se seraient jamais rencontrés.

Après avoir inspecté les lieux, Hedwig leva les yeux au plafond.

— Il fait la même superficie, l'appartement d'en haut ? demanda-t-elle.

J'acquiesçai.

— Et le loyer, c'est combien ?

— Un peu de patience, tu en trouveras un, intervint Wolfgang Beer avant que j'aie eu le temps de répondre. Celui-ci est déjà loué. À un certain M. Genardy, si mes souvenirs sont bons. Mais on dirait qu'il n'est pas là.

— Non, il est allé passer l'après-midi chez son fils, précisai-je.

— Ah, je vois. Et où habite-t-il, son fils ?

— À Cologne. Du moins, c'est ce qu'il prétend.

— Comment ça, « c'est ce qu'il prétend » ?

Wolfgang Beer me scruta d'un drôle d'air.

— Vous le connaissez ? Il y a un problème ? m'écriai-je.

— Non, je n'ai jamais entendu ce nom. Pourquoi ? Quel problème ?

— Oh, pour rien, c'est juste qu'il n'est pas dans l'annuaire.

— Tout le monde n'a pas le téléphone, vous êtes bien placée pour le savoir.

— C'est vrai, mais moi, c'est parce que je n'en ai pas les moyens.

— Si ça se trouve, M. Genardy est dans le même cas.

Puis il se tourna vers Hedwig et ajouta :

— Bon, je crois qu'il faut qu'on y aille.

Peu après leur départ, Nicole rentra et nous mangeâmes en nous entretenant de son cousin nouveau-né. Ces dernières semaines, Anke n'avait cessé de répéter qu'il serait très turbulent : « *Il n'arrête pas de s'agiter dans tous les sens. Rien à voir avec sa sœur !* »

Le calme dont je faisais preuve m'étonnait moi-même. Mais au cours du dîner, j'avais eu un éclair de lucidité : M. Genardy ne pouvait pas s'en prendre à Mara. Ma mère, Günther et moi savions qu'elle était avec lui ; le risque était bien trop grand. Néanmoins, je n'avais pas son adresse et il ne m'avait jamais montré ses papiers. Peut-être nous avait-il donné un faux nom. Et s'il ne revenait pas...

6

Une fois Nicole au lit, je me postai à la fenêtre, au comble de l'anxiété. Le répit avait été de courte durée.

Cherche ces satanées clés, Sigrid. Celle d'en haut et celle de la chambre de Nicole. Démonte l'armoire, s'il le faut, mais retrouve-les ! Ou alors, va fouiller son appartement. Tu découvriras certainement quelque chose. Et ensuite, tu n'auras plus qu'à appeler la police...

Vers 21 heures, j'aperçus enfin la vieille voiture verte qui s'engageait dans la rue. Après l'avoir rentrée dans le garage, M. Genardy se dirigea vers la porte, Mara dans les bras, enveloppée dans une couverture à carreaux. Je courus lui ouvrir.

— Coucou, nous revoilà ! lança-t-il avec entrain avant de se reprendre. Je suis navré de rentrer si tard, mais je n'ai pas vu le temps passer. Mes petits-enfants ne voulaient plus me lâcher. Ils refusaient d'aller se coucher tant que j'étais là. Au point que ma belle-fille m'a supplié de rester jusqu'à ce qu'ils s'endorment.

Il poussa un grand soupir, puis reprit :

— Ça a été une après-midi plutôt éprouvante pour la petite. En tout cas, je suis content de vous trouver :

je suis passé chez votre mère, mais il n'y avait personne.

Je lui pris Mara des bras et l'emmenai au salon où je l'allongeai sur le canapé. M. Genardy me suivit.

— Elle a un peu pleuré sur la fin et réclamé sa mamie, indiqua-t-il. Ce qui est bien compréhensible, compte tenu de toutes ces émotions ! Ah, vous l'auriez vue jouer avec les autres ! Elle s'est endormie comme une masse dans la voiture.

Mara avait les joues toutes rouges. En retirant la couverture, je remarquai que son tee-shirt était taché. M. Genardy, qui avait suivi mon regard, m'en donna aussitôt la raison : profitant d'un moment d'inattention, sa petite-fille avait voulu lui donner de la tarte aux fraises et en avait renversé. Il avait dû se contenter d'enlever le plus gros.

Mara dormait comme une bienheureuse. Son pantalon, gonflé par la couche, avait des traces de terre au niveau des genoux. M. Genardy me demanda des nouvelles d'Anke et se réjouit d'apprendre que tout s'était bien passé.

— Un fils ! s'exclama-t-il. Ça alors, c'est votre mère qui va être contente ! Ma belle-fille, pour sa part, en a encore pour un bon moment. J'ai le sentiment que ça commence à lui peser.

J'étais impatiente qu'il s'en aille pour pouvoir examiner Mara, mais il ne paraissait guère pressé.

— J'aimerais m'excuser pour tout à l'heure, reprit-il en s'asseyant dans un fauteuil. Vous savez, ce n'est pas mon genre de me mêler de ce qui ne me regarde pas. Mais là... enfin, je veux dire, votre mère semblait très énervée, ce qui, dans sa situation, était d'ailleurs tout à fait compréhensible. Elle se faisait du souci pour votre sœur. Et vous, vous deviez vous occuper de votre collègue. Alors j'ai pensé que...

— J'ai essayé de vous joindre cet après-midi, le coupai-je. Mais je n'ai pas trouvé votre numéro dans l'annuaire.

— C'est normal, il n'y est pas, répondit-il d'un air malicieux. La ligne est au nom de mon fils. Avant, nous en avions deux. Quand ma femme a dû garder le lit, elle s'est mise à beaucoup téléphoner. C'était devenu son seul contact avec l'extérieur car elle ne voulait plus recevoir de visites afin de ne pas offrir le spectacle de sa déchéance. Après sa mort, ça n'a pas arrêté. On aurait dit que la terre entière voulait me présenter ses condoléances. Aussi ai-je fini par résilier la ligne.

— Dans ce cas, j'aurais dû voir le nom de votre fils ?

Eh bien non : à cela aussi, il avait une explication rationnelle à fournir. En fait, il ne s'agissait pas de son fils naturel, mais de celui du premier mari de sa femme. Il était si petit lorsqu'il l'avait épousée que M. Genardy l'avait toujours considéré comme le sien. Au point d'en oublier parfois que ce n'était pas le cas. Son nom de famille était Weber. Et il portait le même prénom que Beer, le policier. Wolfgang Weber...

Soit. Nous verrons cela. Je lui passerai un petit coup de fil à l'occasion, à ton Wolfgang Weber.

— Bien, je ne veux pas vous retenir plus longtemps, fit M. Genardy en se levant. Je suppose que pour vous, ça n'a pas été de tout repos non plus. Comment va votre collègue ?

— Comment votre belle-fille réagirait-elle si une bête féroce avait assassiné son enfant ? rétorquai-je du tac au tac.

Cela m'avait échappé, et je le regrettai aussitôt.

— Vous avez raison, murmura-t-il en se raidissant. C'est une question stupide.

Puis il m'adressa un signe de tête et remonta enfin dans son appartement.

Dès qu'il eut quitté la pièce, je m'assis à côté de Mara et commençai à la déshabiller, constatant à ma grande surprise qu'elle ne se réveillait toujours pas. Ses chaussures étaient montantes et équipées de semelles de crêpe. Après les avoir déposées par terre, je me ravisai, les repris et les retournai. Elles étaient impeccables. Aucune trace de terre, pas le moindre brin d'herbe. Ses chaussettes, en revanche, étaient sales, très sales, même. Et maintenant le pantalon... Je fus saisie de violents tremblements. Qu'allais-je faire si sa couche était maculée de sang ? *Allez, Sigrid, ouvre-la !*

Les doigts gourds, je détachai la première bande adhésive. Mais pourquoi continuait-elle à dormir ? Lui avait-il administré un tranquillisant ? *Réveille-toi, Mara, je t'en supplie ! Si jamais il t'a fait du mal, je te promets qu'il aura affaire à moi.*

Prenant mon courage à deux mains, je parvins enfin à décoller le second ruban. Pas de sang. Pas de lésions apparentes, non plus. Juste quelques minuscules grains de sable dans les replis des cuisses. J'allai dans la cuisine et pris une serviette sur laquelle je fis couler un peu d'eau. Au contact du linge humide, Mara tressaillit. Puis elle grimaça et se mit à hurler :

— Mamie ! Mamie !

— Oui, ma chérie. Mamie va bientôt venir. Et papa aussi.

Puis je la pris sur mes genoux et la berçai doucement.

— Tu as joué à quoi? fis-je. Tu veux bien me raconter? Où étais-tu?

— Mamie!

— Mamie arrive tout de suite. Dis-moi où tu étais? Il t'a donné une glace?

— Glace.

— Et une limonade, ou du jus de fruits? Allez, Mara, raconte-moi!

Mes efforts étaient vains, j'en étais tout à fait consciente. Elle ne parlait pas encore assez bien. La plupart du temps, on ne comprenait rien à ce qu'elle disait. Sauf ma mère, du moins c'est ce qu'elle prétendait. À tout hasard, je refis cependant une tentative :

— Il y avait d'autres enfants? Tu as joué avec eux?

— Mamie.

Je dus me résigner à jeter l'éponge.

Ma mère et Norbert arrivèrent à 23 heures passées. Ils n'étaient restés à la maternité que jusqu'à 20 heures, mais Norbert avait tenu à fêter l'événement au restaurant où il avait visiblement un peu trop forcé sur le vin. Surexcité, il me souleva de terre et me fit tourner dans ses bras.

— Il faut que tu le voies, Sigrid! exulta-t-il. C'est un sacré gaillard! Trois kilos cinq, des beaux cheveux noirs et une voix... Mais alors une voix!

— Coucou, mon trésor! s'écria ma mère en se précipitant sur le canapé où Mara s'était rendormie. Je suis là! Je t'ai manqué? Alors, tu t'es bien amusée?

En guise de réponse, la petite se contenta de murmurer quelques syllabes inintelligibles.

— Elle est complètement épuisée, constata ma mère. Ce n'est pas étonnant, vu l'heure qu'il est.

Une fois n'est pas coutume, le reproche ne me visait pas, mais Norbert. Toutefois ce dernier n'en avait cure. Il rayonnait comme un sapin de Noël.

— Tu as un petit frère, ma puce, tu te rends compte ? s'exclama-t-il. Tu es contente ?

— Tibibon ! fit Mara.

Quel ne fut pas mon étonnement lorsque je constatai que ma mère l'avait effectivement comprise :

— Comment ? s'écria-t-elle. Tu as envie d'un petit biberon ? Pourtant, je suis sûre que tu as déjà mangé. Et puis les grandes filles n'ont plus besoin de biberon, elles mangent à la cuiller. Bon, si tu es bien sage, mamie va te préparer une bonne soupe.

7

Cette nuit-là, je reçus la visite de l'homme en noir. Mais contre toute attente, ce ne fut pas le scénario habituel : ignorant la pendule accrochée au mur, il prit place sur le divan, à côté de ma grand-mère. Curieusement, celle-ci n'eut aucune réaction. Puis le personnage maléfique ôta sa capuche et, pour la première fois, je découvris son visage. C'était Franz. Je ne fus même pas surprise ; sans doute l'avais-je toujours su. « *Il est grand temps que tu partes à la recherche des clés* », gronda-t-il en m'adressant un regard sévère.

Avant que j'aie pu lui répondre, toute la pièce se transforma : l'armoire se mit à grandir, la table rapetissa et se retrouva dotée d'un plateau en marbre. À présent, je n'étais plus dans le salon de mes grands-parents mais chez moi. Assis dans le fauteuil qui faisait face à mon canapé-lit, Franz sortit un cahier à couverture bleue de son manteau. Il l'ouvrit et le posa sur la table. « *C'est l'assassin qui a écrit ça* », fit-il en pointant du doigt l'endroit où la signature d'Hedwig avait été imitée. En me penchant pour mieux voir, je réalisai que le cahier avait cédé la place à mon contrat de bail. J'eus un coup au cœur.

Franz se leva et se dirigea vers la porte. Avant de sortir, il se retourna et dit : « *Elle pleurait vraiment, je t'assure. Sinon je ne l'aurais pas prise. Et je me suis contenté de changer sa couche. Je ne lui ai pas fait de mal. Tu sais bien que j'en aurais été incapable. Si je suis venu aujourd'hui, c'est pour te mettre en garde.* » Sur ce, il tourna les talons et disparut.

En me réveillant le lendemain matin, j'aperçus le cahier sur la table. Je ne pus réprimer un hurlement de terreur. L'instant d'après, Nicole déboula dans la pièce, une serviette nouée autour de la taille. Elle était toute pâle.

— Qu'est-ce qui se passe, maman ? s'écria-t-elle.

Il était 5 h 30 passées. Le réveil n'avait pas sonné ; j'avais oublié de le programmer. Comme mon grand-père qui, en son temps, avait oublié de remonter la pendule... Je n'avais pas non plus pensé à verrouiller ma porte. À moins que je l'aie fait exprès pour pouvoir voler plus vite au secours de Nicole.

— Ce n'est rien, juste un cauchemar, bredouillai-je.

Rassurée, elle redescendit achever sa toilette. Tout allait bien. Elle s'était réveillée vers 5 heures, au moment où M. Genardy quittait la maison. Avant de s'enfermer dans la douche, elle était venue me déposer son cahier de rédaction pour que je le signe...

Sur le trajet pour aller travailler, je tentai de remettre de l'ordre dans mes pensées. Avais-je donc réellement accueilli un meurtrier sous mon toit ? Non, c'était impossible. Je l'aurais senti dès le premier instant. À condition, bien sûr, que mon fameux sixième sens ne soit pas qu'une illusion...

Hedwig était à son poste. Elle avait même quitté ses vêtements de deuil, ce qui ne l'empêcha toutefois pas de passer sa matinée à errer comme un fantôme entre les rayons.

— Je ne peux pas me permettre de rester absente trop longtemps, m'expliqua-t-elle. Sinon je vais me faire renvoyer. Et puis il faut bien que je remonte la pente.

Elle avait raison : il fallait remonter la pente. Cela valait également pour moi, sachant que, pour ma part, j'avais aussi une autre mission : celle de monter tout court... « *Je suis désolée, monsieur Genardy, mais je dois vous demander de partir. Je voudrais récupérer mon appartement pour convenance personnelle. Vous comprendrez que je ne peux pas laisser tomber ma collègue. Je vais lui proposer d'emménager avec moi.* » Ou mieux encore : « *Mon ami et moi avons décidé de vivre ensemble. Nous allons nous marier.* »

Oui, il était temps de passer à l'action. Le moment était venu de me débarrasser de mon inquiétant locataire. Tout avait commencé lorsqu'il avait fait irruption dans ma vie... D'un autre côté, pouvais-je décemment me permettre de renoncer à cent cinquante marks de plus par mois ?

Ma pause déjeuner touchait à sa fin quand Günther appela. Il paraissait fort énervé :

— Je passerai te voir ce soir, annonça-t-il sans préambule. Il y a certaines choses que j'aimerais mettre au point.

Puis il raccrocha. Mon train ayant près de trente minutes de retard, je manquai ma correspondance à Horrem et dus attendre le bus suivant. J'arrivai à la maison une heure plus tard que d'habitude.

Je trouvai Nicole dans sa chambre, en train de discuter avec M. Genardy, debout sur le seuil de sa porte.

— Vous avez eu une très grosse journée, on dirait, me dit-il avec un regard plein de sollicitude.

— Pourquoi tu rentres que maintenant ? renchérit Nicole.

Après m'avoir servi une ou deux civilités, mon locataire s'éclipsa et je remontai au rez-de-chaussée avec Nicole. Là, je me préparai un sandwich et du café.

— Je peux rester un peu avec toi ? me demanda Nicole.

— Qu'est-ce que M. Genardy te voulait ?

— Rien. On a juste bavardé.

— De quoi ?

— Oh, de rien. Je lui ai dit que j'étais tout le temps chez Denise, alors que sa chambre est minuscule et que ses frères arrêtent pas de nous embêter. Mais c'est pas grave : de toute façon, elle veut plus venir jouer ici.

— Ah bon, pourquoi ?

— Je sais pas. Elle veut pas, c'est tout. Tu sais, parfois elle est un peu bête. Par exemple aujourd'hui, pendant le cours de calcul, elle a dessiné des bonshommes sur son cahier. Elle s'est fait gronder et elle s'est mise à pleurer.

— M. Genardy t'a-t-il proposé quelque chose à boire ?

Elle secoua la tête. Nous discutâmes encore quelques minutes, puis je l'envoyai se coucher.

Une pièce de plus à verser au dossier : Denise refuse de remettre les pieds chez nous ; elle dessine des bonshommes et pleure sans raison apparente. À cet âge-là, les enfants ont la sensibilité à fleur de peau. Dieu sait ce qu'il a pu lui faire. Tu devrais trouver un moyen de lui parler, Sigrid. Essayer de lui tirer les vers du nez.

Günther arriva vers 23 heures, toujours aussi irrité. Il me passa un savon pour lui avoir raccroché au nez la veille et déclara qu'il commençait à se poser de sérieuses questions sur ma santé mentale. Aussi n'eus-je d'autre choix que de tout lui expliquer.

— Tu conviendras que ce ne sont que des fantasmes, lâcha-t-il après m'avoir écoutée sans m'interrompre.

— Absolument pas. Moi, j'aurais plutôt tendance à qualifier ça d'intuitions. Je sais bien que tu n'y crois pas, mais c'est ainsi, je le ressens. J'ai l'intuition que M. Genardy est attiré par les petites filles, pour le formuler de manière pudique.

— Soit. Ne nous engageons pas dans une querelle sémantique. Si ça peut te faire plaisir...

— Écoute, Günther. Si tu me considères vraiment comme une dingue, il vaut mieux arrêter.

— Oh, je t'en prie, n'en rajoute pas!

Je laissai s'écouler quelques secondes, attendant la suite.

— Bon, d'accord, mettons que tu aies des intuitions, admit-il. En revanche, tu n'as aucune preuve. Et on ne peut pas aller trouver la police sur la base de simples intuitions.

— Ce n'est d'ailleurs pas mon intention. Mais je n'ai pas non plus l'intention d'attendre qu'il s'en prenne à ma fille. J'ai la conviction qu'il s'est introduit dans sa chambre mercredi dernier. Par ailleurs, je pense qu'il a fait quelque chose à Denise. Et à Mara aussi, pas plus tard qu'hier. Mais il est vrai que je ne peux rien prouver.

— Alors qu'est-ce que tu comptes faire?

— Lui donner son congé.

— Pour quel motif? Ce n'est pas si simple, tu sais.

— Un motif, ça se trouve. Tu as du temps mercredi?

— Pour quoi faire?

— Pour m'aider à démonter la grande armoire. Il faut absolument que je retrouve ces clés.

Plutôt que de répondre, Günther me dévisagea d'un air songeur.

— Maintenant, c'est à mon tour de te confier quelque chose, commença-t-il. J'avais l'intention de garder ça pour moi, le temps d'en savoir plus, mais au point où nous en sommes... Comme tu l'as toi-même constaté, ton locataire n'est pas dans l'annuaire. Eh bien sache qu'il n'est pas non plus employé à la poste, en tout cas pas en tant que haut fonctionnaire. J'ai parlé à un dénommé Wellmann, de la direction générale, et j'ai eu l'impression que le nom de Josef Genardy ne lui rappelait pas que des bons souvenirs.

Un ouvrier ! Je le savais ! Je ne pus m'empêcher de partir d'un rire nerveux. Günther me fusilla du regard.

— À mon avis, reprit-il, il y a effectivement travaillé. Mais pour une raison ou pour une autre, il a été licencié. À partir de là, deux hypothèses. Soit il n'était qu'un simple préposé. À ce niveau, ils ne sont pas tous fonctionnaires et on a pu se débarrasser de lui sans problème, y compris pour une broutille. Soit il était titulaire et il a fallu qu'il se passe quelque chose de sérieux. Mais dans ce cas, il doit y avoir une trace écrite dans leurs archives. Le seul problème, c'est qu'on ne peut pas accéder à...

— Quand je t'ai appelé, hier, tu savais déjà qu'il s'était fait renvoyer de la poste ? l'interrompis-je.

— Pas si vite, Sigrid. Ce n'est qu'une supposition. Si ça se trouve, il n'y a jamais mis les pieds. C'est juste que la réaction de ce Wellmann m'a paru bizarre. À ce stade, notre seule certitude c'est que ton Genardy a tendance à enjoliver la réalité. Il cherche peut-être seulement à se mettre en valeur. Face à une femme aussi séduisante que ta mère, moi non plus je n'avouerais pas que je suis éboueur ! En tout cas, ne t'inquiète pas : je n'aurai aucun mal à connaître le fin mot de l'histoire. Je vais mettre Dettov sur le coup. En revanche, on oublie cette histoire d'armoire pour l'instant. Même si tu retrouves la clé, promets-moi que tu n'iras pas mettre ton nez dans ses affaires. D'accord ?

— Oui, me contentai-je de répondre avec sincérité.

8

Dès le lendemain soir, une fois Nicole couchée, je montai voir mon locataire. Dans quel but, je l'ignorais, mais après ce que j'avais appris par Günther quelques heures plus tôt, il fallait que j'agisse.

J'avais passé tout l'après-midi à me demander quel prétexte j'allais bien pouvoir invoquer, concevant des dialogues plus fantaisistes les uns que les autres, et allant même jusqu'à m'imaginer le mettre dehors sans détour :

« Bonsoir, M. Genardy. Excusez-moi de vous déranger. Je suis juste venue vous informer que vous devrez déménager dès demain. C'est mon jour de congé et je pourrais donc superviser les opérations, en m'assurant notamment que vous ne faites pas faire de double des clés.

— Mais enfin, chère madame Pelzer, qu'est-ce qui vous prend ? Avez-vous encore été victime d'une de vos terribles visions ? Vous feriez vraiment bien d'en parler à un médecin avant de venir importuner les honnêtes gens.

— Honnête, dites-vous ? Vous m'avez menti sur toute la ligne ! Figurez-vous que mon ami vous a fait suivre. Il m'a appelée ce midi pour m'en rendre compte. Le journaliste qu'il a mis sur votre piste a découvert que vous étiez en réalité manutentionnaire dans un

entrepôt. Mais ce n'est pas tout, loin de là. Nous savons également qu'aucun photographe du nom de Wolfgang Weber ne travaille pour les catalogues de vente par correspondance. En revanche, il existe une animalerie de ce nom et l'appartement situé juste au-dessus est loué à un certain Josef Genardy. Mais je ne vous apprends rien, n'est-ce pas ? Au dernier étage du même immeuble habite un jeune homme. Ou plutôt habitait, puisqu'il a été arrêté pour le meurtre de Nadine Otten. Laquelle n'est autre que la fille de ma collègue dont je vous parlais l'autre jour. Vous me suivez, monsieur Genardy ? Quant à ce jeune journaliste que nous avons recruté, il se trouve qu'il suit cette affaire depuis le début à titre professionnel. Et lorsque mon ami lui a indiqué votre nom, il l'a aussitôt reconnu comme étant celui du fameux témoin dont la police a perdu la trace.

« Enfin, monsieur Genardy, j'aimerais que vous m'expliquiez comment il se fait que, depuis votre arrivée, deux de mes clés se soient mystérieusement volatilisées. Quoi qu'il en soit, vous comprendrez que, dans ces conditions, je sois dans l'obligation de mettre un terme au contrat qui nous lie. »

Günther avait fait preuve d'une extrême nervosité quand je lui avais parlé au téléphone :

— Je t'en conjure, Sigrid, promets-moi de ne rien entreprendre pour l'instant. On réglera cette histoire ce week-end. D'ici là, il se peut que Dettov ait du nouveau. Je l'ai envoyé à la poste. On ne sait jamais, les collègues de Wellmann se montreront peut-être plus bavards. Ensuite, j'irai lui dire deux mots, à ton Genardy... Tu sais, je te dois des excuses : je suis bien obligé de reconnaître que tes intuitions n'étaient pas infondées. Il est clair que ce type est mêlé à l'affaire.

Il connaît sans doute l'assassin mais à mon avis, ça s'arrête là. En tout cas, je te supplie de me laisser faire. Pas de bêtises, d'accord ?

Dans le train, j'eus soudain une illumination : je venais de trouver mon entrée en matière. C'était pourtant évident...

Je frappai et l'entendis s'approcher de la porte. Il l'entrouvrit mais resta campé sur le seuil, m'empêchant de regarder à l'intérieur.

— J'espère que je ne vous dérange pas trop, commençai-je. Je suis très gênée de devoir aborder cette question mais... voilà : je suis passée à ma banque et j'ai constaté que le loyer ne m'avait pas encore été versé. Ma fille a dû vous dire que nous avions quelques difficultés financières et... Bref, j'ai besoin de cet argent pour vivre et j'avoue que cela me met dans une situation délicate.

Je dus reprendre mon souffle et M. Genardy en profita pour s'engouffrer dans la brèche :

— Ça alors, je ne comprends pas ! J'ai pourtant donné l'ordre de virement en temps utile. Mais ne vous inquiétez pas, je vais m'en occuper demain matin à la première heure. Si vous aviez la gentillesse de me redonner vos coordonnées bancaires afin que je puisse m'assurer qu'il n'y ait pas d'erreur ?

— Avez-vous quelque chose pour noter ?

J'avais cru qu'il m'inviterait à le suivre dans l'appartement, mais il n'en fit rien, se contentant de sortir un papier et un crayon de la poche de son pantalon.

— Autre chose, madame Pelzer ? s'enquit-il, après que je lui eus dicté la série de chiffres.

Si tu savais !

— Euh... non, pas vraiment, répondis-je en

baissant les yeux. Sauf que, je veux dire... si la somme n'est pas créditée demain, je... J'ai des achats urgents à faire et... Enfin, je me demandais si vous pouviez éventuellement m'avancer un peu d'argent. Disons... deux cents marks. Il va de soi que je vous les rembourserai dès que le virement aura été effectué.

Je t'ai eu, hein ! Je doute fort que tu aies une somme pareille sur toi. La moitié peut-être, mais je ne lâcherai pas le morceau. Alors maintenant tu vas me faire entrer bien gentiment dans ton repaire.

Mon locataire avait perdu sa belle assurance ; son sourire s'était évanoui.

— Eh bien, je ne sais pas si j'ai autant de liquide ici, dit-il. Attendez une seconde, je vais voir.

Tu ne vas tout de même pas me fermer la porte au nez, Genardy ! Pas toi, avec tes bonnes manières !

Sans aller jusque-là, il la repoussa un peu, l'air de rien. Dès qu'il eut le dos tourné, je la rouvris du pied. Une ampoule nue accrochée au plafond éclairait le vestibule d'une lumière blafarde. Il n'y avait pas le moindre meuble. Les murs étaient encore recouverts du vieux papier peint de Mme Humperts. Mais je ne pus en voir davantage : M. Genardy s'était enfermé dans son salon.

Soudain, j'aperçus un clou planté à côté de l'entrée. Des clés y pendaient, dont celle de l'appartement. Je m'en emparai sans réfléchir. Au passage, je pus jeter un œil à la cuisine. Elle était vide. Totalement vide.

M. Genardy reparut ; sa mine trahissait une irritation certaine.

— Six semaines de délai de livraison, vous vous rendez compte ? fit-il en me tendant une enveloppe. Du coup, je suis obligé d'attendre que la cuisine soit installée pour refaire l'entrée.

Décidément, tu as réponse à tout.

— Vous voulez que je vous fasse un reçu ?

— Vous n'y pensez pas ! Tout ce que j'espère, c'est que le nécessaire sera fait dès demain. Dans le cas contraire, n'hésitez pas à me le faire savoir.

— Je n'y manquerai pas.

Puis je redescendis, l'argent à la main. Deux billets de cinquante, le reste en petites coupures. Que pouvait bien gagner un manutentionnaire ?

Dans mon autre main, je tenais fermement sa clé...

9

Le lendemain, après le départ de Nicole, je restai un bon moment à faire le guet. J'avais entendu M. Genardy quitter la maison vers 5 heures et m'étais forcée à ne pas me rendormir. *Et s'il revient, Sigrid ? S'il te surprend en train de fouiller dans son appartement ? Mais non, c'est impossible. Il ne rentre que le soir. Quoique... comment peux-tu en être si sûre ?*

Dans l'escalier, mon cœur se mit à battre si fort que je sentis mes forces m'abandonner. Ma bouche était pâteuse ; je ne parvenais plus à déglutir. Je laissai la porte grande ouverte et la clé dans la serrure. *Excellente idée, espèce d'idiote ! Comme ça, il n'aura plus qu'à t'enfermer. Mais non, de toute façon tu entendrais sa voiture...*

Bien que j'eusse déjà aperçu sa cuisine la veille, cela me fit un choc de voir les murs porter encore les marques des meubles de Mme Humperts. À l'emplacement des plaques, ils étaient constellés de taches de graisse ; autour de l'interrupteur, on distinguait des traces de doigts. Un réchaud de fortune reposait sur la vieille chaise rafistolée dont m'avait parlé Nicole. Sous le robinet se trouvait un seau rempli de vaisselle sale : une tasse, une poêle, une casserole, deux ou trois assiettes et des couverts. Un carton plein de provisions était abandonne à même le sol. *Ce n'est pas vrai qu'il a commandé une nouvelle cuisine. Ça coûte une fortune. Il n'en a pas les moyens. Ce type ment comme il respire...*

Dans la salle de bains dépourvue de tout placard, il y avait juste une serviette, un morceau de savon et un paquet de lessive. Pas de rasoir ni de peigne. *Il a dû prendre le large pour quelques jours. Ça ne lui a pas plu que tu viennes lui soutirer de l'argent.* Le linge sale s'entassait dans un coin. Au-dessus de la baignoire, mon locataire avait tendu une corde en plastique qu'il avait fixée à l'aide de deux crochets dans le carrelage mural. *Tu parles qu'il donne ses affaires au pressing ! Si tu voyais ça, maman !*

Je poursuivis mon inspection et entrai dans la chambre. Une sorte de lit de camp assez étroit trônait au milieu de la pièce, perpendiculairement au mur. De part et d'autre étaient disposées une petite table de nuit et une chaise. Une armoire se dressait derrière la porte. Quant au mobilier du salon, il se résumait à deux fauteuils et une commode... En l'ouvrant, je découvris un service en porcelaine ainsi qu'un vieux dossier contenant des papiers et des factures. Rien de bien intéressant, à l'exception de l'acte de vente de son automobile. D'après la date indiquée, il la possédait depuis à peine deux ans...

Je retournai dans la chambre et ouvris l'armoire d'un coup. Pas de parka. S'il y en avait eu une, j'aurais sans doute aussitôt appelé Wolfgang Beer. Le fait qu'il ait pu s'en débarrasser ou la laisser à son autre domicile ne m'effleura pas. Sur les quelque sept cintres qui pendaient à la barre transversale, seuls trois pantalons et autant de chemises étaient accrochés. Aucune veste, aucun costume. Deux bleus de travail et plusieurs caleçons longs pour l'hiver étaient empilés sur l'étagère du haut. Je fouillai les poches de ses vêtements une par une. Rien. Restait la table de nuit que, par instinct, je m'étais réservée pour la fin...

Absorbée par mes investigations, je ne prêtais plus la moindre attention aux bruits éventuels qui auraient pu m'alerter. Dans le même temps, je me sentais gagnée par un curieux sentiment de compassion pour M. Genardy. Tout compte fait, lui et moi étions un peu dans la même situation : l'un comme l'autre, nous avions connu des temps meilleurs... À la réflexion, peut-être était-il vraiment un vieux monsieur inoffensif. Peut-être le simple fait qu'il ait vécu dans la même maison que l'assassin suffisait-il à expliquer la répulsion qu'il m'inspirait. Mais dans ce cas, pourquoi ne m'en avait-il rien dit lorsque j'avais évoqué la tragédie qui frappait ma collègue ?

Dans le rangement inférieur de la table de nuit se trouvait un petit coffret. J'y découvris les boutons de manchette que M. Genardy avait portés le dimanche où il était venu se présenter. Comme l'attestait le poinçon, ils étaient en or, et je ne pus m'empêcher de faire le rapprochement avec l'épingle de cravate dont m'avait parlé Hedwig. D'un autre côté, pourquoi un étudiant ne posséderait-il pas ce genre de bijoux ? Il pouvait tout à fait s'agir d'un héritage.

Le coffret était posé sur une bouillotte en caoutchouc, un objet dont le caractère anodin me rassura. Ainsi, lui aussi avait parfois froid aux pieds... En ouvrant le tiroir, je tombai sur un vieux briquet portant les initiales J.G. et sur un mince album rempli de photos en noir et blanc : M. Genardy, jeune homme, posant en compagnie de sa femme devant une maison d'allure modeste ; une petite fille dans une baignoire ; la même, sur un canapé, un tapis d'éveil, dans une pataugeoire, toujours toute nue... Le fond du tiroir était bourré de médicaments. Au total, je comptai onze emballages différents. Machinalement, j'en mis un dans ma poche. À présent, j'en avais presque terminé. Il ne restait plus qu'une dernière chose : une enveloppe en papier kraft contenant des Polaroïd. Au départ, je crus qu'il s'agissait de ses petits-enfants. Mais très vite, je compris et fus saisie d'une violente nausée.

Chaque photo représentait un enfant différent, pris dans une position suggestive : à quatre pattes, de derrière ; sur le dos, les jambes écartées... La série s'achevait sur une fillette qui devait avoir le même âge que Nicole. Elle était allongée sur l'herbe, dans son plus simple appareil, le corps tuméfié et bizarrement désarticulé. Comme si elle avait été jetée à terre... Les yeux mi-clos, la tête penchée sur le côté, elle avait les cuisses maculées de sang.

Malgré la panique qui m'envahissait, j'éprouvai un certain soulagement. Ainsi, je ne m'étais pas trompée : M. Genardy était bien de la même espèce que Franz, mais en pire... Non sans avoir été tentée de les emporter et de me précipiter chez les voisins pour appeler la police, je finis par remettre les photos à leur place. Et c'est là que j'aperçus mes deux clés, ainsi qu'un bout de tissu blanc. La culotte du vendredi !

Saisissant les clés, je me précipitai hors de l'appartement. Juste avant de ressortir, je remis celle que j'avais dérobée la veille sur son clou. S'il avait besoin des deux autres, il n'avait qu'à venir les chercher !

10

J'avais prévu de passer à la banque avant que Nicole ne rentre de l'école, mais il était déjà trop tard. Il restait encore un peu de café du petit déjeuner. Bien qu'il fût froid et affreusement amer, il m'aida à surmonter mon dégoût.

Tout en le sirotant, j'étudiai la notice des médicaments. Il s'agissait d'un puissant tranquillisant. Qu'arrivait-il si un enfant en prenait ? Il fallait que j'aille me renseigner dans une pharmacie.

Et maintenant, Sigrid ? Que faire ? Mais c'est évident, voyons ! Dès qu'il reparaîtra, tu iras le voir et tu le mettras dehors. Et si tu ne t'en sens pas capable, tu n'auras qu'à attendre que Günther s'en charge. Pour être sincère, cette dernière solution ne me satisfaisait guère : j'avais le sentiment de devoir me sortir moi-même du guêpier dans lequel je m'étais fourrée.

Lorsque Nicole revint, j'étais toujours prostrée dans la cuisine.

— Ça va pas, maman ? T'es malade ?

— Non, fis-je d'une voix blanche.

— Ben, on dirait !

Pour lui faire plaisir, je décidai de préparer des crêpes. Comme il n'y avait plus de lait, je l'envoyai en chercher à la cave. Dès qu'elle remonta, je lui ôtai le pack des mains et me mis à l'inspecter sous tous les angles. Nicole m'observa, perplexe.

— As-tu le souvenir d'en avoir vu un déchiré ces derniers temps ? lui demandai-je.

Elle secoua la tête.

— Il faut faire très attention, tu sais. Le lait ne tourne pas tout de suite, heureusement, mais les bactéries risquent quand même de s'infiltrer.

Puis je changeai de sujet :

— Au fait, est-ce que Denise t'a dit pourquoi elle ne voulait plus venir chez nous ?

De nouveau, elle secoua la tête.

— Ça remonte au jour où elle est tombée de la balançoire, n'est-ce pas ?

— Oui, mais j'y suis pour rien ! protesta-t-elle.

— Bien sûr que non. Et si c'était M. Genardy qui lui avait fait mal en voulant l'aider ?

Nicole haussa les épaules. J'avais l'intention de la mettre en garde contre notre locataire, mais je ne trouvai pas les mots. Puisqu'il paraissait s'être absenté pour quelques jours, il n'y avait de toute façon pas d'urgence.

Je me rendis à la banque vers 14 heures. Comme je m'y attendais, mon compte n'avait pas été crédité. Puis je m'arrêtai dans une pharmacie où l'on m'apprit que le médicament en question pouvait en effet entraîner, chez certains sujets, des problèmes de somnolence. Quand je demandai au pharmacien ce qui se passerait si l'on en administrait à un enfant en bas âge, il me fusilla du regard et se mit à me sermonner.

— Je suis bien d'accord, mais si cela arrive quand même, insistai-je, tout en priant intérieurement Günther de me pardonner. Pour tout vous dire, je soupçonne mon fiancé d'en avoir donné à ma petite nièce, l'autre jour, parce qu'elle n'arrêtait pas de pleurer. Elle s'est calmée tout de suite. Mais le lendemain matin, elle semblait encore un peu dans les vapes.

Le pharmacien ne fit aucun commentaire mais son regard en disait long sur ce qu'il pensait dudit fiancé.

En rentrant chez moi, j'aperçus la voiture de Günther. Je le trouvai assis dans le salon. Il avait les yeux cernés. Un instant, je craignis de me trahir. Pour une raison que j'ignorais moi-même, j'avais en effet décidé de lui taire mon incursion dans l'appartement de M. Genardy et les découvertes que j'y avais faites.

— J'aimerais bien un café, annonça-t-il. J'ai dû dormir trois heures cette nuit, alors n'hésite pas à avoir la main lourde.

Pour une fois, il ne me suivit pas à la cuisine mais resta affalé dans le canapé.

— Je suis rentré du boulot à quatre heures et demie et à huit heures, j'ai été réveillé par le téléphone, m'expliqua-t-il lorsque je revins. C'était notre grand reporter. J'aurais pu l'étrangler ! Dès qu'un type comme lui flaire l'odeur du sang, on ne peut plus l'arrêter ! En tout cas, il n'y a pas à dire : ton M. Genardy est un sacré numéro.

Hans Werner Dettov avait réussi à embobiner une vieille dame qui travaillait à la poste. Il s'était fait passer pour un ami de la fille de M. Genardy, expliquant que celle-ci n'avait pas revu son père depuis une éternité mais que, sa mère venant de décéder, elle souhaitait renouer avec lui, sans toutefois oser entreprendre la démarche elle-même. Tout ce qu'elle savait, c'était qu'il avait travaillé à la poste.

Attendrie par cette histoire larmoyante, la dame en question s'était montrée intarissable. Elle avait confirmé à Dettov que Genardy avait bien été employé à la poste, mais qu'il avait démissionné cinq ans auparavant dans des circonstances obscures. D'après ce qu'on racontait, il s'était rendu coupable de quelque irrégularité et avait préféré prendre les devants afin que l'affaire n'éclate pas au grand jour.

Günther marqua une pause et alluma une cigarette.

— Tu devrais peut-être en toucher un mot à ce monsieur... comment s'appelle-t-il, déjà ? Beer, c'est ça ? Il est bien de la brigade criminelle, n'est-ce pas ? Il pourrait informer ses collègues qu'un des témoins de l'affaire a un passé un peu trouble. Ça risque de les intéresser d'apprendre qu'il ne s'est pas rendu chez sa fille mais qu'il a déménagé en catastrophe juste après qu'ils ont débarqué dans son immeuble.

Connaissant Wolfgang Beer, il avait sûrement déjà parlé de M. Genardy à ses collègues, qui avaient dû juger que ses dissimulations étaient sans importance. Beaucoup de gens ne voulaient pas avoir affaire à la police. Günther se massa les tempes et poursuivit son récit.

Genardy avait travaillé en tant que facteur. Mais son ancienne collègue ignorait ce qu'il était devenu ensuite. Elle avait juste pu donner à Dettov son adresse de l'époque, un immeuble modeste dans lequel il avait vécu près de vingt ans. L'un des locataires se souvenait fort bien de lui. À l'entendre, Genardy avait toujours habité seul. Un jour, il lui avait confié que sa femme l'avait quitté et qu'elle avait obtenu la garde de leur fille. Plus tard, quand celle-ci eut fondé une famille, il était souvent allé passer le week-end dans sa maison. Lorsqu'il avait déménagé, il avait d'ailleurs prétendu qu'il partait s'y installer.

Selon Dettov, qui avait étudié de près la chronologie des événements, cette version était plausible puisqu'une année entière s'était écoulée avant l'arrivée de Genardy dans l'appartement situé au-dessus de l'animalerie. Mais à l'évidence, il avait pu passer cette période n'importe où. Pour le reste, mon locataire était inconnu des services de police. Quant à ses voisins, ils n'avaient jamais eu à se plaindre de lui. Pour parachever son enquête, Dettov avait l'intention de faire un tour dans le quartier où Genardy avait distribué le courrier et il nous tiendrait dûment informés.

Le regard de Günther se porta sur l'armoire.

— As-tu retrouvé tes clés ? me demanda-t-il.

— Non, mentis-je.

J'étais incapable de le lui dire. C'était au-dessus de mes forces.

— Et tu penses toujours que c'est lui qui les a ?

— Je ne sais pas. J'ai très bien pu les égarer.

— En effet, soupira-t-il. Ah, une dernière chose : figure-toi que Genardy n'a pas encore résilié son précédent bail.

— Ah oui ? Eh bien, il ne m'a pas non plus versé mon loyer, répliquai-je.

— Quoi ? Mais ça doit te mettre dans une situation délicate, dis-moi !

— Non. J'ai assuré mes arrières.

— Dans ce cas, ce n'est pas plus mal : s'il ne paie pas, tu auras une excellente raison de le mettre à la porte. Ne t'inquiète pas, ça va s'arranger. Je suis persuadé que tu trouveras quelqu'un de bien.

— À ce propos, Hedwig a l'air de vouloir s'installer ici.

— Tu vois ? Ce serait la solution idéale. Mais chaque chose en son temps. Quand rentre-t-il, d'habitude ?

— Vers cinq heures, il me semble.

— Bon, ça nous laisse une petite heure, fit Günther en consultant sa montre. J'avoue que je suis assez tenté de lui déballer tout ce que nous savons et de le prier de décamper sur-le-champ. Qu'est-ce que tu en penses ?

Sans me laisser le temps de répondre, il enchaîna :

— Il y a tout de même un détail qui me chiffonne : pourquoi n'a-t-il pas rendu son autre appartement ? Il est clair qu'il n'a pas les moyens d'en avoir deux. De plus, s'il avait quelque chose à se reprocher, il aurait dû filer sans laisser de traces. À moins qu'il ait d'abord voulu voir comment la situation évoluait...

Günther haussa les épaules avec lassitude. Puis il se remit à parler, comme pour lui-même :

— Entre-temps, l'étudiant a reconnu que la fillette était venue chez lui le jour de sa disparition. Soi-disant, elle n'est restée qu'une demi-heure, de cinq heures à cinq heures et demie. Elle lui aurait demandé à plusieurs reprises si un grand-père avait le droit de donner le bain à un enfant, et aurait paru très soulagée en l'entendant répondre que oui. C'est bizarre, cette histoire de grand-père. Pourtant elle avait coupé les ponts avec le sien.

— D'où tiens-tu cela ?

— Dettov, encore lui, a surpris une conversation entre deux inspecteurs. Tu sais, il est perpétuellement à l'affût d'un scoop !

— Quoi qu'il en soit, le suspect n'a toujours pas avoué.

— Et il n'a aucun intérêt à le faire. Tout ce qu'ils savent, c'est que la victime est passée chez lui et qu'elle a été violée par un homme dont le groupe sanguin est A. C'est son cas, certes, mais c'est aussi le mien et celui d'une bonne partie de la population masculine. À part ça, il a tellement plu cette semaine-là qu'ils n'ont pas retrouvé la moindre empreinte sur les lieux du crime. Juste quelques cheveux sur les vêtements de la petite qui, soit dit en passant, n'appartiennent pas à l'étudiant. De toute façon, ils peuvent provenir de n'importe quelle personne s'étant retrouvée assise à côté d'elle dans le métro. D'après sa mère, elle portait les mêmes affaires depuis trois jours... Si tu veux mon avis, avec un bon avocat, ce garçon devrait s'en sortir sans problème.

— Et Genardy ? Tu penses qu'il a menti à la police ?

— Rien n'est moins sûr. N'oublie pas que ses déclarations concordent avec celles de ses voisins.

11

M. Genardy ne vint pas. Ni à 17 heures, ni plus tard.

— C'est à croire que lui aussi a un sixième sens ! plaisanta Günther.

Pour ma part, j'aurais eu tendance à penser qu'il s'était aperçu de la disparition des clés et avait décidé de prendre la fuite. Mais dans ce cas, il aurait emmené les photos compromettantes et la culotte de ma fille. Restait l'hypothèse selon laquelle il préférait m'éviter tant qu'il ne serait pas en mesure d'acquitter son loyer.

Nicole rentra comme d'habitude à 19 heures. De plus en plus soucieux, Günther s'étonnait de ne pas avoir de nouvelles de Hans Werner Dettov. Après le dîner, il accompagna Nicole dans sa chambre. Il s'attarda un peu et, au bout d'un moment, je crus l'entendre déplacer des meubles. Puis il revint et alla chercher une chaise dans la cuisine.

— On n'est jamais trop prudent, me lança-t-il avec un sourire forcé. Je vais lui montrer comment bloquer sa porte. Mais il en faut une avec des pieds et non avec des roulettes !

— Montre-lui aussi comment on la retire. Je n'ai pas envie de devoir passer par la fenêtre pour la libérer.

Nous nous mîmes à rire. En fait, je m'étais résolue à l'enfermer à clé, une fois qu'elle se serait endormie, mais je ne pouvais pas le dire à Günther. Si elle avait envie d'aller aux toilettes, elle n'aurait qu'à crier...

Cette nuit-là, j'eus bien du mal à trouver le sommeil. Je ne cessais de repenser aux photos de M. Genardy, tout en me demandant pourquoi je n'en avais pas parlé à Günther. Sans doute était-ce par orgueil, parce que je considérais que désormais, je savais me débrouiller seule et n'avais plus besoin de personne.

Les heures s'égrenaient, inlassablement ; la maison était plongée dans un silence de mort... *Dès demain, tu annonceras à Hedwig que tu as chassé M. Genardy et qu'elle est la bienvenue. Et si elle te répond qu'elle ne peut pas habiter dans un appartement où lui-même a vécu, tu insisteras en lui disant que, tout compte fait, ce n'était qu'un pauvre type comme Franz. Lui aussi possédait des photos pédophiles et pourtant il n'a jamais fait de mal à personne. Pourquoi un mort mentirait-il ?*

5 heures. Je me levai et descendis ouvrir à Nicole. Nous étions jeudi, jour de nocturne au magasin. C'était ennuyeux car elle ne pouvait rester toute la soirée chez les Kolling.

— Ensuite, tu vas chez mamie, c'est clair ? lui ordonnai-je.

Elle hocha la tête sans chercher à masquer sa contrariété.

— Et tu attends que je vienne te chercher. Tu as bien compris ?

De nouveau, elle acquiesça en faisant la moue.

— Mais si mamie me dit de rentrer ? objecta-t-elle.

— Donne-moi ta clé. Comme ça le problème est

réglé. Tu la salueras de ma part. Dis-lui aussi qu'à l'occasion, je lui raconterai comment certaines personnes raffinées prennent leur plaisir.

— Qu'est-ce que ça veut dire ?

— Elle comprendra. Maintenant dépêche-toi, sinon tu vas être en retard.

Dans le train, j'eus soudain le sentiment d'aller un peu vite en besogne. La Hedwig d'antan, si gaie et pleine d'entrain, n'existait plus. Étais-je vraiment disposée à l'avoir sur les bras du matin au soir ? À passer mon temps à essayer de lui remonter le moral ?

Dès la pause déjeuner, je compris que j'avais eu raison de ne pas vouloir précipiter les choses :

— Allez, mange, lui dis-je, en la voyant contempler son plateau d'un air de dégoût.

— J'ai pas faim, gémit-elle.

Sa blouse blanche était devenue beaucoup trop large pour elle et faisait ressortir son extrême pâleur. De ses doigts décharnés, elle se mit à tripoter son sandwich. Je le lui pris, le remballai et lui tendis mon yaourt.

— Tiens, ça passera peut-être mieux.

— Mais non, c'est le tien.

— Si ! insistai-je. Je vais t'aider.

Joignant le geste à la parole, j'entrepris de lui donner la becquée, comme à un nourrisson, songeant que, si elle venait habiter chez moi, ce scénario se répéterait à chaque repas...

Günther et moi étions convenus de faire un point au téléphone. Il décrocha dès la première sonnerie.

— Alors, il a fini par venir ? demanda-t-il, le souffle court.

— Non.

— Ça signifie qu'il a dormi dans son ancien

appartement. Dettov l'a suivi. Surtout ne le répète pas à ta mère, mais il a passé la soirée chez sa voisine.

Günther partit d'un rire nerveux. Puis il me rapporta ce que Hans Werner Dettov avait appris en se rendant dans le quartier où M. Genardy avait travaillé. La plupart des habitants conservaient de leur ancien facteur un souvenir ému. D'après eux, il s'était toujours montré fort aimable et attentionné, notamment avec les enfants. À la différence de ses successeurs, il connaissait tout le monde et ne se contentait pas de flanquer le courrier dans les boîtes aux lettres, mais veillait à avoir un mot gentil pour chacun. Et lorsque les gens étaient absents pour prendre réception d'un colis, il s'arrangeait pour repasser. Comme s'il s'agissait d'un détail anodin, Günther ajouta que le jardin où avait été retrouvé le corps de Nadine Otten faisait partie de son secteur.

— Voilà ce qu'on va faire, déclara-t-il, s'il n'est pas revenu d'ici samedi, on forcera sa porte. Je louerai une camionnette et on ira déposer ses affaires sur le trottoir devant chez lui.

— Tu crois qu'il a quelque chose à voir avec le meurtre ?

Günther observa un long silence.

— Non, soupira-t-il enfin. Son passé est sans tache. Mais s'il a ce genre de penchants, il a bien dû déraper à un moment ou à un autre.

— Franz n'a jamais dérapé, comme tu dis.

— Ça n'a rien à voir, Sigrid. Il n'était pas seul. Genardy, lui, l'est depuis une éternité. Tu sais, les policiers ne sont pas des imbéciles. Ils vérifient tout. Cette histoire de jardin n'est peut-être qu'un hasard. Ou alors, il a pu en parler à l'étudiant. Ils se connaissaient, après tout. Non, vraiment, il n'y a aucune charge contre lui. Aucune.

Il marqua une nouvelle pause, puis conclut :

— Quoi qu'il en soit, je n'ai jamais vu Dettov dans un tel état : il est persuadé d'avoir affaire à l'ennemi public numéro un !

Après avoir raccroché, je retournai voir Hedwig. *Allez, ma pauvre, mange ton yaourt. Une cuiller pour Sigrid, une cuiller pour Wolfgang, une cuiller pour le gentil chef de service, une cuiller pour l'exquis M. Genardy...*

12

Lorsque ma mère m'ouvrit la porte, elle me jeta un regard glacial. Mara dormait à l'étage. Quant à Nicole, elle était assise sur le canapé, les jambes repliées sous elle, en train de regarder la télévision. Son blouson et son cartable à portée de main, elle semblait impatiente de repartir.

— On y va, maman ? s'enquit-elle aussitôt.

— Tu peux quand même nous accorder cinq minutes ! lança ma mère sèchement. Alors, Sigrid, qu'est-ce que c'est que ces insinuations concernant M. Genardy ? Il ne trouve pas grâce aux yeux de ton ami, c'est ça ? Ne me dis pas que tu te laisses dicter ta conduite par quelqu'un que tu vois tous les trente-six du mois !

— Je ne me laisse dicter ma conduite par personne.

Je m'attendais à ce qu'elle monte sur ses grands chevaux et me somme de changer de ton, mais elle n'en fit rien.

— Dans ce cas, quel est le problème ?

— Eh bien, il ne donne pas ses vêtements à nettoyer, répliquai-je du tac au tac. Entre autres choses... Mais je te raconterai tout ça un de ces jours. Maintenant, il faut que j'y aille. Il commence à se faire tard. Nicole dort debout, et moi je n'ai pas encore dîné.

— Puis-je au moins savoir si tu comptes me la confier tous les jeudis, dorénavant ?

— Non, ne t'inquiète pas. À la rigueur encore la semaine prochaine, si les choses ne se déroulent pas comme prévu. Dans quinze jours, de toute façon, Anke sera rentrée. J'espère que ça n'a pas trop bouleversé tes plans.

Ma mère resta sans voix. Satisfaite, je pris congé avec un petit sourire en coin.

— Que lui as-tu dit exactement ? demandai-je à Nicole, une fois dehors.

— Juste que M. Genardy ne pourra pas rester chez nous. Tu sais, elle arrête pas de me poser des questions sur lui.

La maison paraissait déserte. Par précaution, je pris les clés du garage et allai vérifier que sa voiture n'était pas là. *Méfie-toi, Sigrid, il peut l'avoir garée dans une rue adjacente... Eh, bien tant pis, je l'attends de pied ferme.*

— Pas besoin de chaise, cette nuit, annonçai-je à Nicole au moment de la coucher. Je vais fermer ta porte de l'extérieur. Si tu dois faire pipi, tu m'appelles. Mais surtout ne répète à personne que j'ai retrouvé la clé. À personne, tu m'entends, pas même à Günther. Ce sera notre secret.

Tout émoustillée par ces cachotteries, Nicole m'adressa un sourire conspirateur et remonta sa couette jusqu'au menton.

— Qu'est-ce qu'il a fait, M. Genardy ? chuchota-t-elle.

— Rien de grave. Mais il n'a pas payé son loyer.

— Tu crois qu'il a pas d'argent ? Tu crois que c'est

un voleur ? Pourtant il voulait m'acheter le cheval de Barbie.

L'excitation avait cédé la place à la déception.

— Je crains qu'il ne puisse pas le faire. Allez, dors maintenant. C'est moi qui te l'offrirai, dès que possible. Pour l'instant, il faut qu'on fasse un peu attention, mais ça ira bientôt mieux, je te le promets.

Après lui avoir souhaité bonne nuit, je montai directement à l'étage. Sans même prendre la précaution de frapper, j'ouvris, entrai et allumai la lumière dans le vestibule. Personne. Je redescendis, fermai la porte de la maison à double tour et laissai la clé dans la serrure afin qu'il ne puisse pas y introduire la sienne. Puis je montai la garde jusqu'à 23 h 30. Décidément, nous habitions un quartier calme ; les voitures étaient rares. Ce qui n'empêchait pas ma gorge de se nouer à chaque passage...

Puis vint le vendredi. La matinée suivit son cours normal. À l'heure du déjeuner, j'eus ma conversation habituelle avec Günther. Une fois de plus, je fus incapable de lui dire ce que j'avais sur le cœur. *J'ai appris tant de choses sur moi-même ces derniers temps. Tu sais, je suis devenue une adulte à part entière. Maintenant, tout ce que je veux, c'est toi. Si tu savais comme tu me manques quand tu n'es pas à mes côtés !*

Après s'être de nouveau étendu sur le zèle que manifestait Dettov, il me donna des détails concernant la fille de Genardy :

— Elle a ton âge. Contrairement à ce qu'il prétend, elle ne vit pas dans le nord, mais ici, à Cologne, où elle a fondé une famille. Dettov aimerait qu'on la rencontre. Quant à la mère, elle dit qu'elle a rayé le nom de Genardy de sa mémoire. Elle a refait sa vie et refuse de s'exprimer sur le sujet.

Eh bien tant mieux, je suis ravie pour elle ! Mais moi, je suis épuisée. Je paierais cher pour dormir dans un vrai lit, un grand, où il y ait assez de place pour nous deux.

— Si tu n'y vois pas d'inconvénient, poursuivit Günther, on va attendre un peu avant de débarrasser ses affaires. À toutes fins utiles, j'ai pris mon lundi. Je viendrai te voir demain et on décidera de la marche à suivre. Et toi, ça va ?

— Oui, me contentai-je de répondre.

Le soir venu, je recommençai le rituel de la veille : verrouillage des portes, tour de garde... Puis, comme la veille, l'angoisse m'envahit. À présent, j'étais persuadée qu'il allait se passer quelque chose de terrible. Après être restée longtemps éveillée, je plongeai dans un sommeil chaotique rempli de visions cauchemardesques : Hedwig, son pot de yaourt à la main, à côté d'un cercueil blanc trônant au milieu de l'ancienne chambre de Nicole. Cette même chambre que M. Genardy occupait aujourd'hui. Ses photos étaient éparpillées dans toute la pièce. Sur l'une d'elles, je reconnus Nadine... Anke, appuyée sur la tombe de Franz, Mara dans les bras. La petite semblait téter un biberon. Mais non : ce n'était pas un biberon ! Et elle saignait, son petit cou n'était plus qu'une plaie béante. « *Comment as-tu pu laisser faire ça ?* » hurlait Anke, tandis qu'une main sortait de terre, brandissant un morceau de savon...

Je me réveillai en nage. Mes draps étaient trempés, mes cheveux me collaient au visage. Pour tenter de refaire surface, je pris une douche glacée et bus près d'un litre de café.

Nicole et moi quittâmes la maison ensemble.

— À ce soir, maman ! me lança-t-elle en tournant au coin de la rue.

Un court instant, je fus tentée de la rattraper et de l'emmener avec moi au magasin. Mais je me ravisai. *Ne t'inquiète pas, Sigrid. De toute façon, tu lui as pris sa clé. Elle ne peut pas rentrer à la maison ; il ne peut rien se passer.*

Mais en réalité, il s'était déjà passé quelque chose.

13

Hedwig n'était pas à son poste. Loin de s'en étonner ou de lui en tenir rigueur, le chef de rayon ne cessait de répéter qu'elle avait, les jours précédents, fait preuve d'un courage exemplaire et qu'il convenait de la laisser tranquille. À la pause, je décidai tout de même de lui téléphoner. *Souviens-toi, Sigrid : en quittant le travail, hier, elle t'a dit « à demain ». Comme Nicole qui, tout à l'heure, t'a dit « à ce soir »...*

Personne ne décrocha. En proie à un terrible pressentiment, je composai le numéro de la police et demandai la brigade criminelle.

— Allô, oui ? fit une voix d'homme.

— Je m'appelle Sigrid Pelzer. J'aimerais parler à M. Beer, c'est très important.

— Pour toi, Wolfgang !

Quelques secondes s'écoulèrent, interminables.

— Qu'est-il arrivé à Hedwig ? m'exclamai-je sans prendre la peine de le saluer. Elle n'est pas venue travailler et ça sonne dans le vide chez elle.

Beer jura à mi-voix, me remercia de l'avoir prévenu et raccrocha aussitôt.

Une heure plus tard, il me rappela. Des urgences. À l'entendre, Hedwig l'avait échappé belle. Cependant, elle n'avait pas encore repris connaissance.

— Je n'aurais pas cru qu'elle passerait à l'acte,

fit-il, la voix brisée. Hier soir, elle m'a même semblé plutôt joyeuse. Elle m'a raconté que vous l'aviez nourrie comme un enfant, avec un yaourt, je crois.

Ce n'était pas vrai. Pour finir, elle avait refusé de manger quoi que ce soit. De surcroît, cet épisode datait d'avant-hier, et non d'hier.

— Vous avez raison, confirma Beer. Mais elle ne s'en est souvenue qu'hier soir. « Une cuiller pour Sigrid, une cuiller pour Wolfgang... »

Non ! C'était faux ! Je n'avais pas prononcé ces mots, je les avais juste pensés. *Une cuiller pour l'exquis M. Genardy...* Assez !

— Je vous assure, reprit le policier, c'était la première fois que je la voyais rire depuis le drame. Enfin, peu importe. L'essentiel, c'est qu'elle s'en sorte. Les médecins sont optimistes. Pourtant, elle a vidé sa boîte de calmants. Sans parler des somnifères que je lui avais donnés. Quel imbécile, comment ai-je pu faire une chose pareille ?

— Vous n'y êtes pour rien. Vous ne pouviez pas vous douter. Peut-être n'était-ce d'ailleurs pas intentionnel ? Peut-être a-t-elle simplement voulu être sûre de bien dormir ?

Wolfgang Beer n'y croyait pas. Moi non plus, en réalité.

— Dites-moi, madame Pelzer, puis-je passer vous prendre vers 13 heures pour que vous veniez la voir ? Je vous ramènerai chez vous, ensuite.

— Bien entendu, fis-je, tout en me demandant à quoi ma présence pourrait bien servir.

Après avoir raccroché, j'appelai les Kolling pour les avertir que je rentrerais plus tard que prévu.

— Je ne sais pas exactement quand, ajoutai-je.

Une de mes collègues a eu un accident. Je dois aller à l'hôpital.

C'était le père de Denise qui m'avait répondu. La voix de sa femme me parvint, entrecoupée de cris et d'éclats de rire : « *Mais non, elle n'est pas trop chaude ! Ne gigote pas comme ça, sinon je vais te mettre du savon dans les yeux !* »

— Ah, c'est ennuyeux, grommela M. Kolling. C'est l'anniversaire de mon père aujourd'hui. Nous sommes censés partir vers trois heures.

— Dans ce cas, si vous pouviez envoyer Nicole chez sa grand-mère.

— Pas de problème.

Aussitôt après avoir raccroché, je téléphonai à ma mère : « *Bien sûr que je suis là, cet après-midi. Bien sûr qu'elle peut rester jusqu'à ce que tu rentres.* » D'où lui venait donc cette soudaine amabilité ? Le chef de rayon me répondit sur le même ton : « *Évidemment que vous pouvez partir plus tôt, madame Pelzer, cela va de soi. Et surtout dites à Mme Otten que nous pensons tous à elle.* »

Wolfgang Beer était à bout de nerfs.

— Ce salopard ne se rend pas compte des dégâts qu'il a causés, déclara-t-il, les mains crispées sur le volant. C'est une chance que je ne m'occupe plus de l'enquête. Je lui aurais arraché ses aveux de force.

— Et si ce n'était pas lui ?

— Mais enfin qui voulez-vous que ce soit ? se récria-t-il.

— Mon locataire. M. Genardy.

— Pourquoi dites-vous une chose pareille ?

— Je suis tombée sur des photos chez lui. Des photos à caractère pornographique, mettant en scène des enfants. Sur certaines, ils étaient même morts ou inconscients. J'ai aussi découvert un véritable arsenal de tranquillisants dans sa table de nuit. Et puis je me suis rendu compte qu'il avait dérobé la clé de la chambre de ma fille, ainsi qu'une de ses culottes.

Wolfgang Beer fronça les sourcils.

— Vous les connaissez peut-être, ajoutai-je, elles font un tabac. Hedwig avait acheté les mêmes à Nadine. Il y en a une pour chaque jour de la semaine. C'est écrit dessus.

— Et vous en avez retrouvé une chez lui ?

— Oui, celle du vendredi. Son comportement me paraissait bizarre, alors j'ai fini par m'introduire dans son appartement. Et depuis, je cherche à le voir pour lui signifier son congé, mais il a disparu de la circulation.

Puis je me tus, attendant que ces informations fassent leur chemin dans son esprit. *Allez, Wolfgang Beer, fais un petit effort ! Tu es de la police, oui ou non ? Tu devrais être capable d'en tirer les conclusions tout seul ! Tu n'as quand même pas oublié que la culotte de la victime avait disparu !*

Nous restâmes au chevet d'Hedwig pendant trois heures. Bien qu'elle fût toujours inconsciente et que nous eussions sans doute pu hurler sans la déranger, nous nous entretînmes en chuchotant.

Tandis que j'énumérais l'ensemble des découvertes de Hans Werner Dettov, Wolfgang Beer m'écouta avec attention, se contentant de hocher la tête en silence. Comme il me le confirma, ses collègues n'avaient pas manqué de relever les mensonges de M. Genardy. Mais il leur avait expliqué qu'il voulait à tout prix cacher à sa voisine, qui le poursuivait de ses assiduités, qu'il ne partait pas dans le nord mais restait dans les environs de Cologne. Ce d'autant plus qu'il venait de rencontrer une dame fort séduisante dont il avait entrepris la conquête... Ah, si ma mère avait entendu cela ! songeai-je.

Peu après 15 heures, Wolfgang Beer quitta la chambre pour aller passer un coup de fil. Il ne fit aucun commentaire, mais je compris que M. Genardy n'allait pas tarder à devoir se soumettre à un interrogatoire en règle. Néanmoins, ma conviction qu'une nouvelle tragédie était en marche se renforçait. S'agissait-il d'Hedwig ? Non : selon les médecins, elle était hors de danger et tout ce dont elle avait besoin c'était d'être entourée.

À 16 h 30, je pris congé de Wolfgang Beer, insistant pour qu'il reste et l'assurant que cela ne me dérangeait pas de rentrer par mes propres moyens.

— Si elle se réveille, je lui dirai que vous étiez là, me promit-il.

Si elle se réveille... Pauvre Hedwig.

J'arrivai à la gare vers 17 heures. Le train, puis le bus... En ce samedi après-midi, la circulation était particulièrement dense. Et pendant ce temps, Nicole entrait dans un bain... C'est la dernière chose qu'elle put me confier. Après m'avoir raconté que M. Genardy lui avait préparé un jus d'orange. Un vrai, à base de fruits pressés...

Le reste, ce fut ma mère qui me l'apprit. M. Genardy s'était présenté chez elle aux alentours de 16 heures. Il avait échappé de justesse aux policiers envoyés par Wolfgang Beer. Ne le trouvant pas à son ancien domicile, ceux-ci s'étaient rendus chez moi. D'après Mme Hofmeister, qui était encore une fois en train de balayer le trottoir, ils s'étaient contentés de sonner avant de rebrousser chemin. Deux inspecteurs en civil dans une voiture banalisée.

M. Genardy avait dégusté l'excellent café de ma mère. Ils avaient parlé de moi, de ma relation avec Günther et aussi de Mara qui jouait sur sa couverture à leurs pieds. Celle-ci ne cessant de lui réclamer de la limonade, M. Genardy avait confessé que, le jour où il l'avait gardée, sa belle-fille l'avait laissée boire dans son verre. Cela lui avait certes déplu, mais ses protestations avaient été vaines. Quoi qu'il en soit, n'était-ce pas extraordinaire qu'elle se souvienne de cet épisode ? Quelle mémoire, à son âge !

Puis il s'était levé, précisant qu'il devait aller livrer des photos que son fils avait prises dans un haras. De superbes photos de chevaux qu'il s'était empressé d'exhiber à ma mère et à Nicole. On aurait dit des cartes postales... D'ailleurs, c'en étaient, mais ma mère, comme il fallait s'y attendre, n'y avait vu que du feu. Quant à Nicole, comment aurait-elle pu comprendre, du haut de ses huit ans, sachant qu'en outre, je ne lui avais jamais vraiment expliqué comment s'y prenaient les pédophiles ? Néanmoins, elle avait hésité avant de lui demander si elle pouvait l'accompagner. Il avait feint l'étonnement : « *Ah bon ? J'ignorais que tu aimais les chevaux.* »

Ma mère, bien sûr, n'y avait vu aucun inconvénient. Il était si charmant... Au cours de leur conversation, je suis persuadée qu'elle ne s'était pas privée de casser du sucre sur le dos de Günther. Peut-être avait-elle même jugé bon de mettre M. Genardy en garde contre lui. Peut-être que, du coup, celui-ci s'était dit que le moment était venu de passer à l'acte. Mais de toute façon, elle ne le reconnaîtra jamais...

14

Il était environ 19 heures lorsque j'arrivai chez ma mère. Dès qu'elle m'eut dit pourquoi Nicole n'était plus là, je replongeai dans mon cauchemar et me revis courant le long de la voie ferrée. J'étais au bord de l'évanouissement.

— Tu restes un peu ou tu es pressée ? Comment va ta collègue ? Qu'est-ce que c'est que cette histoire d'accident ?

Soudain, je remarquai qu'elle tenait dans sa main la fameuse culotte. Nicole l'avait rapportée. Mme Kolling la lui avait rendue. Elle n'appartenait pas à Denise... Ainsi donc, il les avait échangées dans la buanderie. Pensant que personne ne s'en rendrait compte, il avait pris la culotte du vendredi de Nicole et l'avait remplacée par celle de Nadine. Bousculant ma mère, je me ruai sur le téléphone. Günther n'était pas là. Fébrilement, je cherchai le numéro de l'hôpital dans l'annuaire. Une infirmière me répondit. *Vite, bon sang !*

— Il a ma fille ! Faites quelque chose ! m'époumonai-je. Il est venu chez ma mère et l'a emmenée. Il a dit qu'il voulait lui montrer des chevaux. Dans un haras, près d'ici, où son fils a soi-disant fait des photos. Mais ce type n'a pas de fils !

Sans attendre la réponse de Wolfgang Beer, je me

précipitai dans la rue, ignorant les protestations de ma mère. Très vite, j'entendis des sirènes, partout. L'alerte avait été donnée. Mais ce n'étaient pas les haras qui manquaient dans les environs. De plus, comme je l'appris par la suite, les policiers étaient convaincus qu'il n'avait dit cela que pour brouiller les pistes. Sur ce point, ils s'étaient trompés.

Ce n'était pas un vrai haras, certes, juste un pré avec des poneys. M. Genardy avait assis Nicole sur l'un deux et l'avait promenée en tenant sa monture par la crinière. Cela avait dû lui plaire. Sur le chemin du retour, elle s'était rendu compte qu'elle sentait un peu le crottin.

— Il faudrait que je prenne une douche avant que maman rentre, lui avait-elle dit.

Mais elle préférait infiniment les bains. Et ça aussi, M. Genardy le savait...

Hors d'haleine, j'atteignis la maison, entrai dans la cuisine et m'emparai d'un couteau. Le plus grand, celui qui me servait à découper la viande. Tout était silencieux. Je n'entendais que le mugissement de mes pensées et mon sang qui me battait les tempes. *Si jamais tu lui as fait du mal, je te tue. Peu importe que tu t'appelles Franz ou Josef.* J'avais retiré mes chaussures dans l'entrée, mais je ne le réalisai qu'au contact des marches glaciales. J'avais l'impression d'être revenue des années en arrière : une fois installée dans la baignoire, j'attendrais Franz, pour qu'il me lave. D'abord le dos, ensuite devant... *Non, pas aujourd'hui ! Si tu as le malheur de toucher à cette brosse je te tranche la main !*

Dès que j'ouvris la porte, je l'entendis qui ahanait. À moins que ce ne fût Franz ? Franz en plein effort, les gouttelettes qui perlaient sur son front me tombant sur la poitrine les unes après les autres. C'était répugnant, comme l'empreinte de ses doigts dans le pot de crème. « *Ne t'inquiète pas, Siggi, je ferai très attention.* »

Mais il ne faisait pas attention. Pas du tout, même. Il s'en fichait éperdument de ce que la petite pouvait ressentir. À genoux sur le lit, il allait et venait entre ses jambes, tout en les maintenant contre ses hanches. Sur son tibia gauche, j'aperçus le bleu que Nicole s'était fait en se cognant il y a quelques jours. Mais pourquoi ne criait-elle pas ? Pourquoi ne se débattait-elle pas ?

Tout à coup, il se retourna. L'espace d'un instant, il me sembla vraiment qu'il s'agissait de Franz. Il lui ressemblait tant dans cette posture, avec son visage grimaçant, grotesque. Il baissa les bras, et les jambes de ma fille s'affaissèrent sur le matelas. C'est à ce moment-là que je le frappai. De toutes mes forces. Je l'atteignis en plein dans le cou.

Cela dura une éternité. Je n'aurais jamais cru qu'un homme puisse perdre autant de sang avant de rendre l'âme. Et pendant tout ce temps, il garda les yeux rivés sur moi. Enfin, alors que je commençais à me dire qu'il était immortel, que c'était un de ces monstres invincibles sortis tout droit d'un film d'horreur, son corps se mit à osciller. Puis il tomba sur le côté, avec une infinie lenteur, sans un bruit, le visage déformé par un rictus diabolique.

Aussitôt, je pris Nicole dans mes bras et l'allongeai sur le parquet. Il était hors de question de la laisser sur le lit. Elle était couverte de sang. Il y en avait sur ses cheveux, son visage, son ventre, mais aussi entre ses jambes. En allant dans la salle de bains chercher une serviette, j'aperçus la culotte qui gisait par terre, sur le seuil de la porte. Je ne me rappelais même plus l'avoir emmenée jusqu'ici. Après m'être essuyé les mains, je la ramassai et la remis d'instinct dans le tiroir de la table de nuit. Puis je lavai Nicole avec soin, descendis la coucher dans sa chambre et me rendis chez les Hofmeister.

Je ne devais pas être belle à voir. En revanche, j'avais les idées très claires. Et surtout, je me sentais libérée. Libérée d'un poids considérable. M. Hofmeister se chargea d'appeler les secours. Ensuite, il retourna avec moi dans la maison. M'abandonnant au chevet de Nicole, il monta à l'étage mais ne s'y attarda guère. Pâle comme un linge, il me rejoignit.

— Comment va-t-elle ? demanda-t-il en prenant le pouls de ma fille.

Je n'en avais pas la moindre idée.

— Cet individu m'a tout de suite paru bizarre, murmura-t-il. Mais j'imagine que c'est toujours ce qu'on se dit, a posteriori...

L'ambulance arriva la première, suivie de près par un véhicule de police avec deux agents en uniforme. À ma grande surprise, ils ne me posèrent aucune question. Après avoir examiné Nicole, le médecin voulut me faire une piqûre. Je refusai : j'étais parfaitement calme et je n'avais nul besoin qu'on m'aide. Puis on installa ma fille dans l'ambulance. Comme je faisais mine de l'accompagner, l'un des policiers me retint. Malgré l'insistance du docteur, il ne voulut rien entendre ; ses collègues étaient en chemin, il fallait que je reste.

Peu après, deux autres policiers, en civil cette fois-ci, se présentèrent pour recueillir ma déposition. Je leur expliquai que M. Genardy avait emménagé chez moi quelques semaines plus tôt. Que je l'avais surpris un soir dans la chambre de Nicole alors que je rentrais de chez ma sœur. Qu'il avait prétendu l'avoir entendue crier et être descendu la voir parce que je n'étais pas là.

J'ajoutai que je ne l'avais pas cru, ce d'autant moins que j'avais tout de suite remarqué la tache suspecte sur le pull de ma fille. Mais que cela m'avait paru si énorme que je m'étais voilé la face. Et ce, bien qu'il eût fait miroiter des cadeaux à Nicole et lui eût proposé de venir prendre des bains chez lui. Je leur racontai aussi que, mardi dernier, je lui avais demandé de quitter les lieux, et que j'étais montée dans son appartement dès le lendemain pour vérifier s'il s'exécutait. Et qu'à cette occasion, j'étais tombée sur les photos pédophiles et sur la culotte.

Je leur indiquai en outre avoir fait part de mes soupçons à un inspecteur que je connaissais et l'avoir alerté dès que j'avais su que M. Genardy avait kidnappé ma fille. Pour le reste, conclus-je, je ne me souvenais plus de rien. Ils me crurent sur parole.

15

Bien entendu, il y eut une enquête. Comme c'était prévisible, elle aboutit à la conclusion que j'avais agi en état de légitime défense, avec la circonstance atténuante supplémentaire d'une tension émotionnelle extrême. Malgré tout, on me reprocha de ne pas avoir prévenu la police aussitôt après avoir relevé les premiers indices. Mais qu'aurais-je pu leur dire ? Aurais-je dû leur parler de l'homme en noir, de mes visions et autres élucubrations abracadabrantes ? À n'en pas douter, ils m'auraient ri au nez. Quoi qu'il en soit, contrairement à eux, je n'ai pas manqué à l'appel au moment fatidique...

À part moi, seul Günther sait que la version de la légitime défense est contestable. Seul lui connaît tous les détails de mon aventure. D'ailleurs, il continue de m'en vouloir de ne pas lui avoir rapporté ma première visite dans l'appartement de M. Genardy. D'après lui, si je l'avais fait, Nicole n'aurait pas eu à subir ce qu'elle a subi. Et je suis bien obligée de lui donner raison...

Aujourd'hui, ma fille se porte bien. Elle ne sait même pas ce qui lui est arrivé. Les médecins m'ont conseillé de ne pas le lui raconter tout de suite. Je lui ai fait croire qu'elle s'était endormie dans la baignoire et que M. Genardy l'avait blessée involontairement en voulant lui porter secours. A priori, elle ne devrait pas garder de séquelles psychologiques. Pendant son séjour à l'hôpital, elle a eu quelques entretiens avec un pédopsychiatre qui m'a assuré que je n'avais pas de souci à me faire. Au cas où elle demanderait des nouvelles de M. Genardy, nous sommes censés lui dire qu'il a déménagé sans laisser d'adresse. Quant à la vérité, nous la réservons pour plus tard. Si toutefois elle existe...

Au total, l'affaire se résume à une série de témoignages : celui d'une femme qui, lorsqu'elle était enfant, portait le nom de Genardy, et qui a confié à Hans Werner Dettov qu'elle n'avait aucun souvenir de son père ; ceux de voisins ou de collègues de mon éphémère locataire qui, tous, avec une belle unanimité, ont déclaré que c'était un homme charmant, discret et digne de confiance. Il y a aussi des indices : le groupe sanguin, des cheveux sur un pull, une épingle de cravate avec un diamant incrusté assortie à une paire de boutons de manchette... Sans oublier une méprise de taille : en fin de compte, la culotte du jeudi n'appartenait pas à la fille d'Hedwig, mais à Nicole ; je m'étais trompée en pensant qu'elle était restée dans son placard. Selon les termes d'un enquêteur, « *il n'était tout de même pas assez stupide pour la conserver* ».

La police m'a également confié que la trajectoire de M. Genardy constituait un cas de figure inédit. Toutes ces années, toutes ces victimes, sans commettre la moindre erreur. Sauf une, il y a bien longtemps, étouffée par ses supérieurs de l'époque... Les enfants que l'on voit sur ses photos ont été retrouvés. Ils habitent un peu partout en Allemagne. Tous ne s'en sont pas aussi bien tirés que Nicole.

Certains ont même échappé de justesse à la mort. Mais ils sont vivants. À l'exception de deux d'entre eux : une petite fille de neuf ans, un peu attardée, dont on a découvert le corps il y a deux ans et demi dans une forêt, et la fille d'Hedwig. Mais d'elle, il n'y a pas de photo...

Un mois s'est écoulé depuis ces événements. Entre-temps, Hedwig s'est remise de sa tentative de suicide et, dimanche dernier, elle est venue visiter son nouvel appartement, entièrement refait à neuf par les soins de Günther. Tandis qu'elle prenait les mesures avec Wolfgang Beer, nous lui avons établi un contrat de bail pour un loyer équivalent à celui de Mme Humperts. Puis nous sommes redescendus prendre un café, bientôt rejoints par Nicole et Denise. Hier soir, Hedwig est rentrée du travail avec moi pour la première fois. Elle a dormi sur un matelas pneumatique. Et à présent, elle est en haut et termine de ranger ses affaires. Nicole a passé une bonne partie de l'après-midi avec elle.

— Elle est gentille ta copine, m'a-t-elle soufflé en me rejoignant sur le canapé. Juste un peu bizarre : elle n'arrête pas de vouloir me prendre dans ses bras.

Je dois avouer que j'appréhende un peu l'avenir. Je me demande si j'ai bien agi. Pour Nicole, pour Hedwig, et même pour moi...

La nuit dernière, j'ai fait un nouveau cauchemar. Mais tout à fait classique, celui-là. J'étais dans un cimetière en train de creuser une tombe. J'avais beau m'activer, le trou ne s'agrandissait pas. Pourtant il le fallait, vu le nombre de personnes que je devais enterrer : mon père, mon grand-père, les vieillards anonymes, ma camarade de classe, Franz, Nadine, M. Genardy... Ils étaient tous entassés les uns sur les autres, comme s'ils avaient été déchargés par une benne. Je me suis réveillée en sursaut.

— Que se passe-t-il ? m'a demandé Günther, tout en m'empoignant les mains pour que je cesse de me débattre. Ne me dis pas que tu as encore rêvé de ta pendule !

Incapable de prononcer un mot, je me suis contentée de secouer la tête. Ma pendule ? Mais ce n'est pas la mienne ! Elle appartenait à ma grand-mère lorsque l'homme en noir est venu la prendre. Et, quand bien même reviendrait-il encore cent fois, je ne parviendrai jamais à le considérer comme un allié voulant me mettre en garde.

En effet, il est le messager de la mort.

ment, comme s'ils avaient été déchirés par une bonne demi-douzaine [illegible]

— Qu'est-ce que c'est ? m'a demandé Bradley, tout en m'empoignant le bras pour que je cesse de me [illegible] encore rêvé de [illegible]

Lorsqu'il [illegible] je suis contente de [illegible] Mais ce n'est pas [illegible] Elle [illegible] grand-mère lorsque [illegible] et venu la prendre. Et quand bien même [illegible] cent fois, je ne parviens [illegible] qu'elle voulait me mettre en garde.

En effet, c'est un messager de la mort.

Composition Euronumérique
92120 Montrouge

Impression réalisée sur CAMERON par

BRODARD & TAUPIN
GROUPE CPI

La Flèche

pour le compte des Éditions France Loisirs
123, boulevard de Grenelle, 75015 Paris
en janvier 2004

Imprimé en France
Dépôt légal : février 2004
N° d'édition : 40011
N° d'impression : 22315